QUITTE OU DOUBLE

Éditions du Masque
17, rue Jacob - 75 006 Paris
www.lemasque.com

QUITTE OU DOUBLE

Cyrille Legendre

ISBN : 978-2-7024-3921-0

Conception graphique et couverture : WE-WE
Photographie : © Mohamad Itani/Trevillion Images

Né à Dreux en 1970, Cyrille Legendre quitte la Normandie pour intégrer l'École Supérieure de Journalisme de Paris. Diplômé, il se spécialise dans le sport. Depuis le début de sa carrière professionnelle il évolue dans le milieu du football, tour à tour rédacteur, photographe et chargé de communication. Ses nombreux voyages et son goût pour la géopolitique constituent ses principales sources d'inspiration. *Quitte ou double* est son premier roman.

À ma femme Juliette,
simplement parce que c'est elle.

Vendredi 24 juin

Marnes-la-Coquette n'était pas si jolie. Mais les gens riches s'y étaient aménagé leur cité-dortoir faisant de cette petite commune de l'ouest parisien la ville la plus riche de France avec un revenu moyen par habitant qui s'élevait à 82 000 euros par an. Peut-être même un peu plus depuis l'emménagement, il y a neuf mois, de Jimmy Rowland, le jeune et très talentueux attaquant vedette de l'Association Sportive Parisienne, club de l'élite hexagonale, et ex-grand rival du Paris-Saint-Germain avant que les Qatariens ne lui donnent une nouvelle dimension. Avec ses 400 000 euros mensuel, il n'était cependant pas mal traité et il ne dépareillait pas de ses voisins, acteurs, chanteurs, réalisateurs ou industriels. Une paille cependant en comparaison de ce qu'il allait toucher lorsqu'il signerait, dans quelques semaines, son nouveau contrat avec le Real Madrid ou pour le nouveau riche du football mondial, le PSG. Quel que soit son choix, il passerait alors vraiment dans la catégorie des grands avec un salaire estimé à 12 millions d'euros annuel.

Il entrerait dans le top 5 des joueurs les mieux payés au monde. Pas de quoi le déstabiliser pour autant. Après tout, il était considéré comme l'un des meilleurs footballeurs de la planète. C'était celui qui possédait, selon les spécialistes, à seulement 20 ans, la plus grosse marge de progression. Tous les sponsors lui couraient déjà après pour lui faire signer des contrats d'exclusivité. Et pas simplement Nike, Adidas, Puma ou Lotto. Les Marchands du Temple étaient à l'affût, prêts à sauter sur leur victime consentante. Assurances, alimentation, produits cosmétiques, bancaires, tous ces secteurs d'activité avaient tenté de le recruter. Jimmy Rowland n'avait que l'embarras du choix. Le tapis rouge était déroulé sous ses pieds.

Perché sur son arbre à trois mètres du sol, Matthieu Berger voyait le jeune métis, accompagné de toute sa cour habituelle, déambuler dans sa modeste résidence de 600 m² habitable entourée d'un terrain d'un demi-hectare. Rien d'extravagant, mais confortable pour cette demeure de location construite en U. Dans l'aile ouest, Jimmy s'était aménagé une splendide salle de gym. De l'autre côté, on pouvait apercevoir, à travers de grandes baies vitrées, une piscine intérieure, un spa et un sauna. Le bâtiment central avait été construit sur deux étages. Le rez-de-chaussée abritait une vaste cuisine de style contemporain où Jimmy n'avait certainement jamais mis les pieds. Le gigantesque living, ouvert sur la terrasse et le jardin, était la pièce à vivre où s'alignaient en rang d'oignons trois immenses canapés en cuir. La décoration était sommaire mais se voulait moderne avec des tableaux abstraits, des œuvres de Miran Kres et de Mark Bennion dégotées par les architectes d'intérieur. C'était l'alibi culturel pour ces sportifs qui, en quittant l'école très tôt, faisaient souvent de gros complexes en la matière. Le mur blanc du fond faisait office d'écran géant pour un vidéoprojecteur. Deux plasmas permettaient à la tribu de se détendre, une manette de jeu vidéo à la main, en attendant le début des festivités qui se tiendraient très probablement à l'étage supérieur, là où se trouvaient trois grandes suites dont celle de Jimmy que Matt avait parfaitement dans le viseur de son Canon EOS 1D muni d'un téléobjectif de 500 mm. Le bon matériel du journaliste sportif qui se transformait ce soir en paparazzi.

Matthieu Berger était inclassable d'un point de vue professionnel comme personnel. Rédacteur à l'origine, il ne faisait plus aujourd'hui que des photos, la plupart du temps pour des journaux ou magazines de sports avec quelques crochets dans la presse people. Pourtant, écrire avait été sa passion. Il se rêvait même en romancier avant d'opter finalement, à la sortie de la prestigieuse École Supérieure de Journalisme de Lille, pour le reportage de guerre. Il avait toujours été perfectionniste et avait très vite compris qu'il ne supporterait pas d'être dépendant du talent ou de la médiocrité d'un photographe. En terrain hostile, il valait mieux être seul. Question d'efficacité et de réalisme. Il était plus facile de sauver sa peau. Il s'était donc formé aussi à la photographie. Le Rwanda, la Sierra Leone, Haïti, la Tchétchénie, l'Afghanistan avaient été, entre autres, ses terrains de jeu, toujours en solo ; c'était un franc-tireur. Il n'était pas particulièrement associable, mais il était simplement persuadé qu'il s'agissait de la meilleure façon de travailler. À l'époque, il savait exactement ce qu'il voulait. L'intransigeance, le professionnalisme constituaient ses marques de fabrique. Pas question de jouer avec l'éthique. C'est pour cela notamment qu'il avait refusé le pont d'or de la télévision. Montrer sa bobine, pendant deux minutes au 20 heures, ne l'intéressait pas. Il considérait que cela polluait le reportage. Aujourd'hui, il était bien loin de tout cela. Il en était réduit à shooter des starlettes de football à leur insu. Il s'en fichait du moment que ça lui rapportait du pognon.

Jimmy Rowland était un bon client parce qu'il s'en tapait royalement de ce que les autres pouvaient penser de lui. Traqué par la presse à scandale, il ne se cachait jamais. Sa résidence de Marnes-la-Coquette était un bel exemple de cette insouciance. Elle n'était pas particulièrement protégée. Située au bout d'une petite impasse, elle était facilement visible de l'extérieur, d'autant plus qu'il avait banni tous rideaux et volets de sa maison. C'était un exhibitionniste. Sur une pelouse, il adorait qu'on le regarde ; dans la vie aussi. Pour sa sécurité, tout juste avait-il fait installer quelques caméras, un système d'alarme classique, et les copains, toujours présents, faisaient office de gardes du corps. Matt n'avait donc eu aucun problème à trouver un endroit où il aurait une superbe vue sur l'ensemble de la propriété. Un énorme chêne avait fait l'affaire. Lorsqu'il avait grimpé à l'arbre, il avait remarqué des petites branches brisées. D'autres s'étaient visiblement installés sur ce perchoir avant lui.

Pas étonnant, c'était désormais presque un rituel. Chaque semaine paraissait la photo à scandale de Jimmy qui, à force, ne l'était plus vraiment. Ce n'était pas grave, le gamin faisait toujours vendre du papier, surtout auprès des jeunes filles. Jimmy en train de se battre, Jimmy un verre à la main et les yeux vitreux à la veille d'un match, Jimmy à fond la caisse au volant de sa Porsche ; il était partout. Cette semaine, le thème serait Jimmy avec une pute à la maison et c'était Matt qui avait été chargé par l'hebdomadaire *News People*, leader sur le marché, de faire le cliché. Une belle call-girl russe était au programme de la soirée. Et le job de Matt était de prendre simplement les préliminaires. Il fallait tout de même savoir rester digne.

Il était 23 heures. Cela faisait maintenant plus d'une heure que Matt était en position et il ne voyait toujours rien venir. Il commençait sérieusement à avoir des fourmis dans les jambes. De l'intérieur de la maison s'échappaient de l'énorme chaîne hi-fi les flows d'un rap agressif de la côte est des États-Unis. Jimmy, une Corona à la main, étalait nonchalamment, sur l'un des canapés, son mètre quatre-vingt-dix. Il portait son éternel béret qui dissimulait en partie ses dreadlocks.

Il avait une discussion qui semblait tendue avec la seule personne que Matt avait reconnue dans l'assistance, Daniel Di Miglio. L'agent le plus en vogue du moment. Petit, frisé, mal sapé, il ne ressemblait à rien et n'était pas fainéant pour porter ses quarante ans. Il était pourtant l'un des meilleurs dans son domaine grâce à sa parfaite connaissance du milieu et à son talent inné de négociateur. Di Miglio s'était construit une réputation. Dans ce milieu ultraconcurrentiel, il avait réussi à éviter les coups bas, les dénonciations et les fausses promesses pour malgré tout éreinter ses adversaires. Quelques-uns avaient rendu les armes et travaillaient aujourd'hui pour lui comme simples employés. Ils ne pouvaient pas se plaindre, ils gagnaient très bien leur vie.

Daniel avait cependant voulu traiter personnellement le cas de Jimmy. Le Real Madrid le voulait absolument. Une première offre de 30 millions d'euros avait atterri sur le bureau des dirigeants parisiens. « Du foutage de gueule », avait estimé le directeur sportif. D'autant plus que le PSG avait fait monter les enchères entre-temps. Le Real Madrid, bien qu'endetté jusqu'au cou, raflerait la mise. Rowland avait décidé qu'il était temps pour lui de quitter la capitale française. Le transfert s'effectuerait probablement autour de 45 millions. Jimmy avait un très gros potentiel. Il lui restait à faire ses preuves dans un grand club. En attendant, Di Miglio prendrait 15 % sur cette opération. Matt eut l'impression que le sourire était revenu sur le visage de l'agent.

L'arrivée, vers 23 h 15, des deux grosses limousines noires n'eut aucun effet sur les occupants de la maison. Pas plus de réactions d'ailleurs lorsque sept superbes créatures entrèrent dans le living. Tout était réglé comme un ballet. Chacun la sienne. Di Miglio prit les clés de sa voiture et s'en alla. Il avait toujours tenu à rester à l'écart de ce genre d'orgies. Il rentrerait sagement retrouver sa femme et sa petite fille.

Il y en avait pour tout le monde. Blondes, brunes, rousses. Leur point commun : elles avaient toutes l'air très jeune. Une grande fille de type slave s'approcha de Jimmy. Elle avait de longs cheveux dorés et des pommettes saillantes. Mais le plus remarquable, c'étaient ses yeux. Ils étaient en forme d'amande et surtout d'un vert très clair, presque transparent. Jimmy avait la réputation d'aimer les gros seins. De ce côté-là, la fille répondait parfaitement à ses critères. On disait également de lui qu'il avait tendance à traiter les femmes comme des objets. Il allait être à la hauteur de sa réputation. Il prit la fille par la taille sans lui dire un mot et l'emmena à l'étage, dans la chambre, à l'endroit même où Matt l'attendait avec son téléobjectif. Habituée, l'air absente, la fille, sur pilotage automatique, se déshabilla, et Jimmy, déjà à poil, lui grimpa dessus. Il lui mordilla les tétons tel un bébé avec sa mère. « Un vrai cas d'école pour les psys », pensa Matt. Il passa ensuite sa main entre ses cuisses. La fille ne tressaillit même pas. Son visage ne trahissait aucune expression.

Mécaniquement, elle prit le sexe de Jimmy entre ses mains et le branla consciencieusement. Matt en avait assez vu. Il prit une vingtaine de photos, vérifia sur l'écran de l'appareil s'il avait ce qu'il voulait et descendit immédiatement de l'arbre. Ce travail ne lui avait pas pris plus de deux minutes. Si ce n'est l'attente, le rapport temps/argent était imbattable.

Matt regagna sa vieille BMW, garée sur le boulevard de la République. Il ouvrit le coffre pour prendre son ordinateur portable. Installé sur le siège avant de sa voiture, il entra son mot de passe

M A R I E, lança le logiciel Photoshop et brancha son appareil-photo sur l'ordinateur. Il sélectionna cinq photos différentes. La première où l'on voyait parfaitement, de face, le visage de Jimmy Rowland. Les quatre autres montraient les différentes étapes qui amenèrent le joueur parisien et la jeune prostituée au lit. C'était comme dans les livres d'enfants où l'on s'amuse à faire défiler très vite les pages pour obtenir la sensation d'un petit film. Sauf que celui que Matt proposait était au minimum interdit aux moins de 16 ans. Après avoir recadré et légèrement éclairci les clichés, Matt les envoya sur l'adresse e-mail de Jean-Marc Barul, le rédacteur en chef du magazine, puis les effaça. Le boulot terminé, il ferma son portable et réfléchit à son week-end. Nous étions le dernier vendredi du mois de juin. Les différents championnats de football étaient terminés. Matt était déjà, en quelque sorte, en vacances, en attendant peut-être de rejoindre, à la fin juillet, l'Australie pour un match de rugby. L'autoroute A13, à seulement une centaine de mètres, lui tendait les bras. La tentation était grande. Une heure et demie après, en ayant un peu poussé la BM, Matt donnait ses clés au portier du casino de Deauville.

Au bout de la longue ligne droite, un virage à droite à 40 degrés, puis tout de suite sur la gauche, un petit chemin perpendiculaire à l'allée principale. Malgré son étroitesse, Markov n'eut aucune difficulté à guider le gros 4X4 Lexus sur ce sentier de la forêt de Meudon. Il avait fait cet exercice des centaines de fois lorsqu'il était encore militaire, phares totalement éteints. La faible clarté de la lune ne l'empêcha pas de s'arrêter à l'endroit précis qu'il avait visualisé la veille. Il était déjà deux heures du matin quand il sortit la fille du véhicule. Elle semblait dormir. Son visage était serein et reposé. Seule une fine traînée rougeâtre, qui partait de la tempe gauche et qui courait jusqu'à la mâchoire, trahissait une trace manifeste de violence. Un seul coup sec avait provoqué la perte de connaissance, une hémorragie massive, puis la mort. Markov la prit délicatement dans ses bras et la posa à terre le long d'un arbre. Il décrocha son téléphone :

— C'est fait, indiqua-t-il seulement à son interlocuteur.

— Tu n'as rencontré aucune difficulté ? lui demanda l'homme à l'autre bout de la ligne.

— Tout s'est déroulé comme prévu. J'ai intercepté la fille avant qu'elle ne reparte dans la limousine.

— Parfait. Ramène la voiture à la porte Maillot et récupère les photos dès demain. Fais bien le ménage pour être certain qu'il n'en reste plus un seul exemplaire.

Markov remit son portable dans la poche intérieure de son blouson noir. Il entra dans la voiture et retira les protections en plastique qu'il avait mises sur ses chaussures. Il grogna. Ces saloperies avaient laissé des traces blanchâtres sur ses boots toutes neuves. Il les avait commandées sur mesure. Il faut dire qu'il chaussait un petit cinquante et un proportionnel à son double mètre. Seule petite touche d'excentricité, il avait fait graver la tête de Méduse, l'une des trois Gorgones, sur la boucle argentée de ses chaussures. Il s'agissait de son emblème. Méduse, dans la mythologie grecque, avec ses crocs de sanglier et sa chevelure hérissée de serpents, pétrifiait quiconque la regardait. La terreur, voilà ce que Markov avait toujours inspiré aux autres. C'était son fonds de commerce et son activité principale. Il enclencha la marche arrière et accéléra violemment histoire de laisser de belles traces de pneus dans le sol meuble. Lorsqu'il rejoignit la route goudronnée, il ralluma ses phares et conduisit très prudemment jusqu'à la porte Maillot. Il gara le véhicule dans le parking souterrain à l'endroit même où il l'avait emprunté. Il descendit de la voiture et ôta ses gants. Il avait toujours eu du mal à supporter cet accessoire. Là où il intervenait d'habitude, laisser des traces ne posait aucun problème, bien au contraire.

— Bonjour Paul !

— Monsieur Berger. La direction et moi-même vous souhaitons la bienvenue dans notre établissement.

Il était comme cela Paul. Grand, sec, chauve, avec son langage châtié à la limite de l'obséquieux, il ressemblait à un majordome. Et en plus il en portait l'uniforme, celui du groupe Barrière à qui appartenait le casino de Deauville. Depuis quatre ans qu'il fréquentait assidûment les tables de jeux en face des célèbres Planches, Matt avait toujours été accueilli la nuit par Paul. Il faisait partie du décor au même titre que le grand escalier central, l'épaisse moquette et les tapis verts.

— Cela faisait longtemps que nous n'avions pas eu l'honneur de votre visite.

— J'ai fait mes petites provisions pour mieux flamber, lui répondit Matt avec un clin d'œil.

Il aimait bien Paul. Il s'agissait de l'une des rares personnes avec laquelle il avait plaisir à discuter. Il lui était arrivé de rester près d'une heure, ce qui était un exploit, à parler de sport, de pêche, d'immobilier, en évitant consciencieusement d'aborder les sujets personnels. Derrière son vocabulaire et son costume élimé, Paul avait finalement l'air aussi paumé que lui. Il fallait l'être pour travailler toutes les nuits. Personne ne semblait l'attendre. « Tout comme moi », pensait Matt. Il s'était d'ailleurs demandé, à plusieurs reprises, si Paul avait connu un drame similaire au sien et si cette fracture l'avait amené à ne plus vouloir rencontrer les gens que la nuit, là où ils sont le plus vulnérables, afin d'être un peu plus sur un pied d'égalité. Les tables de jeux accentuaient encore ce phénomène. Avec les cartes en main, Matt était persuadé qu'il contrôlait enfin quelque chose et en premier lieu les autres joueurs ou les croupiers. C'était sans doute une illusion, mais il s'y accrochait. Adepte du Blackjack, Matt s'était entiché du poker dans sa version moderne, le Texas Hold'em No Limit. Deux cartes couvertes distribuées, plus cinq cartes communes qui permettent de faire des combinaisons. Depuis que ce jeu était entré dans les casinos, il venait trois à quatre fois par mois à Deauville. Il était ce que l'on peut appeler un client régulier. Mais comme chaque fois et malgré leur connivence, Paul demandait à Matt sa carte d'identité afin de vérifier s'il n'était pas interdit d'accès aux salles. C'était un petit gimmick entre eux, même si Paul ne serait pas surpris si un jour Matt apparaissait sur la liste interdite. C'était un bon joueur, certes, mais capable de coups de folie.

— Tout est en ordre monsieur Berger, déclama solennellement Paul après avoir fait passer la carte d'identité dans sa machine. Notre domaine vous est ouvert.

— Vous en doutiez ? répliqua Matt.

— Absolument pas, mentit Paul, mais il fallait bien que je vérifie si vous n'aviez pas passé toutes ces semaines loin de nous à faire de grosses bêtises ailleurs.

— Vous savez que je suis très fidèle comme garçon. Mais maintenant que vous me le dites, je me demande si la jeune hôtesse d'accueil de Trouville ne serait pas plus avenante.

Les deux hommes esquissèrent un sourire et Matt prit la direction des tables. Ce soir, il ne souhaitait pas trop parler. Il voulait oublier ou plutôt se sentir un peu vivant grâce à la dernière chose qui provoquait encore chez lui quelques frissons : les cartes.

Avant d'entrer dans la salle, Matt eut le réflexe de jeter un regard dans le grand miroir du hall. Il examina sa dégaine. Sur la route, il avait fait une pause de cinq minutes et troqué son vieux jean et son T-shirt moulant pour un costume en flanelle beige et une chemise noire. Il se dit qu'avec ses cheveux mi-longs blonds, ses yeux bleus, sa barbe de trois jours et son excès pondéral, il ressemblait à un mafieux russe. « Quand tu veux tu te remets au sport mon grand. » Ce n'était pas la première fois qu'il se le disait, mais Matt n'avait plus le goût de l'effort. Il avait pourtant été, par le passé, un athlète accompli.

Il pratiquait notamment le triathlon. Parmi les amateurs, il avait brillé à Nice, Embrun ou Hawaï. Des années de natation en compétition lui avaient forgé une carrure impressionnante presque disproportionnée par rapport à son mètre soixante-dix-sept. Il aimait le vélo et avait apprivoisé la course. Comme dans tout ce qu'il faisait à l'époque, il visait l'excellence, et s'imposait un entraînement quotidien drastique pour tenir les 3 800 mètres de nage, les 180 bornes à vélo et les fameux 42 kilomètres 195 de course. Aujourd'hui, il ne faisait plus de sport et mangeait tout et n'importe quoi, n'importe quand. Il avait pris plus de quinze kilos en huit ans, et sa belle musculature fine n'était plus qu'un lointain souvenir. Il ne ressemblait plus à rien. Ses tablettes de chocolat avait fondu. Mais, à cette minute, il s'en balançait. Pour la première fois de la journée, il se sentait bien.

L'atmosphère d'une salle de jeux était pour lui unique, surtout depuis que les cigarettes et autres gros cigares n'avaient plus droit de cité. Les tables de poker se situaient tout de suite à droite de l'entrée. Il y en avait quatre. Il était 1 heure du matin, Matt avait trois heures devant lui et 2 000 euros qu'il avait retirés au distributeur avant de venir. C'était à peu près la somme que lui rapporterait la photo du joueur et de la pute. Au poker la part de hasard était plus réduite et généralement, sur un laps de temps assez long, le bon joueur s'en sortait toujours bien. Si ce n'était pas sur la soirée, les résultats tombaient sur une semaine ou sur un mois. Matt s'était beaucoup entraîné. Après trois années pleines et des heures passées dans les cercles de jeux ou dans des parties privées, il se considérait comme un joueur solide. Au poker, il existait plusieurs profils dignes d'un bestiaire que Phil Helmut Junior, l'un des plus grands champions, avait classifiés. La souris était prudente comme votre vieille tante. Elle détestait investir dans des mains faibles et ne relançait que si elle avait un jeu canon. Le chacal était sauvage. Ça l'amusait de jeter l'argent par les fenêtres. Il jouait beaucoup de coups, relançait souvent et suivait une logique inverse de celle des autres joueurs. Il était simplement imprévisible. L'éléphant était un suiveur. Il ne passait jamais et croyait toujours qu'il pouvait remporter le pot. Il était impossible à bluffer. Et puis il y avait l'aigle, le joueur de très haut niveau qui tournait autour de la table et fondait sur les créatures fragiles pour rafler la mise. Enfin, il y avait le lion. C'était un adversaire dur qui savait jouer serré. Il bluffait suivant un rythme approprié. Matt aimait se considérer au poker comme le roi de la jungle. Il était bien différent de ce qu'il était dans la vie réelle : un pauvre chien galeux.

Matt s'installa à la seule table où il restait encore de la place. Quatre joueurs étaient en train de s'expliquer dans une partie de cash-game. Il les salua ostensiblement et posa ses jetons. Sans bonnes cartes, il passa les quatre premiers tours et examina le comportement de ses adversaires. À sa droite, il avait un tout jeune garçon agressif dans son jeu comme dans son attitude. Il portait des lunettes noires, des écouteurs dans les oreilles qui ne l'empêchaient pourtant pas de beaucoup parler. Il avait mis sur le coup précédent une grosse pression sur un quinquagénaire qui ne semblait pas très aguerri, probablement un joueur classique de casino qui s'encanaillait au poker.

Le jeune type l'avait bluffé jusqu'au bout en balançant son tapis. Il ne l'avait pas suivi et pourtant Matt était persuadé qu'il y était allé en slip. Avec une paire de valets dans les mains, Matt put enfin s'engager. Sa première relance conséquente fut suivie par la seule femme de la table. Très élégante, la profondeur du décolleté de sa robe de soirée ne parvenait toutefois pas à faire oublier son long nez et ses yeux trop rapprochés. Elle tentait pourtant d'user de ce dont elle disposait comme charmes pour déstabiliser l'adversaire. Elle rapprocha sa chaise de la table afin de mettre encore plus en valeur sa généreuse poitrine. Les trois premières cartes communes, le flop, étaient toutes inférieures au valet. Matt paria que la tentatrice avait un as et un roi ou une dame dans son jeu. Il décida donc d'envoyer son tapis pour ne pas laisser à son adversaire d'autres possibilités pour améliorer son jeu. La femme se coucha. Les coups s'enchaînèrent. Le quinquagénaire perdait beaucoup. Matt avait un bilan plutôt équilibré. Vers deux heures du matin, Matt reçut du croupier un 8 et un 9 de cœur, sa main porte-bonheur. Il savait que quoi qu'il arrive, il serait dans le coup d'autant plus qu'il était au bouton, c'est-à-dire dernier de parole. Il décida de suivre la grosse relance du jeune garçon. Le croupier retourna un roi de cœur, un sept de pique et un dix de trèfle. « Nickel », se dit Matt. Il avait un tirage quinte par les deux bouts. Agressif, comme à son habitude, le gamin relança encore. Matt réfléchit longuement.

— À votre grand âge ce n'est pas normal d'avoir encore peur de s'engager, dit tranquillement le jeune effronté.

Matt ne releva pas, le regarda droit dans les yeux et suivit la relance.

— T'excite pas mon petit, tu vas faire dans ta couche, répliqua Matt.

Il en avait assez d'entendre les sarcasmes qu'il balançait depuis le début de la nuit. Avec la fille et le quinquagénaire bedonnant, il avait fait des allusions plus ou moins fines à leur physique. Il avait certainement vu dans un livre que cela déstabilisait l'adversaire. Ou alors il avait regardé trop de westerns. Dans tous les cas, Matt était décidé à lui river son clou. Il ne devait pourtant pas se laisser envahir par ces flots de haine qu'il connaissait trop bien. Là, il était sur son territoire et il devait se maîtriser.

— Je pense que tu as une trop grande langue et que cela t'empêche de bien jouer au poker, poursuivit Matt.

Le gamin parut contrarié par ces piques. Matt n'avait pratiquement pas ouvert la bouche jusqu'ici, juste pour les annonces. Il enleva pour la première fois de la nuit ses lunettes noires. Si ses yeux avaient été des pistolets, Matt serait déjà mort. Il était blessé dans son amour-propre de gosse pourri gâté.

— T'es vivant finalement, alluma le jeune garçon qui ne voulait pas perdre la face. T'étais tellement inexistant jusqu'ici que je croyais que l'on avait un cadavre à notre table.

Cette remarque fit mouche. Ce morveux avait donc de l'instinct, il décida alors de le prendre au sérieux.

La quatrième carte, la *turn*, était un deux de cœur. Matt estimait depuis le début du coup que son adversaire avait dans les mains une paire forte, de rois ou de dames. Si c'était le cas, il devait peut-être même disposer d'un brelan de rois. Il devait se sentir assez confiant, mais certainement redouter la couleur puisque deux cœurs étaient déjà sur le tapis. Depuis le début de l'empoignade, Matt avait tenté de lui faire croire qu'il disposait, lui aussi, d'une grosse main dès le départ en le suivant notamment sans hésiter après sa première grosse relance. Il était presque invisible sur la quinte. Il le tenait. Il savait qu'avant la river, la dernière carte, le gars allait envoyer le tapis. C'est ce qu'il fit. Matt prit le temps d'analyser une nouvelle fois la situation. Le jeune était arrivé avec beaucoup d'argent. Il devait lui rester près de 3 000 euros. Lui en avait 2 800. C'était quitte ou double. Mais même s'il pensait avoir pour l'instant la moins bonne main, il calcula rapidement qu'avec les cœurs, les six et les valets qui restaient, soit plus d'une dizaine de cartes, les outs pouvaient lui donner la victoire. Il engagea donc à son tour son tapis. Les deux jeux découverts, le gamin dégaina ses deux rois. Comme Matt s'y attendait, il avait maintenant un brelan de rois. Son jeu était fait, Matt n'avait plus qu'à espérer le bon tirage. Statistiquement, il était plutôt mal engagé. Cette fameuse river pouvait souvent se révéler cruelle au poker. Matt regarda son adversaire dans les yeux et lui dit :

— Toi aussi tu vas apprendre à souffrir.

Et comme il en était persuadé, la river lui livra le valet de carreau qui lui fut favorable.

— Bordel de merde, t'es vraiment cocu, explosa le jeune homme.

Le chef de table le reprit immédiatement pour ses propos déplacés et lui indiqua qu'au prochain débordement de langage il devrait quitter le casino.

— Rien à branler de tes conneries, de toute façon je voulais me tirer de ce mouroir.

Il tira sa chaise violemment, prit le reste de ses jetons et passa derrière Matt pour se diriger vers la sortie.

— J'ai peut-être perdu, mais moi au moins j'ai une vie qui m'attend.

« Ce môme avait des fulgurances », songea Matt. Dans tous les sens du terme. S'il pouvait se contrôler un peu plus, ce serait probablement un excellent joueur de poker. En attendant, Matt fit mine de ne pas l'entendre et esquissa même un petit rictus de contentement. Ce gosse l'avait pourtant mis devant sa réalité. Il n'avait rien d'autre que ce palliatif pour trouver un peu de plaisir. C'était vraiment pathétique.

Matt gambergea le reste de la nuit. Ce petit con avait réussi à gâcher son plaisir. Il perdit 1 500 euros avec deux paires face au cinquième joueur de la table qui était excellent, sans doute même un professionnel. Il avait parfaitement masqué son brelan derrière ses petites lunettes cerclées et son brushing impeccable. Matt avait tout de même gagné au total plus de 3 000 euros. Les quatre heures sonnèrent et les joueurs furent invités à prendre congé. Matt salua Paul et s'apprêtait à reprendre sa voiture quand la femme de sa table l'interpella. Elle avait pas mal perdu mais conservait son sourire.

— Cela vous dirait de finir notre tête-à-tête dans ma suite.

— Où êtes-vous descendue ?

— Juste à côté, au Normandy. Est-ce assez bien pour vous ?

Depuis Marie, Matt n'avait jamais plus eu de relations qui excédaient deux semaines. Il avait pourtant connu pas mal de femmes. À sa grande surprise, elles le trouvaient encore très séduisant. Peut-être son côté bad boy désespéré. Il n'était pourtant pas, avec elles, un modèle de prévenance et d'élégance. Il en avait blessé beaucoup et déçu encore plus. Même si cette fille n'était pas un prix de beauté, il décida de se laisser tenter. Le sexe le défoulait et il avait bien besoin de se détendre.

Samedi 25 juin

Il était 7 heures du matin lorsqu'il quitta l'hôtel Normandy. Ciara, sa compagne de poker, s'était finalement montrée à la hauteur de ce qu'elle avançait. Sa plastique était loin d'être parfaite mais il avait toutefois pris du plaisir à lui faire l'amour. Il l'avait baisée avec envie et application, et en retour, elle lui avait taillé l'une des plus belles pipes de sa vie. Mais quand ils eurent fini, il ressentit, comme à chaque fois, une grande détresse, un grand spleen. Il prit une douche, se rhabilla et lança un simple « au revoir » en guise d'adieu. Il retrouva sa BM à l'endroit où le voiturier l'avait garée. Il démarra et longea le bord de mer pour sortir de Deauville. Il prit la direction d'Honfleur et à quelques mètres du panneau indiquant Saint-Gatien-des-Bois, s'engagea sur une petite route qui s'enfonçait dans le bocage. La pente de la départementale s'accentua et le bocage laissa la place à un petit bois accroché en haut de la colline. La BM bifurqua presque aussitôt à droite sur un chemin de terre. Après 200 mètres, la voiture déboucha sur une petite clairière où se dressait une jolie longère. Matt et Marie avaient eu le coup de foudre autant pour la maison que pour son environnement paisible et retiré. Le couple commençait à gagner très correctement sa vie. Lui au sein de l'agence de presse Sita, qu'il avait créée avec son meilleur ami, Jean-Eudes Duplessis, et elle à la rédaction d'une chaîne d'information permanente dont elle était devenue la présentatrice vedette. Lui dans l'ombre, elle dans la lumière. Ces deux-là étaient parfaitement complémentaires.

Ils l'avaient su dès qu'ils avaient, pour la première fois, travaillé ensemble sur un reportage en première année de l'ESJ Lille. Matt sortait de sa maîtrise de droit qu'il avait faite en traînant les pieds avec l'intention très claire de s'inscrire ensuite à l'ESJ. Il voulait écrire. Une vocation survenue à l'âge de 17 ans lorsqu'il travailla, pour la première fois, l'été dans une imprimerie. À la chaîne, il avait empaqueté des centaines de milliers de livres et s'était promis de faire des études pour ne plus les regarder passer sur le tapis, mais pour un jour pouvoir avoir son nom sur l'un d'eux. Définitivement, les livres, il préférerait les écrire plutôt que les fabriquer. Être écrivain, c'était son rêve secret, son Graal. En attendant, il racontait des histoires à travers ses reportages. Marie avait débarqué à Lille un peu par hasard. Brillante étudiante en école de commerce, elle ne savait pas vraiment ce qu'elle souhaitait faire de sa vie. Contrairement à Matt, dont les parents étaient ouvriers, elle était issue d'une famille de grands bourgeois avec un papa diplomate qui avait trimballé sa femme, ses deux fils et son unique fille de la Côte d'Ivoire au Canada en passant par la Russie.

Malgré toutes ces différences, ils étaient tombés amoureux presque au premier regard. Pour fêter le 9/20 de leur premier travail pratique, une note incroyablement haute donnée par un professeur acariâtre qui n'avait pas vu le terrain depuis bien longtemps, ils étaient sortis ensemble dans un pub, puis en boîte de nuit pour enfin faire l'amour dans le petit studio de Matt au centre ville de Lille. Une véritable révélation. Pourtant, à 22 ans, ils avaient déjà eu de nombreuses relations amoureuses. L'un comme l'autre étaient des êtres séduisants. Lui, jouait sur son côté mystérieux pour attirer les filles. Il était de taille moyenne, mais de ses larges épaules se dégageait une impression de force bestiale. Ses cheveux blonds étaient coupés ras. Ses grands yeux bleus délavés en avaient fait craquer plus d'une. Marie n'avait, elle, rien d'un top model. Avec son mètre soixante, ses jambes trop courtes à son goût et ses cheveux noirs mi-longs, elle ne payait pas de mine. Mais elle avait quelque chose d'incandescent, un charme ravageur qui rattrapait très largement un physique quelconque. Ses yeux noirs en amande et ses pommettes hautes trahissaient de lointaines origines asiatiques. Matt l'avait remarquée depuis le début et s'était débrouillé pour travailler avec elle. Ils ne s'étaient, dès lors, plus quittés. Elle lui apportait son énergie, sa joie de vivre, son espièglerie. Il la protégeait et lui transmettait toute sa sérénité.

La maison de Normandie avait été leur premier bien en commun. À Paris, ils avaient conservé chacun leur appartement, surtout pour le côté pratique. Ils n'avaient pas du tout le même rythme de vie. Entre les nombreux déplacements de Matt à l'étranger et les soixante-dix heures hebdomadaires de Marie, il y avait des mois où ils ne se voyaient pratiquement pas. Mais lorsqu'ils se retrouvaient c'était toujours aussi magique. À l'aube de la trentaine, s'était posée la question de l'avenir. Matt envisageait de lever le pied sur les voyages et Marie avait fait le plus difficile en se faisant remarquer. Ils étaient prêts. Prêts à construire, à vivre ensemble et même, chose incroyable, à avoir un enfant, ce qui était loin d'être joué pour Marie qui ne se voyait pas du tout en mère de famille. Elle pouvait le faire pour lui parce qu'elle l'aimait plus que tout, même si ses vieux démons n'étaient jamais très loin. Cette maison, ils l'avaient choisie ensemble. Ils n'en auront jamais vraiment profité.

Matt descendit de la voiture et jeta un œil à la remise en bois où était toujours garée la vieille Clio noire de Marie. Devant la maison, un trou béant carrelé n'avait jamais vu l'eau. Tout était aujourd'hui noirci. Matt n'avait pas pris la peine d'en protéger les abords. C'était dangereux pour les enfants. En même temps, qu'est-ce qu'un enfant viendrait faire ici, ce serait totalement incongru. Ses neveux de 5 et 7 ans habitaient à des milliers de kilomètres, à Perth en Australie, avec leurs parents. Son frère aîné était parti là-bas en vacances à l'âge de 20 ans. Il n'en était jamais revenu. Il avait rencontré sa future femme, une Allemande, et ils avaient ouvert une boutique de surf, leur passion commune, qui marchait très bien. Matt voyait ce qui constituait sa seule famille environ tous les deux ans. Il espérait bien les embrasser cette année. Matt souleva un vieux pot de fleurs et saisit la clé cachée. Il ouvrit les volets délabrés de la porte de la maison. Rien n'était entretenu. Malgré cela, cette maison de plain-pied à colombages avait encore de la gueule. Lorsqu'il entra, Matt alluma simplement la lumière et ne se donna même pas la peine d'ouvrir les autres volets. Ça sentait le renfermé alors qu'il y séjournait assez régulièrement, à chaque fois qu'il allait au casino. La cuisine rustique était la pièce centrale. Rien n'avait bougé depuis la dernière visite de Marie. La grande table de ferme et ses deux bancs trônaient au milieu de la pièce. Ils voulaient recevoir plein d'amis. À gauche de la porte, Marie avait fait installer un plan de travail en chêne massif qui encadrait l'évier devant la fenêtre. En dessous, étaient encastrés un lave-linge et un lave-vaisselle. Une batterie de casseroles en cuivre n'avait jamais été utilisée. Matt passa immédiatement dans le salon. Un petit coin cosy. Ils se voyaient bien lire tous les deux enlacés près de la grande cheminée. C'était cliché, mais ils adoraient ça. Matt alla s'installer dans le vieux rocking-chair. Il tendit le bras et ouvrit le coffre en bois. Il saisit un verre et la bouteille de whisky. Du Jameson, le préféré de Marie. Il avait du mal à s'endormir sobre. Après trois tournées, il traversa la cuisine et la première chambre d'amis. Quels amis ? Il accéda à la suite nuptiale, comme ils aimaient l'appeler. Tout était exactement comme Marie l'avait laissé. C'était un vrai mausolée. Le couvre-lit mauve de chez Ikea était toujours en place. Marie trouvait que cela tranchait bien avec le parquet marron foncé qu'ils avaient installé eux-mêmes à la place des tomettes. Il s'allongea sur le lit tout habillé. Il tourna la tête vers la petite table de nuit où trônait le portrait de Marie qu'il avait fait sur les falaises d'Étretat. Elle était belle. Il déposa un baiser sur la photo. Comme à chaque fois, il pleura. Le jour viendrait-il enfin où il ne pourrait plus supporter l'absence de Marie ? Il n'avait jamais trouvé le courage de se buter. Si seulement il avait pu être à sa place dans cette voiture, ce funeste soir. Cela faisait maintenant huit longues années et le temps n'avait en rien atténué sa douleur. Son manque d'elle n'avait fait que croître élargissant une blessure qui ne cicatriserait jamais. Marie lui manquait terriblement, de plus en plus. Pourquoi l'avait-elle laissé seul ? Pourquoi avait-elle pris cette foutue bagnole ce soir-là ? Pourquoi était-elle passée par la rue St-Honoré ? Pourquoi ce taré, totalement défoncé, était-il au volant de cette voiture volée ? Pourquoi l'avait-elle quitté ? Pourquoi était-elle morte ? Il s'effondra en larmes en pensant à Marie et à l'enfant qu'elle portait.

Lorsque Matt se réveilla, il faisait encore jour. Il regarda sa montre ; il était 18 heures. Il avait dormi dix heures. Il s'extirpa du lit péniblement, la bouche pâteuse. Il reprit ses esprits sous la douche. Totalement nu, il sortit dans le jardin où il faisait plus de 25 degrés et alla à sa voiture. Dans le coffre, il saisit, à côté de son ordinateur portable, sa petite valise de voyage. De retour dans la chambre, il opta pour un jean et un polo. Il alla dans le placard de la cuisine pour prendre ses vieilles baskets Puma qui restaient à demeure dans la maison. Il avait faim et il savait qu'il n'y avait absolument rien de comestible dans son magnifique frigo américain qui n'avait jamais rien accueilli. Il décida donc de descendre au village de Saint-Gatien pour manger un morceau. Sur la route, il se demanda s'il resterait encore jusqu'à demain, dimanche, où s'il retournait dès ce soir à Paris. Cela faisait bien longtemps qu'il avait cessé de planifier. Dans sa vie d'avant, il détestait l'inconnu et l'improvisation ; c'était d'ailleurs ce qui avait fait de lui un bon journaliste sur le terrain. Il avait toujours un coup d'avance. Aujourd'hui, il se laissait aller, non pas au gré de ses envies, il n'en avait guère, mais de ses seules intuitions. Finalement, il était convaincu qu'il ne voulait pas revenir à Paris.

Matt entra dans l'unique pub de Saint-Gatien et salua le patron de la tête, un petit bonhomme bourru, moustachu et ventripotent qui n'était pas connu pour sa convivialité. C'était parfait ; Matt désirait avant tout manger et rester tranquille. Il commanda une pinte de Guinness et deux club sandwiches avec frites et mayonnaise. Il alla jusqu'au bar et prit le journal du soir qui traînait sur le comptoir. Il consulta directement la page des sports. Nous étions en pleine période de transferts. Beaucoup de bruit pour rien, songea Matt. Il n'y avait pas un mot sur Rowland et sa destination future. Comme à son habitude, il feuilleta le journal en commençant par la fin. Il en était aux faits divers, rubrique toujours très dense dans ce canard, quand son regard fut attiré par une toute petite photo qui jouxtait un entrefilet. Il reconnut immédiatement les grands yeux verts si particuliers qu'il avait eus dans le viseur de son téléobjectif la veille. La prostituée qui avait passé la soirée chez Rowland avait été retrouvée morte par un promeneur dans la forêt de Meudon. Les enquêteurs recherchaient son identité et espéraient accélérer les choses en publiant son portrait. D'après les premières investigations, la victime était décédée la veille au soir entre 1 heure et 2 heures du matin. Il n'était plus question pour Matt de rester.

Daniel Di Miglio avait ses petites habitudes au café des Initiés. À deux pas du Louvre, au centre de Paris, c'était pratique. Quand il fallait mettre les petits plats dans les grands, Daniel recevait dans les salons du Ritz. Mais cette fois, c'était la discrétion qu'il recherchait. Il avait donc pris place tout au fond dans un petit box à l'écart où l'on ne pouvait pas voir la table depuis l'entrée de l'établissement. Il pouvait aussi compter sur le concours des serveurs. Ses pourboires étaient conséquents et il leur donnait très souvent d'excellentes places pour les matchs de football. Ce soir, lui et son invité auraient besoin de calme même s'il se doutait qu'avec son baggie, son débardeur et son béret, Rowland ne passerait pas vraiment inaperçu. « Ce gamin est vraiment ingérable », songea Daniel. Si tout le monde s'accordait à dire qu'il s'agissait d'un excellent joueur, il se distinguait aussi par ses frasques hors du terrain. Fêtard, dragueur, parfois violent, surtout lorsqu'il avait bu, il s'était à plusieurs reprises retrouvé dans les cellules de dégrisement du commissariat du 8e arrondissement, là où se situait sa boîte de nuit préférée. À 20 ans, il était riche, célèbre, mais surtout déséquilibré et accompagné de sa bande de potes qui le collait comme des moules au rocher. Ils profitaient de lui. Il le savait, mais s'en foutait. Dieu lui avait fait un don. Son pied gauche lui permettait de se faire tout pardonner.

Au fond, il n'y avait qu'une chose qu'il prenait au sérieux : le ballon rond. Il ne l'avait jamais quitté depuis que son père lui avait fait cadeau de son premier, en cuir véritable, alors qu'il n'avait que 2 ans. C'était tout ce que son vieux lui avait laissé. Il s'était fait la malle quelques mois plus tard, l'abandonnant avec sa mère et ses trois sœurs dans un appartement minable de Choisy-le-Roi. Les dalles hexagonales de l'esplanade du bas de sa tour avaient accueilli ses premiers dribbles. Le vieux terrain stabilisé à côté de chez lui avait, en comparaison, des allures de billard. C'est là que les recruteurs des clubs professionnels l'avaient repéré. Il n'avait alors que 10 ans et son entraîneur de l'époque les avait alertés qu'un petit phénomène était en train de naître.

Ce fut ensuite la filière classique pour Jimmy qu'il pimenta toutefois de sa forte personnalité. Il laissa un souvenir impérissable à l'Institut National du Football de Clairefontaine d'où il avait failli se faire virer une bonne vingtaine de fois pour indiscipline et manque de résultats à l'école. Mais il avait un tel talent qu'entraîneurs et professeurs avaient fini par fermer les yeux sur ses frasques. À la fin de sa préformation, les plus grands clubs européens avaient tenté de le débaucher. Il était resté fidèle à ses racines franciliennes privilégiant l'ASP, club populaire porteur des valeurs de la banlieue, aux « bourgeois » du PSG. Sa mère fut heureuse de le garder près d'elle. Ses nombreux amis, sincères ou non, aussi. Son père avait alors essayé de reprendre contact avec lui. Il l'avait naturellement envoyé chier. Son premier match de Ligue 1, à 17 ans seulement, avait été un petit événement. C'était la seule fois de sa vie qu'il avait ressenti une petite pression sur un terrain de football. Son exceptionnel talent lui avait permis jusqu'ici d'éviter la sortie de route. À chaque grosse connerie, Jimmy compensait, le week-end suivant, par un match extraordinaire. Lorsqu'il avait allongé d'une droite un coéquipier à l'entraînement, parce qu'il l'avait taclé un peu trop sèchement, le coach avait décidé de prendre des mesures exemplaires pour le punir. Mais voilà, l'ASP disputait, le samedi suivant, un match capital pour le maintien. Jimmy avait été aligné. Il avait marqué deux buts et délivré une passe décisive. On n'avait plus jamais entendu parler de l'affaire. Officiellement, Rowland avait écopé, en interne, d'une grosse amende. Le malheureux victime du coup de poing n'était, lui, plus jamais réapparu sur une feuille de match jusqu'à son transfert à la fin de la saison.

Lorsqu'il le rejoignit à sa table, Daniel constata tout de suite que Jimmy Rowland avait les traits tirés. Il n'avait plus cette cool attitude qui lui donnait si souvent envie de le secouer. « Pas bon du tout », pensa Di Miglio.

— Alors Jimmy, dis-moi ce qu'il y avait de si important pour me faire tout lâcher immédiatement.

— Vas-y, arrête de jouer les hommes d'affaires. C'est pas le moment de me casser les couilles, j'ai de vrais soucis mec.

Rowland ne cessait de tripoter son diamant à l'oreille. Cela semblait le détendre. Il y en avait une centaine d'autres autour du cadran de sa montre Cartier pour définitivement rester zen.

— Calme-toi et explique-moi ce qui se passe, lui dit tranquillement Daniel, pourtant de plus en plus inquiet. Il y a un problème avec les Espagnols ? T'as eu de nouvelles infos sur ton transfert ?

— Non, ça n'a rien à voir, c'est perso.

— Tu sais que je suis ton agent, pas ton ami et encore moins ton avocat.

— Ouais, mais je peux pas avoir confiance en cet enculé de baveux. Toi tu me comprends, tu viens du même milieu que moi. Putain, faut que je te supplie ou quoi ?

— Vas-y, balance-moi ce qui ne va pas.

— Je suis vraiment dans la merde mec. Quand t'es parti hier soir, on s'est organisé une petite sauterie mes potes et moi.

— Je sais, j'étais présent, je te signale. J'imagine bien que la drogue et les filles n'étaient pas là simplement pour le décor.

— Ce que tu ne sais pas, c'est que ça a mal tourné.

Jimmy se prit soudain la tête entre les mains.

— La pute que j'ai sautée hier. Elle est morte.

Di Miglio s'affaissa. Il avait l'impression d'avoir pris dix ans en deux minutes. Il eut immédiatement la gorge sèche et but d'un trait son coca. Il avait l'habitude que Jimmy lui cause quelques petits soucis, mais là, il avait fait fort. Il plissa les yeux, se massa les tempes et essaya de se concentrer.

— Elle est morte ! Où ? Comment ? Ne me dis pas que c'était chez toi, aboya Daniel.

— T'es cinglé, elle a pas clamsé chez moi.

— Où est le problème alors ? Je ne comprends rien. Comment sais-tu qu'elle est morte ? Putain, pour une fois dans ta vie sois clair !

Le visage de Daniel était rubicond. Il sentit une envie profonde de lâcher ce boulet. Après tout, il n'avait pas besoin de ce sac à emmerdes pour prospérer. Il avait d'autres gros clients qui lui permettraient de vivre plus que confortablement. Il secoua la tête et se ressaisit aussitôt. Il posa calmement sa main sur le bras de Rowland et lui demanda simplement :

— Vas-y, prends ton temps et explique-moi gentiment.

Rowland esquissa un sourire, comme rassuré par ce geste d'apaisement. Décidément, ce n'était vraiment encore qu'un gamin, songea Daniel.

— Je te raconte ! Je me suis réveillé à deux heures, cet après-midi, complètement dans le gaz. J'ai été chercher le journal pour voir quelle nouvelle destination ces abrutis m'avaient encore inventée. C'est là que j'ai vu la gueule de cette connasse. L'article disait qu'elle était morte.

— Un peu de respect, bordel, s'emporta encore Daniel. Je te signale que cette gamine est morte.

Jimmy fut totalement décontenancé. Il n'avait pratiquement jamais vu Daniel perdre son sang-froid à ce point. Il avait craqué deux fois en deux minutes, alors même qu'il l'avait vu, la semaine précédente, conserver le sourire pendant presque cinq heures d'affilée face à des émissaires de Madrid qui se foutaient ouvertement de sa gueule. À la fin de la négociation, c'était finalement Daniel qui les avait entubés. Et il avait conservé ce même rictus. Rowland sentit soudain un gros frisson lui parcourir le dos et en même temps la sueur couler.

— Quel rapport cela a avec toi ? reprit Daniel toujours aussi tendu. Tu m'as bien dit que tu n'étais pas présent quand elle est morte. Et d'abord quelle est la cause de son décès ?

— Ils disent qu'elle a fait une hémorragie cérébrale suite à un coup reçu.

Jimmy Rowland était blême. Daniel Di Miglio ne parvint pas à déglutir.

— Et ?

Jimmy s'écroula alors. Il pleurait presque.

— Je sais pas ce qui s'est passé. J'ai pourtant fait comme d'habitude avec les filles.

Même si Daniel ne tenait vraiment pas à connaître les penchants sexuels de son client, qu'il devinait pour le moins particuliers, il devait tout savoir.

— C'est-à-dire ?

— Ben, la gonzesse est arrivée, on est montés, on s'est désapés. Je l'ai secouée un peu avant…

— … Secouée. Secouée comment ? l'interrompit Daniel.

— Je lui ai mis des petites baffes dans la gueule, histoire de voir la trouille dans ses yeux. Ça m'aide à bander.

Daniel soupira, l'air désespéré.

— Mais c'est rien mec. Après on a baisé comme des malades, normalement. Elle était bien, elle a même gueulé.

— C'est bon, épargne-moi les détails. Si ce n'est rien, alors pourquoi es-tu si inquiet ?

— Je me dis que son truc au cerveau, ça a peut-être un rapport avec ce que je lui ai fait.

— Bravo Einstein, fit Daniel la voix pleine d'ironie.

— Je suis pas venu là pour que tu te foutes de ma gueule, lança Rowland, glacial.

C'était la première chose sensée que Jimmy exprimait depuis le début de leur discussion. Il avait raison. Il devait garder ses nerfs.

— OK, raconte-moi ce qui s'est passé après... votre rapport.

— C'est surtout pendant. Je suis pas ce qu'on peut appeler un romantique. On peut dire que j'y vais plutôt en force. La fille, elle s'est mangé le montant du lit deux ou trois fois, tu vois, quoi. Mais quand je me suis endormi, elle allait bien, je te jure. À mon réveil, elle était plus là. Mais je me suis pas inquiété, c'est ce qui se passe d'habitude. L'agence vient récupérer les filles. Je suis pas obligé de leur faire un gros bisou pour leur dire au revoir.

— Ravi que tu conserves ton humour, rétorqua Daniel. Quand tu t'es endormi, tu es certain que la fille était en pleine forme ? poursuivit Daniel.

— Je crois. J'ai pas trop fait attention à elle. J'avais eu ce que je voulais. Je pense qu'elle a pris une douche a côté. Ensuite, je l'ai sentie revenir se coucher à côté de moi. Je lui avais donné l'autorisation en attendant que les limousines reviennent. C'est une petite attention que j'accorde a mes préférées, sourit Jimmy.

— Ton problème, c'est que tu n'as vraiment rien dans le crâne mon pauvre gars, s'emporta encore Daniel.

C'était plus fort que lui. Il avait envie de lui rentrer dans le lard. Il se reprit immédiatement.

— Et quand tu t'es mis a roupiller, elle dormait aussi ?

— J'en sais rien. Quand je dors, je dors, mec !

— Ce n'est pas bon ce bordel, ce n'est pas bon du tout. Bon, réfléchissons calmement. Personne, je dis bien personne ne doit faire le rapport entre cette fille et toi. Ce serait catastrophique pour ton transfert et ta carrière en général. Tu vas me faire une liste de tous les gus qui étaient chez toi hier soir. Je me charge d'aller voir les propriétaires de l'agence de call-girls. Où est-ce que cette fille a été retrouvée ?

— Dans le bois de Meudon, répondit Jimmy.

— Le bois de Meudon ?

Cela n'avait aucun sens. Daniel avait du mal à réfléchir de façon cohérente. Il tenta de se concentrer. « Si le type qui ramène les filles avait constaté sa mort dans le lit, il aurait réveillé Jimmy pour lui demander des explications. S'il l'a embarquée sans faire de raffut, c'est qu'elle devait être vivante. À moins que la prostituée se soit sentie mal après dans la voiture. Dans ce cas, pourquoi l'aurait-il balancée dans les bois ? Surtout sous les yeux des autres prostituées. Daniel était perdu. Il s'extirpa de ses pensées et regarda Jimmy dans les yeux.

— Écoute-moi bien. Pour une fois, tu vas fermer ta grande gueule. Tu demandes juste à tes enfoirés de copains s'ils ont apprécié ta petite soirée, histoire de les jauger et de savoir s'il y en a un qui s'est aperçu de quelque chose d'anormal. Si c'est le cas, persuade-le que tout était OK et que s'il a vu des choses bizarres c'est qu'il était défoncé. Ça ne devrait pas être trop compliqué vu ce qu'il y avait sur la table quand je suis parti. Ensuite black-out total. Tu n'as jamais vu cette gonzesse. Si quelqu'un te contacte, tu m'appelles.

— Tu penses qu'on pourrait me faire chanter ?

— Je pense surtout aux flics qui peuvent remonter jusqu'à l'agence et donc jusqu'à toi. Il faut absolument que je prenne contact avec la directrice. Tu as son numéro ?

Rowland vérifia sur son téléphone et communiqua le numéro à son agent.

— En attendant tu te tiens à carreau. Tu m'as bien compris. J'ai idée que si tout cela s'étalait dans les journaux et à condition que tu n'aies rien fait, les Espagnols du Real seraient beaucoup moins enclins à te faire venir. C'est tout juste si l'ASP voudrait encore de toi. Au mieux, ta carrière serait foutue. Au pire ce serait ta vie. Tu piges ?

— Je ferai comme tu diras mec, éructa Jimmy.

— Rentre chez toi et je te donnerai des nouvelles, ordonna Daniel.

Il fut étonné par sa propre implication dans cette affaire. Après tout, Jimmy était un gars qu'il aimait bien, mais il n'était ni son père ni son frère, même pas son ami. À moins qu'il veille sur lui comme sur un trésor. Entre autres qualités, Daniel Di Miglio était lucide.

Une demi-heure après avoir lu l'information, Matt était déjà sur l'autoroute A 13 pour rentrer à Paris. Il avait avalé ses club sandwiches, réglé le patron et pris la voiture sans même repasser chez lui. Il était à la hauteur de Pont-l'Évêque lorsqu'il sortit son portable et son oreillette. Il chercha dans son répertoire le numéro de la rédaction de *News People*. Il appela, mais personne ne répondit. Nous étions samedi et il était déjà 19 heures. Le magazine sortait le mardi. Il leur fallait donc le boucler dimanche. Il n'était pas anormal qu'il n'y ait déjà plus personne s'ils devaient travailler toute la journée de demain. Il essaya le numéro de portable personnel de Barul sans plus de succès. II fut directement basculé sur sa boîte vocale. Le message était à l'image du bonhomme... branchouille, avec un vocabulaire qui se voulait jeune. Il n'a pas encore réalisé qu'il a déjà quarante balais ce vieux con, songea Matt. Après le bip, il lui demanda de le rappeler à la minute même où il aurait son message. Matt reposa l'oreillette, appuya sur l'accélérateur. Il était tout à coup pressé de rentrer chez lui.

La silhouette massive de l'homme en noir se glissa dans l'ascenseur d'un immeuble récent de Levallois-Perret. Il sortit une carte de sa poche qu'il passa devant le lecteur. Le petit bip caractéristique lui permit de débloquer l'accès au deuxième étage. Une plaque métallique indiquait qu'il était occupé par la rédaction de l'hebdomadaire *News People*. Les portes de l'ascenseur s'ouvrirent sur un hall d'accueil. À gauche se trouvaient les services marketing et publicité du magazine. En face, une grande salle de réunion était partiellement cachée par des persiennes. Mais ce fut vers la droite que l'homme alla directement. Il s'agissait de la rédaction de *News People*, le centre névralgique. L'homme sortit un trousseau de clés et ouvrit la porte. Il traversa le vaste open space et sans hésiter se dirigea au fond de la pièce vers le bureau du rédacteur en chef. Il s'assit dans le fauteuil, alluma le PC qui était encore chaud. Il entra le mot de passe : Fuckme. Il eut un soupir d'exaspération. Il n'avait jamais rencontré le propriétaire de cet ordinateur, mais il savait d'emblée qu'il ne l'aimerait pas. Le bureau s'afficha sur l'écran et l'homme cliqua sur l'icône de la messagerie du journal. On y accédait directement puisque le password et le login étaient préenregistrés. Il examina les mails envoyés la veille au soir. Celui de Matthieu Berger était en quatrième position. Il l'ouvrit et visionna une série de cinq photos qu'il transféra sur sa clé USB. Il élimina le mail et alla sur les pièces à effacer afin de retirer toutes traces de ces clichés. Il se connecta ensuite sur le serveur de la rédaction où se trouvaient les fichiers communs et notamment celui des photos. Les dossiers étaient classés par noms. Il chercha celui de Rowland et double cliqua dessus. Les toutes premières photos, les plus récentes, y étaient déjà enregistrées. Il s'agissait des mêmes cinq clichés pris, selon le copyright, par Matthieu Berger. Cette fois, il prit simplement soin de les effacer. Il n'y avait plus aucune trace au journal de ces photos. Il entra ensuite dans le carnet d'adresses des collaborateurs et s'arrêta sur le nom de Berger. Il nota ses coordonnées complètes. L'homme éteignit le PC, déplia ses grandes jambes et prit tranquillement la direction de la sortie. Lorsqu'il déboucha sur la rue Thierry-le-Luron, il regarda sa montre. Il était 19 heures et il venait d'accomplir la moitié de sa mission.

Il était un peu plus de 20 heures, ce samedi, lorsque Matt dépassa le panneau indiquant Rueil-Malmaison sur la Nationale 13. À hauteur du Château de Napoléon, il tourna en direction du centre-ville. Il habitait cette banlieue tranquille de l'ouest parisien depuis près de cinq ans. Il y avait acheté un petit appartement en duplex dans une vieille maison de ville avec un box à proximité. Tout juste arrivé dans son étroite rue, il dut monter sur le trottoir pour laisser la place à un gros 4X4 Audi Q7. Le conducteur n'eut même pas la délicatesse de le remercier. Une fois la BM remisée, Matt gagna directement son domicile. Il força sur la serrure pour entrer. Cela faisait six mois qu'il se disait qu'il devait la graisser. Il balança ses clés dans le vide-poche de l'entrée. Un coup d'œil rapide dans le miroir lui confirma qu'il n'était vraiment pas frais. Son intérieur ne ressemblait absolument pas à l'idée que l'on pouvait se faire du garçon. Curieusement, il avait pris un grand soin pour l'aménager. Il se demandait encore pourquoi. Il avait poncé et vitrifié le vieux parquet d'origine qui resplendissait. Une cuisine américaine, dotée des derniers équipements, donnait sur un salon décoré avec goût. C'était simple mais joli. Au bout de la pièce trônait un large canapé d'angle en velours gris souris. En face, sur le mur en crépi blanc, il avait accroché un LCD de 120 centimètres. Il pouvait rester des heures à regarder la télévision, n'importe quel programme, comme hypnotisé. C'était parfait pour ne plus penser à rien. Il adorait surtout les jeux TV. Comme un singe savant, il répondait aux questions de l'animateur. Il se disait qu'un jour peut-être, quand ça irait mieux, il tenterait sa chance sur les plateaux de télé. Il ramènerait pas mal d'argent, il en était sûr.

Il enleva sa veste et la rangea dans la grande armoire normande qui constituait avec la table basse en verre les autres meubles de la pièce. Il décida de s'allonger sur le canapé. Cette position, en général, était propice à sa réflexion. Il hésita cependant un instant, puis se releva immédiatement. Barul ne l'avait toujours pas rappelé, mais il venait de se souvenir que sur son PC, à l'étage, il possédait l'adresse mail et les coordonnées du jeune rédacteur en chef adjoint, Paul Chardon. Lui serait peut-être joignable. Il monta quatre à quatre l'escalier. La porte de sa chambre était fermée. Celle du bureau, à côté, restait toujours entrouverte. Il y pénétra et s'assit devant la table de travail. Tout y était parfaitement ordonnancé. Au début de ce long tunnel, dont il ne voyait toujours pas la sortie, il s'était persuadé que ranger ses affaires l'aiderait à mettre de l'ordre dans ses idées.

Il comprit rapidement qu'il ne s'agissait que d'une illusion. Mais il avait conservé cette habitude. Et aujourd'hui, il était devenu maniaque. Rien ne devait dépasser. Il sentit donc instinctivement que quelque chose n'allait pas. Son ordinateur avait été utilisé. Matt avait une sorte de TOC. Il positionnait toujours sa souris sans fil à 20 degrés du bord du bureau, parfaitement alignée sur la pointe du stylo imprimé sur son tapis de souris. Là, elle ne l'était plus. Il se dirigea vers le placard où il stockait ses archives et ses photos papier. Apparemment, rien n'avait bougé. Apparemment seulement. Matt remarqua immédiatement la position inhabituelle de ses dossiers cartonnés. Il laissait toujours un léger espace entre eux. Ils étaient cette fois tous resserrés. Quelqu'un s'était introduit chez lui sans y être invité. Et le ou les intrus avaient laissé des traces. Il s'agissait soit d'amateurs, soit de types qui n'avaient pas peur d'être découverts, ce qui était encore moins rassurant. Mais au lieu de le mettre en colère ou de l'angoisser, cette constatation lui fit ressentir une petite pointe d'excitation comme il n'en avait pas connu depuis longtemps en dehors d'une salle de jeu. Matt ne croyait pas aux coïncidences. Cette petite visite avait forcément un rapport avec les photos qu'il avait prises la veille. Il avait même déjà son idée sur l'identité du commanditaire de cette effraction. Cette pauvre gamine, trucidée dans la nuit, avait passé ses dernières heures en compagnie de Rowland, un dégénéré notoire connu pour confondre les filles avec des punching-balls. Et Matt était peut-être le seul à en avoir une preuve tangible. Voilà qui pouvait mettre notre star du ballon rond en grosse difficulté. Les faits étaient têtus, même si pour Matt tout n'était pas encore très clair. Mais comment diable Rowland avait-il pu savoir, d'abord qu'un paparazzi le shootait, et ensuite, obtenir son identité et son adresse si rapidement. Décidément, une petite conversation avec Barul s'imposait de plus en plus. En attendant, il fonça sans perdre de temps au garage pour récupérer, dans le coffre de sa bagnole, son appareil-photo et la petite carte mémoire où étaient stockés ses 250 derniers clichés. Celle-là, il devait la planquer avec le plus grand soin.

Dimanche 26 juin

— Qu'est-ce qu'il y a, tonna le rédacteur en chef en décrochant son téléphone.

— Monsieur Barul, excusez-moi de vous déranger, c'est Sonia, l'hôtesse d'accueil. Un monsieur souhaiterait vous rencontrer.

— Qui peut bien venir m'emmerder un dimanche matin alors que nous sommes en plein bouclage ?

— C'est un certain M. Berger.

— Berger, qu'est-ce qu'il me veut celui-là ? Dites-lui que s'il s'inquiète pour ses photos, je les ai bien reçues, dans le bon format et c'est de la balle. Il peut rentrer manger ses croissants au lit avec bobonne.

L'hôtesse parut gênée. Heureusement qu'elle n'avait pas mis le haut-parleur, se dit-elle.

— Je vous prie de m'excuser monsieur Barul, mais M. Berger insiste pour vous voir en personne.

— C'est bon, faites-le monter, mais dites-lui bien que je n'ai que cinq minutes à lui accorder.

Barul raccrocha violemment. « À quoi ça sert de faire venir une godiche en bas le dimanche si elle n'est pas capable de filtrer », maugréa-t-il.

Quelques minutes plus tard, Matt prenait place dans le grand fauteuil en cuir réservé dans un coin du bureau aux visiteurs de Barul. Ce dernier avait adopté un tout autre ton. Il connaissait de réputation le foutu caractère de Matt. Il fallait, disait-on, être gentil ou au moins poli avec lui. Les rédactions bruissaient d'une anecdote selon laquelle Berger avait mis un énorme coup de boule à un chefaillon désagréable. Il était fêlé tout simplement. En plus, il connaissait le passé de grand reporter de Matt. En dehors de la peur, il avait aussi un certain respect pour ce mec qui, paraît-il, avait connu un gros coup dur. Barul décida donc de l'accueillir à bras ouverts et le sourire aux lèvres.

— Matt ! Comment vas-tu ? Tranquille ? Qu'est-ce qui t'amène ?

Berger était devant cet homme depuis à peine dix secondes et il l'exaspérait déjà. Barul était une caricature. De taille moyenne, les cheveux très bruns coupés court, le petit bouc et la peau mate, il était physiquement plutôt bien conservé, grâce notamment aux crèmes de soins qu'il s'appliquait consciencieusement sur le visage le matin et le soir. Des pompes et des abdos quotidiens lui permettaient également de mettre en valeur son torse et ses bras moulés, la plupart du temps, dans des T-shirts ou des chemises beaucoup trop petits pour lui. Matt n'avait pas souvent eu affaire à lui ; il traitait généralement directement avec le journaliste qui faisait le sujet. Mais à chaque fois qu'il l'avait en face de lui, il ne pouvait s'empêcher de penser que ce type était un crétin doublé d'un faux-cul.

— Je sais que tu es en plein bouclage Jean-Marc, mais il fallait que je te parle tout de suite, entama Matt.

— JM, je t'en prie, appelle-moi JM. Jean-Marc ça fait vieux con. Merci papa, merci maman.

— Eh bien Jean-Marc, je crois que toi et moi n'avons pas de temps à perdre. Alors venons-en aux faits. As-tu vu les photos de Rowland que je t'ai envoyées vendredi soir ?

— Celles avec la pute. Ouais, je les ai regardées vite fait. Elles m'ont fait kiffer, je te les passe dans le prochain, no problemo.

« Ce n'est pas possible, il ne va pas parler comme ça pendant toute notre conversation, s'interrogea Matt. J'ai l'impression de parler à un ado. »

— Ce n'est pas le sujet, poursuivit Matt. La fille qui est avec Rowland, elle était aussi dans le journal hier, mais dans la rubrique faits divers. Elle a été retrouvée morte dans la forêt de Meudon juste après être partie de chez Rowland. Tu vois ce que cela implique ?

Le visage de Barul marqua à la fois l'étonnement et l'envie. Il se voyait déjà faire la une du canard avec cette photo qui ne devait passer à l'origine qu'en page 8.

— C'est énorme. Tu crois que Rowland est impliqué dans l'affaire ? dit-il gourmand, comme s'il tenait là le scoop de sa vie. Ce serait le pied !

— Quelqu'un a essayé de me tirer ces photos chez moi.

— Non, tu déconnes !

Matt le jaugea. Barul avait l'air sincèrement surpris et sacrément excité. Il décida d'en avoir le cœur net. Il se leva et s'approcha, menaçant, de son interlocuteur qui avait le cul posé sur son bureau.

— Tu n'aurais pas, par hasard, craché mon nom et mon adresse à ce petit enfoiré de Rowland ?

Barul comprit immédiatement de quoi il retournait. Il était lâche, tordu, mais plutôt intelligent.

— Tu ne crois tout de même pas que je t'aurais donné à Rowland pour qu'il récupère des photos super compromettantes. Ce serait me tirer une balle dans le pied.

— Et contre une coquette somme d'argent, cela pourrait t'aider à faire passer la pilule. Rowland ne manque pas de moyens.

— T'es dingue ! Si ce que tu dis est vrai, tu n'imagines pas le foin qu'on va faire avec ces photos. On les a en exclu, putain ! On va exploser notre tirage ! Pour moi, c'est une place assurée dans le conseil d'administration du groupe.

C'était imparable comme argument. Et vu l'état dans lequel il était, Barul ne pouvait pas jouer la comédie.

— Je te crois, fit sobrement Matt. Puis il regagna son fauteuil et poursuivit. Mais ça ne règle toujours pas notre problème.

Barul se précipita alors sur son ordinateur. Il rechercha frénétiquement les photos sur le serveur commun. Plus de traces. Il regarda sa boîte mail. Le message de Matt avait disparu. Dans la foulée, il décrocha son téléphone.

— Éric, c'est JM. Viens me voir tout de suite dans mon bureau. Puis il s'adressa à Matt, livide. On m'a piqué les photos.

Matt ne fut pas surpris et réfléchit rapidement à la situation. Il savait que certaines personnalités, pour faire parler d'elles, organisaient de fausses fuites en donnant aux paparazzi tous les éléments nécessaires pour se faire piéger. Pour quelques-uns, en peine de reconnaissance ou devenus « has been », il fallait faire parler de soi. En bien ou en mal, peu importait. Les reportages dans les journaux people faisaient ainsi partie de leur communication. Pourtant, il voyait mal Rowland faire cela. Ce n'était pas son style. Et puis surtout, on parlait déjà assez de lui, et pour cause, c'était l'un des meilleurs footballeurs de la planète. Il allait signer un contrat mirobolant et, en plus, il n'était pas avare en conneries. Sa vie s'étalait déjà à longueur de colonnes dans les magazines. Il n'avait pas besoin d'en rajouter. Matt fut arraché à ses pensées par l'arrivée d'un petit blond à la coupe iroquoise. Il s'agissait d'Éric, le type qui lui avait commandé les photos. Il lança un regard langoureux à Barul.

— Salut JM, qu'est-ce qui se passe ?

— Assis ! C'est toi qui a pris les dernières photos de Rowland dans le serveur pour ton sujet ?

— Pas du tout, s'insurgea-t-il, surtout que tu m'as bien dit qu'on ne les diffusait que la semaine prochaine.

Barul avait perdu tout son enthousiasme. Il s'adressa alors à Matt directement.

— Ça signifie que quelqu'un est aussi venu ici. Je suis sûr que les photos y étaient encore hier soir, je les ai vues. Je suis arrivé le premier ce matin et je n'ai remarqué aucune trace d'effraction.

— Rassure-toi, chez moi non plus il n'y avait pas de traces, ou presque, souligna Matt.

Puis, il se tourna vers Éric qui semblait totalement à l'ouest. Ce pauvre garçon venait de se faire agresser par celui qui semblait être un peu plus que son patron, et il ne comprenait toujours pas pourquoi.

— Comment as-tu su que Rowland recevrait des putes ce soir-là ?

— Je ne peux pas balancer mes sources, répondit, offusqué, le petit blond, comme s'il protégeait un secret d'État.

— Ne nous la joue pas grand reporter, s'emporta Barul. Tes sources, on en a rien à branler. Dis-moi comment ça s'est fait si tu ne veux pas être viré sur-le-champ.

Leur complicité apparente n'était plus qu'un lointain souvenir.

— Ne t'énerve pas JM, j'essaie seulement d'appliquer ce que tu m'as appris.

— Arrête de me sucer la bite et déballe tout !

Même s'il ne souhaitait pas s'incruster dans cette querelle d'amoureux, Matt fut à deux doigts de reprendre Barul de volée. S'il y avait bien quelque chose qui l'exaspérait, c'était ces gens qui prenaient un malin plaisir à humilier les plus faibles et qui chiaient dans leur froc dès qu'il y avait du répondant en face. Barul faisait incontestablement partie de cette catégorie. Matt décida de l'ignorer et adressa un signe de tête qui se voulait amical au pauvre Éric, tétanisé par le ton de son patron. Cela l'encouragea à poursuivre.

— Un type m'a appelé en milieu de semaine dernière et m'a dit qu'il avait une petite info sur Rowland. Il organiserait une soirée fine chez lui, vendredi. Souviens-toi JM, je suis même venu te voir et tu m'as dit que cela pouvait nous intéresser.

Barul souleva les sourcils en signe d'interrogation.

— Attends un peu, rebondit Matt. Tu me corriges si je me trompe, mais les gars qui balancent ce genre d'infos veulent un peu de tune en échange. Je crois même que vous avez un budget pour cela.

— C'est vrai et ça m'a carrément surpris qu'il ne veuille rien. Je me suis même demandé si ce n'était pas du pipeau.

— Et qu'est-ce qui t'a fait croire que ça ne l'était pas ?

— Bah rien ! Mais je me suis dit que si c'était vrai, il fallait qu'il y ait un photographe de chez nous. Le problème c'est qu'ils étaient tous ou presque sur les plages de Saint-Trop', des Maldives ou de Saint-Barth'. Alors j'ai cherché dans notre annuaire de pigistes et à la lettre B, vous étiez le premier de la liste monsieur Berger. Comme vous vouliez bien faire le job, je n'ai pas cherché plus loin.

— En fait, j'aurais pu poireauter des heures sur mon arbre sans qu'il ne se passe rien. Vous les traitez bien vos pigistes, je m'en rappellerai pour les prochaines fois.

— Je suis désolé, monsieur Berger.

— Allez, tire-toi maintenant, s'emporta Barul. Laisse-nous tranquilles, il faut qu'on discute entre adultes.

Éric prit la porte tout penaud. Barul enchaîna.

— Je crois qu'on a effectivement un problème. Il faut que j'avise tout de suite mon directeur de publication de l'effraction.

— C'est ça, fait ce qu'il faut pour te couvrir. En attendant, moi j'ai toujours les photos et je vais faire un petit tour chez les flics pour les informer de ce que je sais.

Barul faillit s'étrangler.

— Tu as toujours les clichés ! Je croyais qu'on te les avait piqués ?

— J'ai dit qu'on avait essayé, pas qu'on avait réussi.

— Mais nous pouvons encore les publier alors ?

— Rêve ! Ces photos m'appartiennent. Une gamine est morte et je vais apporter les pièces à conviction aux poulets.

— Ça n'empêche rien. Nous pouvons aider la police et faire paraître. Ce n'est pas incompatible. Tu peux te faire un maximum d'argent au passage. Je te jure que je vais te faire un tarif très spécial.

Matt se leva et regarda attentivement Barul, l'air dégoûté, comme s'il était en présence d'un étron. Il sortit du bureau sans dire un mot. Le rédacteur en chef ne prit même pas la peine de le poursuivre. Il tenait à son joli nez.

Du 59e et dernier étage de la Zeinoun Tower, Jean-Eudes Duplessis contemplait la vue extraordinaire dont il ne se lassait pas. Il avait presque tout Londres à ses pieds. De son bureau, au cœur de la City, il disposait d'une vue imprenable sur la Tamise, la cathédrale Saint-Paul et la Royal Court. Le quartier des affaires, situé à l'ouest de la ville, était la partie la plus ancienne de la capitale anglaise. Jean-Eudes aimait cet anachronisme, ce mélange de modernité et d'histoire. Il se délectait de voir tout en bas les youpies s'engouffrer dans la Swiss Tower, la tour conique, sorte d'énorme suppositoire imaginé par Norman Foster. Ils passaient, sans même y jeter un œil, devant les ruines du temple romain de Mithra. JED était sensible aux vieilles pierres, son côté aristocratique, probablement. D'ailleurs, monsieur le comte possédait en France, dans le Val de Loire, deux magnifiques châteaux édifiés au début du XVIe siècle, l'âge d'or pour la famille du Plessis dont le plus illustre des aïeuls, le comte Louis du Plessis avait été, dit-on, l'un des plus proches conseillers du souverain François 1er. Aujourd'hui, il perpétuait la tradition.

Lui aussi était le conseiller du prince. Mais à la différence près qu'il lui succéderait dans quelques semaines, quelques mois au plus. Cela ne lui faisait pas peur car, concrètement, c'était bien lui qui, depuis plus d'un an déjà, dirigeait la société. Un empire médiatique qui s'étendait sur les cinq continents, créé il y a vingt-huit ans par Michel Zeinoun, un homme d'affaires libanais. Global Entertainment possédait plus d'une centaine de titres de presse et de radios et des dizaines de télévisions à travers le monde. Le groupe affichait un chiffre d'affaires annuel de 30 milliards de dollars. Plus qu'une puissance économique, Global était surtout devenu un acteur politique capable de diriger ou d'orienter l'opinion publique, de faire et de défaire des carrières. À ce titre, Michel Zeinoun était, de New York à Moscou, en passant par Pékin et Rio, l'une des personnalités les plus craintes et les plus respectées. Son parcours d'autodidacte lui conférait une aura immense. Lui, le fils de petits commerçants de Tripoli, avait réussi au-delà de toute espérance. Il avait quitté le giron familial pour échapper à un destin qu'il exécrait et qui pourtant semblait inéluctable : reprendre l'épicerie de ses parents. Cette rupture avait marqué la fin des relations entre lui et sa famille. Une déchirure, car s'il n'avait aucune tendresse pour son père qui n'avait jamais hésité à lever la main sur lui, il adorait sa mère et ses deux jeunes sœurs qu'il avait toujours protégées de la furie paternelle. Malgré cela, il décida de tenter sa chance seul à Beyrouth. Il avait alors tout juste 20 ans. Il avait vécu pendant de longues années de petits boulots, le plus souvent au service de la riche bourgeoisie libanaise. Jusqu'à ce qu'éclate la guerre civile. Une aubaine pour lui. Un jour, il avait sorti trois soldats français des griffes du Hezbollah en les aidant à prendre la fuite à travers les souterrains de la ville. En récompense, l'un d'eux lui avait donné un appareil-photo Nikon. Si, dans un premier temps, il n'avait pas su quoi faire de cet objet, estimant même que les Français l'avaient pris pour un loufiat, il trouva très vite le moyen de rentabiliser ce cadeau. Dix années d'errance à travers la ville lui avaient donné une parfaite connaissance de ses moindres recoins. Il pouvait pratiquement accéder partout dans une cité pourtant déchirée et découpée en lambeaux par les milices druzes, chrétiennes ou musulmanes Il avait donc commencé, en prenant des risques incroyables, à faire des photos témoignant de l'atrocité du conflit. Des clichés que les reporters des grandes agences internationales ne pouvaient ou ne voulaient pas faire. L'information avait ses limites. Il avait notamment pris les premières photos du massacre des camps de Sabra et Chatila. Il les avait revendues à prix d'or, en tout cas c'est ce qu'il croyait à ce moment-là, à Reuter, Associated Press ou à l'AFP. Voilà comment tout avait commencé. À la fin des hostilités, Zeinoun disposait d'un pactole non négligeable et il monta naturellement une petite agence de presse, Zafar. Il débaucha quelques têtes brûlées prêtes à tout pour prendre la photo qui rapporterait. Il les équipa, les forma à l'utilisation du matériel et les envoya travailler essentiellement dans le Proche et le Moyen-Orient. Il n'avait pas les moyens d'aller plus loin. Sa petite entreprise se fit rapidement une réputation régionale. Les photos les plus difficiles à faire, les plus proches du brasier, c'était pour Zafar. Le coup de pouce final lui fut apporté sur un plateau par Saddam Hussein qui envahit le Koweit et déclencha la première guerre du Golfe. Les conflits, c'était pour Zeinoun du pain bénit. Les clichés des premiers puits de pétrole en feu et des boucliers humains détenus par Saddam, ce fut Zafar qui les réalisa. À cette époque, Zeinoun vivait déjà confortablement dans une belle villa d'un Beyrouth en pleine reconstruction. Cela faisait bien longtemps qu'il n'avait plus eu un appareil-photo entre les mains. Il était devenu un chef d'entreprise riche et respecté. Son business florissant restait cependant limité géographiquement. Il se sentit très vite à l'étroit. Il fallait qu'il en fasse encore plus pour épater ce père qui n'avait jamais pris la peine de tenter de renouer des relations malgré son succès.

Il avait attendu vainement cette revanche. Ainsi que des nouvelles de sa maman chérie et de ses sœurs. Malheureusement pour lui, le patriarche avait la peau dure et dirigeait toujours d'une main de fer le clan Zeinoun. Ce ne fut réellement qu'à la fin des années 90 que Zafar se développa fortement et rapidement, devenant Global Entertainment grâce à l'injection massive de capitaux dont la provenance n'avait jamais réellement été identifiée. Les milieux économiques avaient évoqué à l'époque des fonds des pays du golfe Persique. Rien n'avait été confirmé, et Zeinoun semblait bien être le seul et unique propriétaire de sa société. Il avait alors acheté, presque partout dans le monde, des télévisions privées, des journaux, des magazines et des radios pour constituer en à peine dix ans un conglomérat qui dépassait aujourd'hui celui de Rupert Murdoch. Il avait installé le siège de Global Entertainment à Londres tout simplement parce qu'il y habitait.

C'est également là qu'il allait mourir très bientôt. Atteint d'un cancer du pancréas, les médecins ne lui avaient laissé aucune chance. Il avait pourtant consulté les meilleurs à travers la planète. Il avait essayé des traitements expérimentaux que seuls les privilégiés pouvaient s'offrir et qui n'avaient pour conséquence que de le rendre encore plus malade. Rien n'y avait fait. Le crabe s'était installé et gagnait du terrain de jour en jour. Aujourd'hui, il avait accepté l'idée de mourir, même s'il pensait qu'à 60 ans à peine il était encore bien jeune. Mais il était serein, car il avait confié les clés de la maison à la seule personne en qui il eût vraiment une confiance absolue, Jean-Eudes Duplessis. Ce jeune diplômé d'HEC à qui il avait racheté sa petite agence de presse en France et qu'il avait débauché pour en faire son directeur marketing avant de le nommer directeur exécutif. Il ne l'avait jamais déçu. Une relation père-fils s'était instaurée entre les deux hommes. Cela compensait le grand échec de sa vie, son fils unique, André. La mère du petit avait succombé à un cancer du sein alors qu'il n'avait que 4 ans. Malgré cette absence, il avait toujours été traité en petit prince, son père se déculpabilisant de son manque d'intérêt et d'affection, en cédant à tous ses caprices. Résultat, à 28 ans, André Zeinoun allait de cure de désintoxication en cure de désintoxication. Son père continuait à l'entretenir. L'argent était le seul lien qui les unissait encore.

Jean-Eudes, devant la grande baie vitrée, songeait à toute cette saga et à l'affection sincère qu'il portait au bonhomme, même s'il n'avait pas toujours été d'accord avec ses méthodes de travail, parfois douteuses. Ce n'était pas bien grave, dans quelques mois, il pourrait faire à son idée et appliquer son éthique. Il avait le sourire aux lèvres lorsqu'il fut tiré de ses rêveries par la sonnerie du téléphone.

Lundi 27 juin

— Réponds ! Bon sang, tu vas répondre !

Jean-Marc Barul était accroché à son téléphone fixe. Troisième, quatrième sonnerie. Il se voyait déjà pointer à Pôle Emploi. Son directeur de publication avait été clair. S'il ne parvenait pas à arranger ce merdier, il serait mis à la porte sans ménagement et sans lettre de recommandation. Cela signifiait qu'il était prêt à le griller dans le métier. Enfin, à la cinquième sonnerie, Matthieu Berger répondit :

— J'écoute, fit Matt, la voix encore ensommeillée.

— Matt, c'est Barul à l'appareil, je te réveille ?

— À ton avis, il est 6 heures du mat. Tu m'as bien vu ? Tu crois que je suis déjà allé faire mon jogging ?

— Excuse-moi, mais c'est urgent. C'est à propos de notre affaire.

Matt dressa l'oreille.

— Qu'est-ce qui se passe ? Tu t'es fait botter le cul par notre petit curieux ?

— Pas par lui, mais par ma direction. Je t'en supplie, dis-moi que tu n'as pas encore été voir les flics.

— Ce n'est jamais très utile d'aller rendre visite à la volaille le dimanche. Ils te demandent en général de revenir le lendemain. Mais je compte bien y aller aujourd'hui.

— Ne fais pas ça malheureux, tu vas nous foutre dans la merde.

— Toi peut-être, mais en étant tout à fait sincère, je m'en cogne.

— Attends une minute. Écoute-moi s'il te plaît ! Hier matin, après ta visite, j'ai passé la journée à essayer de choper Dumas, le directeur de la publication. Monsieur passait un week-end prolongé dans sa villa de Ramatuelle.

— Abrège, j'ai du sommeil en retard.

— Quand je lui ai exposé le problème, il n'avait pas forcément l'air paniqué, il était même sur le mode « qu'est-ce que tu viens me faire chier avec tes conneries ». Sauf que deux heures après, il me téléphonait de nouveau, totalement miné. Par acquit de conscience, il avait raconté notre histoire à un de ses potes, chef de la branche magazine de Global à Londres. L'alerte rouge s'est alors déclenchée. Je n'ai pas très bien compris pourquoi, mais Global ne veut absolument pas être mêlé en ce moment, de près ou de loin, au moindre scandale. Cela a l'air super important pour eux et ils veulent qu'on se rencontre avant que tu prennes la décision d'aller voir la police et que toute cette histoire soit étalée au grand jour.

— Elle est très jolie ta petite histoire. Mais à titre personnel, je n'en ai strictement rien à faire de tout votre business. Au pire, si je ne fais pas ce que vous voulez, je ne travaillerai plus pour vous. Ce n'est pas très grave. Une fille est morte, j'ai des infos, et je compte bien les balancer aux flics.

— S'il te plaît, attends encore vingt-quatre heures, implora Barul.

Matt eut presque pitié tellement il sentait la peur dans la voix de son interlocuteur.

— Mon boss veut te rencontrer avant que tu déballes tout.

— Rien à cirer de ton patron. Je ne le connais même pas. Et puis qu'est-ce qu'il aurait à me dire ? s'emporta Matt.

En même temps, il sentait l'adrénaline monter ; il était désormais totalement réveillé. Il y avait décidément quelque chose de louche là-dessous et ça commençait presque à l'amuser.

— Ne sois pas comme ça ; il te propose de te rencontrer ce midi pour un déjeuner au Plazza.

— Il veut m'acheter ou quoi ?

Malgré ses sarcasmes, Matt était réellement curieux d'entendre ce que ce Dumas avait à lui servir comme sornettes. Et puis, un bon repas dans un palace, cela ne se refusait pas. Il laissa passer un long silence au bout du fil comme s'il réfléchissait. Il voulait mettre les nerfs de Barul à l'épreuve. Après tout, il l'avait bien mérité.

— OK, je serai à midi au Plazza. Mais je te préviens, il a intérêt à être convaincant ton taulier.

Il raccrocha sans même se donner la peine de saluer Barul. Cette histoire prenait une tournure inattendue.

Matt avait décidé, pour une fois, de ne pas verser dans la provocation facile. Il n'avait pas pu se rendormir après le coup de fil de Barul. Il s'était donc levé de son lit King Size qui faisait presque la totalité de la chambre, et s'était dirigé vers son armoire. Il allait faire un effort vestimentaire pour ce déjeuner au Plazza. Il n'avait pas un grand choix. Il prit son unique costume acceptable, un Hugo Boss gris perle. Il sélectionna une chemise bleu clair. Il n'alla tout de même pas jusqu'à choisir une cravate. Il déposa ses vêtements sur le lit et descendit se préparer un petit déjeuner. Le jus de fruit, les céréales et le café ingurgités, il remonta prendre une douche. Il aimait l'eau très chaude sur sa peau, ça l'aidait à se concentrer et à réfléchir. Il fallait au moins qu'il écoute les arguments de Dumas, songea-t-il. Après tout, le journal était un allié puisqu'il avait lui aussi été victime d'une effraction. Qui était donc prêt à prendre de tels risques pour récupérer ses photos ? Matt y avait pas mal réfléchi ces dernières heures, et pour lui, le constat était assez simple.

D'emblée, il avait placé en tête de liste Rowland, suivi de l'agence de call-girls, deux des principaux protagonistes à être au courant de la présence, ce soir-là, de la jeune fille chez le footballeur. Mais dans tous les cas de figure, la question était : comment avaient-ils su que des photos avaient été réalisées ? Et c'était là qu'entrait dans la danse le mystérieux informateur du journal. Et si, depuis le début, ce type avait voulu faire chanter Rowland avec ces photos ? Le mec, peut-être un proche de Rowland, se dit qu'il n'a pas les compétences, le matériel ou même la possibilité de prendre les clichés. Il balance donc l'info à un canard people. Il s'assure alors que les photos ont bien été prises. Après tout, Matt ne pouvait pas jurer qu'il n'avait pas été surveillé à Marnes-la-Coquette. Il les récupère ensuite et tient Rowland par les couilles.

Seul problème, mais de taille, pour que cette belle théorie tienne debout, il fallait que la mort de la prostituée soit également programmée. Quelle que soit la personne à l'origine de cette embrouille, elle savait qu'elle ne pourrait rien tirer de Rowland avec de simples clichés de lui avec une pute. C'était pratiquement devenu de notoriété publique qu'il fréquentait ce genre de filles. Si l'hypothèse de Matt tenait la route, cela signifiait qu'il avait affaire non plus à un simple maître chanteur, mais à un tueur. Cela excluait pratiquement Rowland, mais également son entourage. Même si les casiers judiciaires de la plupart de ses amis étaient loin d'être vierges, aucun, pensa Matt, n'aurait l'envergure d'organiser une telle machination. Matt se sentit soulagé d'avoir mis ces clichés à l'abri. Il avait un drôle d'atout dans sa manche, même si une dernière chose le chiffonnait. Celui ou ceux qui avaient échafaudé un tel plan auraient eu tout intérêt à récupérer les clichés le soir même, afin d'aller les chercher à la source en évitant que les copies se multiplient. Dans ce cas, sa petite escapade surprise à Deauville avait dû être pour eux une sacrée contrariété.

Aussitôt après avoir franchi la porte tambour du palace, Matt fut pris en charge par un employé de l'hôtel.

— Puis-je vous aider, monsieur ?

— J'ai rendez-vous pour déjeuner avec M. Dumas.

— Si vous voulez bien me suivre.

L'employé, en uniforme rouge, lui faisait penser à Paul du casino de Deauville. Même attitude, même langage. Ils passèrent à proximité du concierge et empruntèrent la direction du restaurant. Matt avait volontairement pris une demi-heure de retard. Il voulait faire mariner Dumas.

— La ponctualité n'est toujours pas ton fort à ce que je vois.

Matt surpris, tant par la présence que par la remarque, se retourna brusquement et faillit trébucher. Un homme grand, l'air très distingué, le crâne totalement glabre, avait surgi derrière eux. Il se tenait dans l'encadrement de ce qui devait être la porte des toilettes. Totalement pris au dépourvu, Matt lança un regard interrogateur à l'espèce de Spirou qui l'accompagnait. Il crut y déceler un sourire mauvais.

— Merci Jean, vous pouvez nous laisser, lui dit l'homme en lui tendant un gros billet.

Il s'en empara, remercia son généreux donateur et fit immédiatement demi-tour sans jeter le moindre regard à Matt.

— Cette fois, tu es bel et bien piégé, tu ne peux plus m'échapper.

— Espèce de crapule ! s'écria Matt, en se projetant vers l'intrus, les bras en avant.

Les deux hommes tombèrent dans les bras l'un de l'autre et se mirent à rire de bon cœur, faisant totalement abstraction de l'environnement feutré du palace.

— Alors, tu n'es pas content de me voir ? fit Jean-Eudes Duplessis faussement offusqué.

— Mais qu'est-ce que tu fais là ? Attends un peu, ce n'est pas avec toi que j'ai rendez-vous quand même ?

— On m'a fait savoir que l'une de nos publications avait des difficultés avec un pigiste récalcitrant, borné et pour tout dire un peu tête de lard. Ce portrait correspondait trait pour trait à quelqu'un que je connaissais très bien, et pour cause, puisqu'il s'agit de mon meilleur ami. J'ai estimé que j'étais donc le mieux placé pour le ramener à la raison. Je ne me suis pas trompé, n'est-ce pas ?

— Ce n'est pas gagné, lui répondit Matt. Mais essaie donc de me convaincre devant un bon whisky. À moins que tu ne préfères que l'on reste à se faire des câlins devant les toilettes. Moi je veux bien, ma réputation n'est plus à faire. Mais pour un grand patron comme toi, je te préviens, ça va jaser. Si j'étais paparazzi, je prendrais même une photo.

Bien calé dans un profond fauteuil du Plazza, Matt regardait son ami. Il était sincèrement heureux de le voir. Il s'agissait objectivement de la personne à laquelle il tenait le plus sur cette terre. Matt avait, volontairement ou non, fait le vide autour de lui. Sa vie était un désert affectif dont le sable semblait l'engloutir chaque jour un petit peu plus. Jean-Eudes était la branche à laquelle il pouvait encore s'accrocher pour éviter de sombrer définitivement. Cet homme, en face de lui, représentait le bonheur, certes passé, mais le bonheur tout de même. Il fallait bien s'en contenter. Il lui rappelait simplement qu'il avait, un jour, été heureux. Dans sa situation, c'était presque inestimable.

— Je présume que Dumas ne viendra pas ? entama Matt.

— Je ne crois pas que l'on ait besoin de lui, répondit Jean-Eudes. Tu m'en veux pour quelque chose ? ajouta-t-il.

— Qu'est-ce qui peut te faire croire ça ? fit Matt, surpris.

— Cela fait plus de deux mois que je n'ai pas eu de tes nouvelles. Je t'ai laissé des messages sur ton répondeur et je t'ai même envoyé une petite invitation, histoire de te divertir et de te sortir de ton appartement.

— Je ne crois pas l'avoir reçue. De quoi s'agissait-il ?

— Un petit raout au château de Vaux-le-Vicomte. La comtesse Zelinska fêtait en grande pompe les 20 ans de sa fille cadette. Elle m'apprécie beaucoup et verrait d'un bon œil que je me rapproche de sa progéniture. Je lui avais très poliment demandé si je pouvais venir avec un ami roturier. Tiens-toi bien, elle avait accepté ! C'est pour te dire comme elle me tient en haute estime.

— Je suis désolé. Je ne t'ai pas cassé ton coup au moins ?

— Ne t'en fais pas. De toute façon sa gamine ne m'intéresse pas. Elle est assez disgracieuse et pour tout dire même un peu vulgaire, mais personne n'a jamais osé le lui dire. Alors elle se comporte comme une vraie diva.

Matt était amusé. Derrière ses propos très choisis, son ami était encore plus acide et cynique que lui. Jean-Eudes pouvait même jurer comme un charretier, ce qui, dans son monde, était parfaitement déplacé. Matt se sentait un peu responsable, car c'est lui qui lui avait enseigné les rudiments de la langue verte. Avant de le rencontrer, le gentil petit Jean-Eudes n'avait que des zut et des crottes à son vocabulaire. Après quelques mois auprès de lui à l'école, ses parents avaient pu constater, stupéfaits, les progrès de leur rejeton dans ce domaine.

— Encore une qui ne sera pas assez bien pour monsieur le comte, taquina Matt. Il va falloir tout de même penser un jour à te caser et à assurer la descendance de ta grande famille.

— Sur ce plan-là ne te fais pas de souci. Mon petit frère et ma grande sœur avec leurs cinq enfants chacun s'en sont déjà parfaitement chargés. Pour ma part, je vise plus la qualité.

— Tu fais un drôle de frangin indigne. À ce propos, comment vont-ils ces deux-là ?

— La routine. Le baron de Goussainville a engrossé Marie-Caroline pour la sixième fois. Quant à Jean-Michel, il est toujours soi-disant producteur à Hollywood. Le problème, c'est que je n'ai jamais vu un de ses projets sortir sur grand ou petit écran. La dernière fois que je l'ai croisé à Los Angeles, il avait le nez dans une montagne de coke. Qui plus est, il me taxe assez régulièrement pour assurer le train de vie de sa bimbo siliconée, de ses deux gamins et de ses trois belles-filles.

Jean-Eudes ne pouvait pas s'empêcher de se payer la tête de sa famille. Les enfants avaient de qui tenir. Les parents, rentiers, étaient de grands excentriques. De véritables Martiens débarquant de Paris et emménageant, au milieu des années 70, dans le château d'un petit village normand. Pour leur premier contact avec les « autochtones », M. et Mme Duplessis, aristocrates bon teint, avaient prié le maire du Mesnil-sur-l'Estrée de faire cesser immédiatement les nuisances sonores qui venaient des champs alentour. Il n'était pas concevable que le beuglement des vaches nuise à leur tranquillité. Le premier magistrat leur avait très subtilement répondu que pour faire taire des vaches, il n'y avait rien de mieux que de leur « mettre un doigt dans le cul ». Les Duplessis avaient trouvé cet homme très vulgaire, mais serviable.

Au fond, il s'agissait de vrais gentils. Et les préjugés n'étaient souvent pas du côté que l'on pensait. Ils avaient très bien accepté l'amitié entre leur fils et Matt. Il leur manquait simplement les codes de la vie dans la campagne normande. Matt s'était chargé de les enseigner à Jean-Eudes dès le premier jour de la rentrée en CE1 à l'école communale. Lorsque le chétif petit Parisien, qui devait mesurer aujourd'hui 1,90 m, lui avait demandé timidement s'il pouvait s'asseoir à côté de lui, après avoir essuyé le refus des autres élèves, Matt l'avait accueilli avec un grand sourire et une bonne bourrade dans le dos. Il l'avait immédiatement surnommé JED. Une amitié indéfectible était née ce jour-là. Ils étaient alors devenus inséparables malgré leurs différences. Ils grandirent comme des frères, chacun enrichissant sa propre personnalité du vécu de l'autre. Matt apprit les bonnes manières et les codes du grand monde. Jean-Eudes s'imprégna de la simplicité, de l'authenticité et du bon sens des petites gens. Si leurs études respectives les avaient séparés, c'était pour mieux les réunir au sein d'une agence de presse qu'ils avaient créée ensemble. Jean-Eudes avait apporté, au projet initial de Matt, toute l'expertise économique et financière d'un diplômé d'HEC. Marie s'amusait souvent à les comparer à Lord Brett Sinclair et à Danny Wilde. Avec l'arrivée de la petite amie de Matt, le binôme s'était presque naturellement transformé en trio. Marie avait parfaitement su trouver sa place entre ces deux lascars. JED, l'éternel célibataire à la recherche de la femme parfaite, l'avait accueillie comme une vieille copine, sans jamais prendre ombrage de sa présence.

Marie avait, de son côté, ressenti beaucoup de tendresse pour ce grand garçon timide. Jean-Eudes, plus que personne, était en position de comprendre toute la détresse de Matt parce qu'il était son meilleur ami et parce qu'il avait aussi été amoureux de Marie.

— Tu es bien songeur, constata Jean-Eudes. Je ne te trouve pas très en forme. C'est peut-être pour cela que je n'avais plus trop de tes nouvelles. Veux-tu qu'on en parle ?

L'affaire qui les avait rassemblés était, désormais, bien loin de leurs préoccupations.

— C'est vrai que je viens de traverser une passe un peu plus compliquée. Il y a trois semaines, c'était l'anniversaire de sa mort, tu sais.

— Comment pourrais-je l'oublier. Je suis allé fleurir sa tombe.

— Je n'en ai pas eu le courage. Cela fait déjà huit putains d'années qu'elle nous a quittés et c'est comme si on venait de m'annoncer son décès.

Jean-Eudes tenta pendant tout le déjeuner de remonter le moral de son ami. Pudiquement, ils avaient encore évoqué la mémoire de Marie. Ils avaient même ri à l'évocation de cette soirée mémorable où, encore étudiants, ils s'étaient retrouvés tous les trois en garde à vue, après avoir incendié le cabriolet « flambant neuf » de JED. Un pari et un défi idiot, comme Marie les aimait. Elle l'avait lancé à Jean-Eudes afin qu'il lui prouve son détachement des choses matérielles. Un peu alcoolisé, il s'était exécuté sous les cris d'encouragement de la jeune fille et le regard halluciné de Matt. À bien des égards, Jean-Eudes et Marie se ressemblaient beaucoup. Ils étaient capables de toutes les folies. Le jeune aristocrate cachait juste un peu mieux son jeu. Sur le moment, ils avaient beaucoup ri. Nettement moins après. La fouille à corps des policiers avait commencé de les refroidir. La condamnation de Jean-Eudes à deux mois de prison avec sursis avait fini de les amuser. Les parents de JED, qui lui avaient offert cette voiture pour le récompenser de l'obtention de son diplôme, avaient également, malgré leur largesse d'esprit, peu goûté la plaisanterie. JED dut donc renoncer à deux mois de vacances aux États-Unis pour travailler tout l'été dans un restaurant et s'acheter une vieille Ford Fiesta d'occasion.

À la fin du repas, ils n'avaient toujours pas parlé des fameuses photos, et Jean-Eudes proposa à Matt de régler le problème devant la nouvelle table de billard qu'il s'était fait livrer dans son appartement parisien. Matt accepta volontiers.

Daniel Di Miglio réfléchissait à la façon dont il allait s'y prendre pour convaincre le FC Barcelone de miser sur sa nouvelle petite perle en provenance du Tonnerre de Yaoundé. C'est vrai, ce gamin de 14 ans n'était encore qu'un illustre inconnu. Du talent, il n'en manquait pas, mais c'était loin d'être suffisant pour convaincre l'un des plus grands clubs du monde de prendre en charge toute la formation d'un môme. Pour la réussite d'un Leo Messi, combien d'échecs y avait-il ? Mais ce gosse avait quelque chose de spécial, Daniel en était sûr.

Il fut pris d'une furieuse envie de se gratter la joue. La bâche sur laquelle il était allongé était rêche. La corde, qui entravait ses bras et ses jambes, commençait à lui entamer sérieusement les poignets et les chevilles. Le mouchoir dans la bouche l'empêchait de respirer correctement et de cracher le sang qui stagnait sous sa langue. Il avait peur de s'étrangler en essayant de l'avaler. Il ne parvenait plus à réguler sa respiration. Penser à des choses familières était le seul moyen pour lui de ne pas totalement perdre les pédales. Il sentait son cœur battre vite et fort contre sa poitrine. Il était au bord de la crise de panique. « Il faut que j'appelle Diego pour organiser un rendez-vous avec le président de River Plate. » Cela devenait de plus en plus difficile. Daniel sentit l'angoisse lui tordre l'estomac. Il avait une envie irrépressible de déféquer. Il manquerait plus qu'il se fasse dessus. Il estimait que cela faisait deux bonnes heures qu'il était saucissonné sur ce lit. Placé comme il l'était, il pouvait apercevoir, légèrement sur sa droite, un hublot. Au-delà, c'était le noir absolu. Aucune lumière, aucun repère à l'extérieur. Il devait être dans une péniche, tout du moins une embarcation. Il distinguait nettement le clapotis de l'eau sur la coque.

La lumière s'alluma brusquement. Il fut presque soulagé de voir entrer dans la cabine Dinara Petrechenko, la trop blonde patronne de l'agence de call-girls. La sculpturale quinquagénaire ukrainienne, aux racines douteuses, l'avait reçu en tout début d'après-midi au siège de son agence, porte Maillot. Lorsqu'il avait commencé à évoquer le problème de son client, elle l'avait interrompu d'un signe de la main, avait rejeté ses longs cheveux en arrière et décroché son téléphone. Elle avait donné un ordre bref ; en russe, avait cru reconnaître Daniel. Quelques secondes après, un collaborateur était entré dans le bureau. En guise de salut, il lui avait asséné une droite magistrale qui l'avait fait tomber de sa chaise. Il l'avait ensuite roué de coups de pied. Et puis plus rien. Daniel n'avait repris connaissance que dans la cabine de ce bateau, et ce qu'il voyait maintenant ne lui plaisait pas du tout. Son tortionnaire, un petit barbu, aux cheveux hirsutes, aux biceps saillants et au cou de taureau, accompagnait sa patronne. Il tenait dans la main une longue baguette fine. L'homme s'approcha et se positionna devant la mère maquerelle qui, dans un geste théâtral, brandit un briquet. Le bout de l'instrument s'enflamma instantanément. Daniel ne voulut d'abord pas y croire. Mais lorsque la flamme du fer à souder lui lécha le visage, l'incompréhension le disputa à la terreur.

Ils n'allaient tout de même pas faire cela. Ils voulaient simplement lui faire peur, lui donner une bonne leçon. C'en était trop pour son sphincter qui finit par lâcher. L'odeur de merde et de cramé mélangés fut la dernière chose qu'il sentit avant que son cerveau ne se déconnecte, soumis à une douleur insupportable. Quelques secondes après, Daniel Di Miglio n'avait plus de visage, mais son cœur battait encore.

À la sortie de l'hôtel Plazza, les deux hommes décidèrent de faire le court trajet jusqu'à l'appartement de Jean-Eudes à pied, histoire d'éliminer les calories d'un bon repas. Ils regagnèrent les Champs-Élysées. Juste après la boîte de nuit « le Queen », ils s'engagèrent dans la rue de Berry où Jean-Eudes venait d'emménager dans un immeuble de très haut standing. La « classe » fut la première réflexion de Matt lorsque les portes de l'ascenseur privé s'ouvrirent directement sur le vaste salon. La pièce ovale était à l'image de son ami. Sobre, mais élégante. La décoration jouait sur le contraste entre le blanc des murs et le noir du mobilier. Au centre, le vaste canapé circulaire rouge carmin était la seule note de couleur.

— Comment trouves-tu ? interrogea Jean-Eudes.

— Il te ressemble beaucoup cet appartement.

— Pourtant, il n'est pas à moi ; il appartient à Global qui l'a mis à ma disposition.

— En même temps, comme depuis un petit moment, Global c'est toi, cela facilite les choses. Je me trompe ?

— C'est un peu plus complexe. C'est vrai que je remplace Zeinoun dans ses fonctions de P-DG, mais j'ai à mes côtés un conseil d'administration à qui je dois des comptes.

— Rappelle-moi juste combien les Zeinoun détiennent de parts ?

— 70 % ; c'est vrai que cela facilite la prise de décisions.

— Comment ça va se dérouler à la mort du vieux ?

— Ne parle pas de lui de cette façon s'il te plaît. Même s'il est loin d'être parfait, c'est un homme qui a accompli de grandes choses. Au passage, il est aussi ton principal employeur.

— Arrête un peu, je sais parfaitement à qui je dois de gagner correctement ma vie. Zeinoun ne me connaît absolument pas. C'est toi et toi seul qui m'as permis de tellement bosser pour les publications de Global.

— Tu te trompes. J'ai évoqué ton cas avec lui et il était très impressionné par ton passé de grand reporter.

— Comme tu le dis si bien, c'est du passé, se rembrunit Matt. Et puis, pour aller couvrir la finale de la Champions League à Rome ou pour prendre la photo de Kim Kardashian à poil à St-Barth', il n'y a pas vraiment besoin d'avoir des notions poussées de géopolitique. La seule chose que tu puisses craindre c'est de prendre une balle, en cuir, dans la gueule ou un coup de soleil sur le nez. Mais tu n'as toujours pas répondu à ma question. Comment s'organise la succession ?

— Zeinoun souhaite me vendre toutes ses parts afin que je puisse, comme il le faisait, contrôler 51 % de la société. Le problème c'est que je n'ai pas les liquidités. Nous sommes en train de trouver un arrangement. À moins que ton histoire ne vienne tout faire capoter, ajouta-t-il en riant. Si nous passions justement dans le petit salon pour en parler.

Jean-Eudes se saisit d'une télécommande et la cloison du fond coulissa dévoilant un second salon au centre duquel trônait une table de billard.

— Dis donc, c'est l'appartement de James Bond !

— Et tu n'as encore rien vu. Installe-toi, j'arrive.

Jean-Eudes passa à la cuisine chercher deux bières pendant que Matt inspectait le tapis du nouveau billard.

— Bel objet, remarqua Matt.

— C'est une réplique exacte de celui du Mesnil.

Matt se souvenait d'avoir passé des heures derrière ce vieux billard français à refaire le monde et à lancer des défis à JED. L'odeur du bois et du feutre lui était si familière. Il soupçonna Jean-Eudes de l'avoir amené ici pour mieux l'amadouer.

— Alors, raconte-moi en détail cette histoire de photos volées, enchaîna Jean-Eudes, en même temps qu'il se saisissait d'une queue. Dumas n'est pas vraiment entré dans les détails. Et puis je ne supporte pas le son de sa voix.

Tout en marquant quatre points d'affilée, Matt raconta par le menu toutes les péripéties de ces derniers jours. Il alla même jusqu'à évoquer sa théorie du tueur.

— Tu penses donc que ce qui est arrivé à la fille était prémédité. Si tu as vu juste, c'est finalement beaucoup plus grave que ce que je pensais.

— Tu comprends maintenant pourquoi je souhaitais aller voir les flics. À toi de m'expliquer pourquoi tes sbires, eux, n'y tenaient pas vraiment… Et c'est un euphémisme.

— Raisons économiques, dit succinctement Jean-Eudes. Mais maintenant que j'ai une vision plus étendue, ce n'est plus vraiment la priorité, même si de gros enjeux sont sur la table.

— À ce point-là !

— Global est en train de négocier un énorme contrat avec l'Arabie Saoudite pour créer deux magazines et une chaîne de télévision privée. Cela fait des mois que nous montons ce projet très particulier. Parce que, autant te dire que nous avons un cahier des charges très compliqué. Il s'agit de créer des médias islamiques à destination de la population locale. Si nous signons avec les Saoudiens, c'est le très lucratif marché des pays du Golfe qui s'ouvre à nous.

— Une seconde, l'interrompit Matt. D'abord, je ne saisis pas bien le rapport avec notre histoire, et en plus, ces gens-là ont démontré leur savoir-faire en la matière avec Al Jazeera ou Al Arabiya. Ils n'ont pas forcément besoin de Global.

— Détrompe-toi. Ils sont effectivement très forts pour créer des chaînes d'informations continues destinées à l'international. Mais pour ce qui est du lectorat et des téléspectateurs à l'intérieur du pays, ils ont les plus grandes peines à les capter. Les Saoudiens disposent presque tous du satellite et sont branchés en permanence sur les chaînes étrangères. L'audimat des chaînes saoudiennes est ridicule. Leurs experts manquent sérieusement de recul. Ils ont besoin de nous.

— Je ne remets pas en cause ton expertise, mais cela ne me dit toujours pas quel rapport cela a avec mes photos.

— C'est vrai qu'il est indirect, et je pense que Dumas a perdu son sang-froid. Il a clairement paniqué. Mais tu sais, on marche tellement sur des œufs avec les Saoudiens que cela pourrait tout foutre par terre s'ils apprenaient que le groupe, par l'intermédiaire de l'une de ses publications, était impliqué de près ou de loin dans le meurtre d'une prostituée.

— Attends un peu, vous comme moi n'y sommes pour rien dans cette histoire.

— Sauf que si l'affaire est rendue publique, nos concurrents se feront un plaisir d'étaler dans leurs colonnes les questions qui fâchent. Par exemple, notre journal n'aurait-il pas pu monter une mise en scène, qui aurait mal tourné, pour piéger Rowland ? Est-ce que nous n'utiliserions pas le service de prostituées pour faire des clichés qui se vendent ? Et il y en a une bonne dizaine d'autres qui me viennent à l'esprit et que je n'aurais, moi-même, aucun scrupule à utiliser si j'étais à leur place. Nous sommes leaders, et à ce titre nous avons une grosse cible dans le dos. Ce marché du Golfe, cela fait des décennies que nous attendons qu'il s'ouvre. Il s'agit d'une opportunité extraordinaire pour le groupe. Nous sommes les mieux placés et nous ne pouvons pas nous planter. C'est l'existence même de Global qui est en jeu. Nous sommes, en ce moment, sous le microscope des Saoudiens. La moindre erreur peut nous être fatale.

— Tout cela me paraît bien bancal. Les Saoudiens, s'ils ont étudié votre cas, savent parfaitement que Global, avec certaines de ses publications, fait dans le trash et le sexe.

— Ils le savent, mais tant que cela reste caché, ils ferment les yeux. Les apparences sont très importantes pour eux. D'un côté, ils te brandissent la morale et les valeurs de l'islam. Et de l'autre, ils boivent de l'alcool et se tapent des putes de luxe comme tout bon Occidental qui a du fric. Je me souviens notamment d'une mémorable réception au sein de l'ambassade d'un émirat. Le thé que nous étions censés avaler était très ambré et avait le goût d'un formidable whisky. Ce fameux thé m'avait fichu un beau mal de tête le lendemain matin.

— Ouais, je reste sceptique. Mais même si tu as raison, nous ne pouvons pas faire passer le meurtre de cette fille par pertes et profits. Je peux, avec mes clichés, mettre les flics dans la bonne direction pour résoudre ce crime. Sans cette piste, ils peuvent galérer et même ne jamais trouver le vrai coupable.

— Je suis totalement d'accord avec toi et j'ai d'ailleurs une alternative à te proposer.

— Je t'écoute.

— Est-ce que tu te souviens de Jérôme Pélissier ?

Matt réfléchit un instant.

— Tu veux parler de ce gros facho qui était avec nous en terminale au lycée Rotrou. Qu'est-ce qu'il est devenu ?

— Il est commissaire à la crim.

— Eh bien, l'image des flics ne va pas s'améliorer avec un type comme lui dans leurs rangs.

— Tu es méchant, je suis certain qu'il a beaucoup changé ce garçon, fit Jean-Eudes, ironique.

— Peut-être, mais à l'époque, il militait tout de même pour Nation Arienne. À côté, les membres du Front National passaient pour de dangereux gauchistes. Quand, à 17 balais, tu es un nazillon, tu ne te débarrasses jamais vraiment de tes mauvais penchants.

Jean-Eudes sourit. Matt avait toujours été, dès son plus jeune âge, beaucoup plus engagé que lui. Ses parents et ses grands-parents étaient des ouvriers et militaient au sein de la CGT. Matt avait flirté avec un groupuscule d'extrême gauche. Il avait participé à quelques coups de force, à la fin des années 80, dans les premières villes qui étaient tombées dans l'escarcelle du FN. Il y avait cassé quelques nez et récolté en contrepartie une belle estafilade sur la joue gauche, toujours visible plus de vingt ans après. C'était l'une des rares fois où Jean-Eudes avait refusé de le suivre. Le foot, le rugby, d'accord, et ceci malgré son peu de goût pour le sport en général, mais le militantisme, c'était non. JED était toujours resté très en retrait par rapport à la politique. Il était persuadé que l'engagement nuisait au business. Or, pour lui, la vérité du marché passait avant toute autre considération. Cette position aurait pu séparer les deux amis. Au contraire, ils s'étaient toujours nourris de leur différence.

— Quoi qu'il en soit, j'ai eu l'occasion de recroiser sa route il y a une paire d'années. Un de mes journalistes de « Détective Privé » avait repris de A à Z une enquête sur le meurtre d'un jeune bobo dans le très chic 7e arrondissement. Il avait relevé que les policiers n'avaient pas vraiment bien fait leur travail et surtout qu'ils n'avaient pas été au bout de leurs investigations. En fait, il s'agissait d'un règlement de comptes, sur fond de trafic de drogue, entre jeunes de bonnes familles. Des familles puissantes et influentes qui n'avaient aucun intérêt à ce que le grand public connaisse le fin mot de l'histoire. Les flics ont su, par une indiscrétion, ce que mon enquêteur était prêt à publier. Devine un peu qui dirigeait les investigations ?

— Laisse-moi réfléchir, Pélissier ?

— Tu n'as pas perdu ton flair légendaire. Un bon matin, je l'ai vu débarquer à mon ancien appartement de Montmartre. Il avait su, je ne sais pas comment, que j'étais de passage en France pour négocier le rachat de « Paris-Fou ». Il était également au courant du fait que je dirigeais « Détective

Privé ». Poussé par sa bonne nature, il a d'abord commencé par me menacer.

— Il s'était trompé de client.

— Effectivement, il en est venu très vite à me supplier, pratiquement à genoux, pour que j'enterre l'article. Même si c'était intéressant, ce n'était pas l'affaire du siècle. D'autant plus que la famille de la victime avait trouvé un accord avec celles des auteurs de l'homicide. Pourquoi se mêler finalement de ces petites tractations ? J'ai donc donné l'ordre au directeur de la rédaction de ne pas publier. Pélissier en a eu les larmes aux yeux. Surtout, il m'était devenu redevable. Il est temps aujourd'hui qu'il paye sa dette.

— De quelle façon ? fit Matt en fronçant les sourcils.

— Ce que je te propose, c'est de le mettre sur le coup en lui fournissant toutes les informations, photos incluses, que nous possédons. Nous lui demanderons simplement d'être le plus discret possible et qu'il s'assure qu'aucune information ne transpirera.

— Une enquête non officielle en quelque sorte ?

— On ne peut rien te cacher. De cette façon, nous ne serons pas ennuyés par une publicité gênante. Qu'en penses-tu ?

— J'en pense que tu es un gros malin. Je trouve que tout ceci tient debout, mais je te soumets une condition. Je file à Pélissier une copie des photos, mais je garde les originaux et je veux être informé heure par heure de l'avancement de son enquête.

— Aucun problème.

— Que je le veuille ou non, je suis désormais très impliqué. Je te signale d'ailleurs au passage qu'un gros méchant est prêt à tout pour récupérer mes photos. S'il ne les voit pas étalées dans la presse, il se dira qu'il est encore dans les temps pour mettre la main dessus, et il sait parfaitement où j'habite. Je prends donc certains risques.

— J'en suis conscient et je peux te proposer de te mettre au vert en attendant de résoudre l'affaire, ce qui ne devrait pas être long. Je vais faire en sorte que Pélissier soit très motivé. En attendant, tu peux rester ici à jouer tranquillement au billard toute la journée. Je repars dès ce soir pour Londres. Tu seras en sécurité et le cadre n'est pas désagréable n'est-ce pas ?

— C'est tentant, mais je suis très casanier. J'aime bien mon chez moi.

— Je crois surtout que ce danger qui plane sur ta tête n'est pas forcément pour te déplaire.

— Le problème avec toi JED, c'est que tu me connais trop bien.

Mardi 28 juin

Matt arrêta le moteur de sa voiture et fouilla dans son portefeuille pour en extraire sa carte de presse. Il la présenta à l'un des cerbères en faction devant le parking visiteurs du camp d'entraînement qui jouxtait le terrain. Après plus d'un mois d'arrêt, l'ASP reprenait le collier aujourd'hui, sous haute tension. Les supporters les plus vindicatifs avaient promis de souhaiter, à leur façon, la bienvenue aux nouveaux joueurs afin de les rappeler à leurs devoirs. Il n'était pas question que le club, pour lequel ils faisaient tant de sacrifices, fasse une saison aussi pourrie que la précédente. Les fans parisiens avaient été la risée de tous les ultras de France. L'ASP avait sauvé sa place en Ligue 1 à la toute dernière journée alors qu'il possédait, certes bien loin du PSG, l'un des plus gros budgets du championnat. À l'intersaison, quatre nouveaux joueurs d'envergure avaient déjà signé à l'ASP, et le Mercato était loin d'être terminé. De nombreux journalistes étaient donc présents pour voir les recrues et éventuellement shooter des débordements. Matt prit place derrière la main courante, au bord du terrain, en compagnie des autres journalistes, photographes, cameramen ou rédacteurs. Il les connaissait presque tous mais n'en salua aucun. Il n'aimait pas ses confrères et c'était réciproque. Matt était pour eux un OVNI. Un mec qui avait la grosse tête parce qu'il avait été grand reporter. Entre eux, pour se foutre de lui, ils l'appelaient Capa. Jamais aucun n'avait eu le courage de le lui dire en face. Pour cause, ce type était dingue, capable de vous assommer avec son téléobjectif si vous le serriez d'un peu trop près au bord du terrain.

Les joueurs sortirent un à un des vestiaires. Duboisset, le latéral droit, capitaine la saison dernière, discutait avec Padilla, le nouveau petit prodige colombien transféré de l'América Cali pour 15 millions d'euros et un bon paquet d'emmerdes qui tenaient à la personnalité et à l'hygiène de vie du gamin. À deux pas derrière, Mokake, l'international français, de retour dans l'Hexagone après quatre années en Italie, s'entretenait avec le nouveau coach, Jean-Claude Bureau, un bourlingueur qui avait entraîné en Allemagne, en Afrique et même au Japon, mais paradoxalement jamais en France. Les dirigeants l'avaient fait venir plus pour sa poigne de fer que pour ses compétences techniques. Il fallait avant tout discipliner ces garçons, plutôt talentueux, mais qui se perdaient souvent dans les affres de la vie parisienne.

Des dévoiements qui constituaient le quotidien de Jimmy Rowland. La star parisienne, en instance de départ, était pourtant bien présente. Lorsqu'il sortit le dernier des vestiaires, tous les objectifs se braquèrent sur lui. Il semblait déjà affûté, plutôt reposé mais, à l'instar de ses partenaires, il tirait la tronche.

Matt était frappé par l'attitude désinvolte et dédaigneuse de cette nouvelle génération de footballeurs. Ils gagnaient des sommes indécentes. Ils possédaient tout ce dont ils avaient probablement rêvé lorsqu'ils étaient petits dans leur banlieue défavorisée. Voiture de luxe, villa hors normes, reconnaissance. Quel que soit leur physique, ils pouvaient mettre n'importe quelle bombe atomique dans leur lit. Malgré tout cela, ils donnaient toujours l'impression de faire la gueule et de traîner les pieds pour aller s'entraîner comme s'ils devaient descendre au fond de la mine. Matt était exaspéré par ces comportements. Il adorait le football. Il détestait ses nouveaux acteurs. Il avait la nostalgie des années 70. C'est à cette époque qu'il avait attrapé le virus du football. Loin des grands stades, il avait d'abord vibré pour l'épopée des Verts de Saint-Étienne à la télévision. Chaque retransmission de match de Coupe d'Europe était un événement. Le rituel, chez les Berger, était immuable les jours de match. Les mercredis, les deux frangins passaient la journée à imaginer le scénario à venir avec à chaque fois le même résultat : la victoire de Saint-Étienne. Leurs petits soldats se transformaient alors en joueurs de foot. Le GI américain lâchait son fusil et son visage guerrier prenait les traits de l'Ange Vert, Dominique Rocheteau, pour courir, comme un funambule, au bord de la table à manger, terrain très provisoire cédé par une maman au regard amusé. Son centre tendu atterrissait dans les pieds d'Hervé Revelli ou de Jean-Michel Larqué en uniforme de Sa Gracieuse Majesté. Crochet extérieur sur le défenseur de la

Wehrmacht ou reprise de volée... Buuuuuut. La balle, une petite perle empruntée aux accessoires d'une vieille poupée, allait se loger invariablement dans la lucarne du petit but en bois construit par le père menuisier.

Lorsque celui-ci revenait de l'usine, vers 18 heures, ses deux fils lui racontaient la superbe rencontre qu'il avait loupée. Venait alors le jeu du pronostic. Impossible que Saint-Étienne perde. Matthieu, le plus jeune, étalait son optimisme. Les Verts ne pouvaient pas gagner par moins de trois buts d'écart. Gilles, l'aîné, se voulait plus sage. Deux suffirait. Le papa prenait de la distance et dégustait ces moments uniques partagés avec ses enfants. Il ne les lâchait plus jusqu'au coup de sifflet final. Il avait chanté, avec eux, après la victoire sur le PSV Eindhoven, et séché leurs larmes lors de la douloureuse défaite de Glasgow en finale face au Bayern Munich.

Aujourd'hui, il y avait un match de foot par jour. Les téléspectateurs, mais surtout les joueurs, semblaient blasés. L'énorme casque vissé sur les oreilles, ils passaient, comme des fantômes, sans même jeter un regard aux gamins au regard brillant. Une attitude acceptable lorsque les résultats suivaient. Plus difficile à assumer quand les défaites s'accumulaient.

Une trentaine de supporters s'étaient massés derrière les barrières métalliques, juste en face des journalistes. Devant eux, dix stewards avaient pris position afin de les contenir. Lorsqu'ils virent enfin les joueurs sur la pelouse, les sifflets retentirent et les invectives fusèrent. « De quoi prendre une bonne dose de confiance avant le début du championnat », pensa Matt.

Les joueurs, dans leur ensemble, baissèrent la tête et commencèrent à trottiner autour du terrain. Jimmy Rowland adressa un petit signe au public. Il le pouvait, car il demeurait leur idole. Il était le seul à trouver grâce à leurs yeux. Il les avait sauvés, presque à lui tout seul, de la relégation. Les « Jimmy reste » se firent entendre sans trop de conviction cependant. Ils savaient qu'un joueur de sa classe était amené à évoluer dans les plus grands clubs. L'ASP n'en faisait pas partie. Ils devraient se contenter des seconds couteaux présents sur le terrain. Les joueurs, sous les ordres de Bureau, se mirent en place pour effectuer des exercices de tonicité, slalom entre les plots, cloche-pied dans les cerceaux. Jimmy Rowland traînait la patte. Il semblait souffrir des ischio-jambiers. Après une brève discussion avec le préparateur physique, il abrégea prématurément son entraînement et rentra aux vestiaires. Matt partit à son tour et alla trouver Rémy Jouanel, l'attaché de presse de l'équipe. Il lui rappela qu'il avait sollicité une interview de Rowland. Le jeune homme lui confirma que la star ne lui consacrerait pas plus de dix minutes. Le rendez-vous était pris dans les tribunes du stade où évoluait l'équipe réserve à une centaine de mètres de là. C'était juste à côté du parking des joueurs. Matt attendit près de trois quarts d'heure en admirant les Porsche, Ferrari et autres Maserati stationnées en face de lui. L'Aston Martin semblait à la mode cette année. « Ces garçons manquent cruellement de personnalité », se dit Matt. Il réfléchissait à la voiture qu'il se paierait s'il avait beaucoup d'argent lorsqu'il aperçut enfin Rowland. Il avait revêtu une drôle de combinaison argentée sanglée par un énorme ceinturon en ferraille. C'était très curieux, probablement très cher, mais surtout très laid. Rowland se dirigea directement vers sa voiture, une Carrera 4S. Il allait lui poser un lapin. Heureusement, le jeune métis fut tout juste rattrapé par Jouanel qui avait également quitté l'entraînement. L'attaché de presse semblait lui indiquer que quelqu'un l'attendait. Ils jetèrent tous les deux un regard en direction de Matt. Rowland donna l'impression d'hésiter puis finit par ranger dans sa poche ses clés de voiture. Jouanel l'accompagna jusque dans les tribunes et ne se donna même pas la peine de faire les présentations avant de se retirer. Matt et Rowland étaient assis l'un en face de l'autre. Le jeune joueur ne le regardait pas. Il était pressé de se débarrasser de la corvée.

— Pour qui tu bosses ? marmonna Rowland.

— Je suis pigiste, je vendrai au plus offrant tes précieuses déclarations.

Rowland daigna enfin lever les yeux vers son interlocuteur, l'air interrogateur.

— Tu me charries ma gueule !

Matt afficha un sourire forcé.

— Tu crois ?

— Va te faire enculer ! Tu sais où tu peux te la mettre ton interview ? Je ne veux plus jamais que tu m'adresses la parole. Si je te revois, je te pète les dents.

Rowland se leva et descendit trois marches avant que Matt ne réagisse.

— Dommage, j'aurais voulu parler un peu gonzesses avec toi, il paraît que t'es un expert dans ce domaine.

Rowland se figea et se retourna. Il était furieux et fit un énorme effort pour ne pas rentrer dans le lard de ce connard qui le charriait.

— Qu'est-ce que tu veux dire par là petite enflure ?

— Si on arrêtait les mots doux. Contrairement à tes copines, je n'aime pas trop quand on m'insulte ou alors il faut me faire des bisous avant. Mais toi, t'es plutôt du genre à mettre des torgnoles. Et des grosses en plus. Il paraît même qu'il y en a qui ne s'en relèvent pas.

Jimmy Rowland passa de la colère à l'abattement. Matt se demanda si ce grand garçon n'allait pas finir par fondre en larmes dans ses bras.

— Qu'est-ce que vous me voulez ? parvint-il tout de même à articuler.

— Eh bien voilà, tu peux être poli et respectueux quand tu veux. J'aimerais simplement que tu me dises ce qui s'est passé chez toi vendredi soir dernier.

Le jeune footballeur répondit trop vite.

— J'ai rien à me reprocher, et puis d'abord vous êtes qui ? Un flic, un putain de maître chanteur ?

Matt l'interrompit.

— Oh, ne t'emballe pas. Tu regardes trop de séries américaines. Je ne suis rien de tout ça. Je suis un simple journaliste qui recherche la vérité. Je suis même prêt à croire que tu as été piégé dans cette histoire. Maintenant, il va falloir te montrer convaincant.

— Combien vous voulez ?

— Là, tu m'insultes, petit. Vide simplement ton sac.

— Je ne peux rien vous dire maintenant. Ce n'est ni le lieu ni le moment. Venez chez moi demain après-midi. Je vous donne mon adresse…

— … Pas la peine, je la connais. Demain à 14 heures je serai devant ton portail. Pas d'entourloupe ou je crache tout aux flics. Au fait, tu prendras bien soin de moi n'est-ce pas ? Tu me prépareras un thé et des gâteaux secs. Et s'il m'arrivait quoi que ce soit pendant ma visite de courtoisie, sois convaincu que toute ton histoire ferait la une des journaux dès le lendemain.

Matt regarda Rowland rejoindre sa voiture. Il avait perdu sa belle assurance. Il était voûté comme un petit vieux. Avant de monter dans sa Porsche, il sortit son téléphone portable et composa un numéro pré-enregistré. Il raccrocha rapidement ; son interlocuteur n'était visiblement pas disponible.

Comment avait-il pu se foutre dans un tel merdier ? Jimmy Rowland, au volant de son bolide, essayait de réfléchir à ce qui venait de se passer. Qu'est-ce qu'il cherchait ce type, si ce n'était pas de l'argent ? Rowland phosphorait à s'en rendre malade. Le problème, c'est qu'il n'était pas outillé pour. Totalement paumé, il décida de s'en remettre une fois de plus à celui qui, d'habitude, le faisait à sa place. Il prit son kit main-libre et appela une nouvelle fois Daniel Di Miglio. Cela faisait au moins cinq fois qu'il tentait de le joindre. Il tombait toujours directement sur son répondeur. Il avait laissé trois messages et allait même en rajouter un quatrième :

— Daniel, c'est Jimmy. Je t'en prie rappelle-moi, on est vraiment mal. Je viens d'avoir une putain de conversation avec un fouille-merde de journaliste qui sait tout. Il faut qu'on décide de ce qu'on fait.

Il lâcha le téléphone puis accéléra. Conduire vite le détendait. Lorsqu'il s'engouffra dans l'allée de sa propriété, il avait presque réussi à faire le vide.

Il sortit le bip de son vide-poche et commanda l'ouverture automatique de son portail. Rien. Il tenta de nouveau. Toujours rien. C'est vraiment pas ma journée, se dit-il. Il descendit de la voiture et se dirigea vers ce satané portail. Il actionna la télécommande sans plus de succès. Il s'aperçut alors que le chambranle de la porte droite était entravé par un morceau de bois. Qu'est-ce que c'est que ce bordel ? Jimmy Rowland s'agenouilla pour retirer le bâton. Un pied, chaussé d'une énorme ranger, ornée d'une drôle de boucle, surgit du taillis qui jouxtait la villa et s'écrasa sur son visage. Rowland partit à la renverse en éructant. Il lui avait pété le nez « ce bâtard ».

— Reste par terre et ne fais pas de bêtises, lui ordonna son agresseur.

L'énorme flingue qu'il tenait dans les mains finit de le persuader.

Matt ne savait pas trop quoi penser de son entrevue avec Rowland. Il l'avait, sans nul doute, pris par surprise. C'était bien ce qu'il escomptait. Le gamin avait l'air vraiment paniqué. Soit il avait fait une vraie grosse connerie et il savait qu'il avait beaucoup à perdre, soit il n'était pour rien dans cette affaire et il se sentait piégé. Matt penchait très nettement pour cette deuxième hypothèse et il espérait bien que demain Rowland lui dirait tout.

Alors peut-être que Matt pourrait même l'aider. Son téléphone portable vibra.

— Matt, salut c'est JED.

— Ne t'inquiète pas, je vais bien.

— Je m'en doute. Comme promis je voulais juste te donner des nouvelles.

— Ça a déjà bougé ?

— Je t'ai dit que Pélissier pouvait être efficace.

— Je t'écoute.

— Notre ami a pris contact avec ses collègues chargés de l'enquête. Ils ont déjà bien avancé. Des traces de pneus ont été découvertes à l'endroit où la pauvre a été retrouvée. Ils ne connaissent, en revanche, toujours pas son identité. Comme nous en étions convenus, je lui ai donné des informations au compte-gouttes. Je ne lui ai pas dit qu'elle sortait de chez Rowland ce soir-là, mais qu'il s'agissait probablement d'une call-girl. Ils ont retrouvé sur la gamine une carte de visite avec le nom d'une agence de mannequins. Pélissier dit que cela fait un bon point de départ. Tu vois, finalement, il avance plutôt vite.

— Vu comment tu le rencardes, c'est la moindre des choses.

— Attends, ce n'est pas tout. Il s'est renseigné auprès des mœurs et apparemment ils connaissent bien l'agence de mannequins en question. Ils ne sont pas encore parvenus à la faire tomber mais elle emploierait ou plutôt exploiterait des prostituées de luxe qui travaillent pas mal dans les grands hôtels, notamment autour de la porte Maillot où se trouve d'ailleurs le siège de la boîte. Pélissier doit y faire une descente dès aujourd'hui.

— Tu me tiens au courant de la suite.

— Ne t'inquiète pas. En attendant tu te tiens tranquille comme convenu.

Matt eut quelques remords. Il ne respectait pas tout à fait les termes du contrat. Jean-Eudes poursuivit.

— Je te promets que l'on va rapidement retrouver le salopard qui a tué la petite et sans faire de vagues.

— Ouais, on verra ça.

Matt raccrocha. Il pensa immédiatement que cela faisait belle lurette qu'il n'était pas sorti. Et s'il allait boire un verre ce soir dans un hôtel sympa en écoutant un bon morceau de jazz ? Il ferait peut-être des rencontres intéressantes. Il n'avait qu'une confiance limitée en ce Pélissier.

Lorsque Matt pénétra, à 22 heures, dans l'hôtel Arcadia, il pensa immédiatement à une fourmilière. Il y en avait partout. Des portiers en uniformes, des clients braillant dans toutes les langues, des employés pressés, des valises empilées. Passé le premier rideau, il s'engouffra dans une petite salle. Le contraste était saisissant. La lumière agressive du hall avait fait place à une lueur tamisée. C'était tout juste s'il pouvait voir ses pieds. Il rata d'ailleurs une marche et faillit s'étaler au milieu des confortables fauteuils en cuir situés à l'entrée. La petite dizaine de clients présents n'eurent même pas un regard pour lui. Il s'agissait presque uniquement d'hommes seuls. Ils semblaient hypnotisés par la voix du vieux pianiste qui entonnait un air jazzy, ou plus sûrement par le bar en acajou à droite du musicien, seul endroit normalement éclairé. Six superbes créatures très maquillées, en robe de soirée, étaient juchées sur de hauts tabourets, leurs jambes croisées laissant entrevoir leurs bas et le haut de leurs porte-jarretelles. Aucun doute possible sur la fonction de ces filles. Le marbre au sol, les enluminures et le mobilier raffiné ne parvenaient pas à dissimuler l'indécence de la scène. Matt avait fréquenté pas mal de bars à hôtesses de Pigalle ces dernières années. Il avait trouvé le spectacle beaucoup moins vulgaire. Apparemment, la foire aux bestiaux n'avait pas débuté. Un type au bout du bar, le sourire avenant, avait revêtu son costume de maquignon et semblait par ses gestes appâter le chaland. Les clients étaient toujours dans l'attente, comme pris d'une soudaine forme de timidité totalement déplacée compte tenu de leur motivation. Un gros lard libidineux, un cigare éteint aux lèvres, osa le premier. Il se leva et se dirigea vers le bar. Il était tellement gras qu'il avait de la peine à marcher. Il boitait presque. Il était impossible de lui donner un âge. Malgré leurs sourires figés, on pouvait lire dans les yeux des filles la crainte et surtout le dégoût d'être choisie par ce tas de phéromones sur pattes. Il s'arrêta à un mètre des prostituées. Il eut l'élégance de ne pas tripoter la marchandise. Visiblement, son choix était déjà fait. Il tendit la main à une grande rousse aux cheveux bouclés. Un voile passa sur son regard supposé incendiaire, et le proxénète approuva ce choix d'un signe de tête du style « Monsieur a bon goût ». La jeune femme descendit de son perchoir à reculons. Le gros sortit la carte de la chambre de sa poche et prit le bras de sa nouvelle compagne en se dirigeant vers les ascenseurs. L'image de cette grosse boule dégarnie accrochée à une grande liane aurait pu être risible. Le départ de ce couple improbable marqua le début des hostilités. Trois messieurs et un couple de quadragénaires bondirent de leurs fauteuils. Il n'était plus question de frilosité, mais de ne pas se faire piquer sa préférée. Matt resta calé dans son fauteuil. Il n'y avait plus que deux filles disponibles, dont une petite blonde à l'extrémité qui avait bien du mal à jouer la femme fatale. Elle paraissait si fragile et tellement pas à sa place que Matt eut instantanément pitié d'elle. Même si ce n'était finalement pas le profil qu'il recherchait, il se dirigea vers elle. Un grand brun distingué à la peau mate lui brûla la politesse en le bousculant presque. Matt tendit la jambe et lui fit un croche-pied. Le type s'affala de tout son long sur le marbre brillant. Il commença à protester en anglais lorsque Matt l'aida à se relever en l'attrapant par le col de son smoking. Son regard ne laissa pas de place à l'équivoque.

— *Shut up and get out fucking bastard*, murmura Matt.

Le bel Oriental n'insista pas et se dirigea vers la dernière fille libre. Matt adressa un petit clin d'œil complice à celle qui allait être sa compagne de soirée. Cet intermède semblait l'avoir quelque peu décrispée. Elle se fendit d'un petit sourire mi-naïf, mi-coquin. Matt se sentit d'un coup tout désarmé. Pour un peu, il en aurait oublié l'objet de sa présence ce soir dans cet hôtel à proximité de la porte Maillot.

Stationné rue du Colonel-Moll à deux pas du Palais des Congrès, le géant rasé attendait impassible au volant de son Audi R6, un bolide de 580 chevaux, le joujou préféré des passeurs de drogue entre l'Espagne et la France. Il s'amusait à regarder le va-et-vient des flics qui effectuaient une perquisition dans l'appartement d'un immeuble cossu. Il aimait la proximité du danger et l'adrénaline qui l'accompagnait. Les policiers, munis de leurs brassards orange, chargeaient des classeurs, des archives et des ordinateurs dans le coffre de leur voiture. « Ils ne risquaient pas de trouver grand-chose », se dit-il.

Il était plongé dans ses pensées lorsqu'il vit, dans son rétroviseur intérieur, un homme blond, portant une valise et habillé d'une veste de sport, qui s'approchait du véhicule. Il entra directement dans l'Audi sans même se donner la peine d'en saluer le propriétaire. Il était en sueur et paraissait inquiet.

— Vous êtes en retard, professeur, enchaîna le géant en russe.

— Vous êtes dingue, vous avez vu tous ces flics ?

— Vous avez quelque chose à vous reprocher ?

Les mains du géant, grandes comme des battoirs, tapotaient méticuleusement le centre du volant. Contrairement à son interlocuteur, il était parfaitement à l'aise. Il demanda simplement :

— Vous avez la marchandise ?

Le blondinet rajusta ses lunettes rondes. Avec sa petite frange, on lui donnait à peine 20 ans.

— Elle est dans la valise. Nous avons eu un peu de mal à sortir le produit, mais je pense qu'il correspond à ce que vous aviez demandé.

— Vous pensez, aboya le conducteur.

— J'en suis sûr. Veuillez m'excuser, mais je n'ai pas l'habitude de ce genre d'opération. Je suis un peu stressé par la nature du colis.

Il ouvrit son attaché-case et extirpa d'une coque en mousse une petite fiole.

— Il s'agit d'un mélange de xénon, un nouveau gaz paralysant, et d'un dérivé du Fentanyl, un opiacé utilisé comme sédatif et analgésique en médecine. Il a été spécialement dosé pour vous afin que la personne qui l'inhale soit paralysée pendant un laps de temps très court. Elle restera consciente mais ne pourra plus bouger.

— Pendant combien de temps sera-t-elle sous l'effet de ce gaz ?

— Pas plus de cinq minutes. Au-delà, c'est le système respiratoire qui serait touché et elle en mourrait. Je ne crois pas que ce soit l'objectif.

— Ça ne l'était pas forcément non plus lorsque les forces Alpha ont pris d'assaut le théâtre de Moscou.

— Il s'agissait d'une grosse erreur, mais nous avons modifié le contenu, l'équilibre et le dosage du produit. Aujourd'hui, grâce notamment à l'ajout du xénon, il est fiable à 100 % et adaptable au nombre de personnes que l'on souhaite neutraliser.

— J'espère pour vous, car avec moi vous n'aurez pas le droit à l'erreur. Je ne serai pas aussi indulgent que les technocrates du Kremlin.

L'homme en noir ne prit même pas la peine de regarder son fournisseur dans les yeux. Le son de sa voix et sa posture suffisaient. Il ne plaisantait pas. À travers la vitre du véhicule, son regard se fixa sur le petit homme barbu, hirsute et râblé qui descendait le perron de l'immeuble menotté et flanqué de deux policiers.

« Ton sacrifice ne sera pas vain mon frère », songea-t-il. Puis il se tourna, pour la première fois, vers le jeune docteur en biochimie : « Sortez de cette voiture maintenant. Et surtout priez pour ne plus jamais me revoir. »

Assis l'un à côté de l'autre dans les profonds canapés du salon Magritte, Matt et la jeune prostituée osaient à peine se regarder. Elle avait été surprise que le client ne l'emmène pas directement au lit. Il l'avait invitée à boire un verre dans une petite alcôve privée. Finalement, elle trouvait la compagnie de cet homme plutôt moins désagréable que celle des autres. Il avait de bonnes manières et paraissait gentil. Mais elle savait aussi qu'elle devait se méfier de ce genre de personne. Une fille d'expérience lui avait dit, dès le premier jour, que ces gars-là étaient les plus violents au lit. Matt se força à rompre le silence.

— Quel est votre prénom chère demoiselle ?

— Je m'appelle Ana et je prends 300 euros pour deux heures, répondit-elle précipitamment.

Elle avait visiblement bien appris son texte. Elle avait un très fort accent. Peut-être slave ou peut-être pas. Ce dont Matt était sûr, en revanche, c'est qu'elle ne faisait pas ce métier depuis très longtemps. Il l'examina encore. Elle était plutôt jolie, même dans cette robe rouge à strass trop voyante.

Elle n'était pas très grande et toute menue. Les cheveux blonds coupés au carré encadraient ses yeux bleus et sa petite bouche pincée.

— Cela ne vous dérange pas si l'on discute un peu ? poursuivit Matt.

— Mais je n'ai rien à vous dire, fit-elle timidement. Je parle d'ailleurs très mal votre langue.

— D'ou venez-vous chère Ana ?

— Pourquoi ça vous intéresse ? Vous n'êtes pas obligé de me parler pour faire l'amour avec moi.

— Je sais, mais si je vous disais que ce n'est pas ce que je veux ?

— Mais que voulez-vous alors ? demanda-t-elle de plus en plus inquiète. Je vous préviens, je ne fais pas de choses... bizarres.

Elle avait les nerfs à fleur de peau. Elle tremblait. Gagner sa confiance ne serait pas chose facile. Si elle ne voulait même pas lui dire d'où elle venait, elle ne lui raconterait rien sur le fonctionnement de son réseau. Il était maintenant trop tard pour la jeter et faire un autre choix. Matt s'était laissé attendrir. D'un certain côté, il le regrettait. Il envisagea donc une autre stratégie.

— Je vais vous dire la vérité. Je ne suis pas un client. Je suis journaliste et j'enquête sur les réseaux de prostitution.

Matt n'avait pas terminé sa phrase qu'Ana était déjà debout, prête à partir.

— Je n'ai rien à vous dire, je ne dois pas vous parler, gémit-elle, paniquée.

Sur cet aspect des choses, elle avait aussi été briefée, et comme une élève studieuse, elle répétait sa leçon.

— Attendez Ana. Je vous en prie, ne partez pas et écoutez-moi deux petites minutes.

Il lui saisit le bras délicatement.

— Ce n'est pas par hasard si je m'intéresse à ce sujet. Je suis même le fils d'une prostituée. Elle venait de Bratislava et elle est morte à 35 ans une seringue dans le bras dans un hôtel miteux. Je ne l'ai pratiquement pas connue.

Au fur et à mesure qu'il inventait ce bobard, Matt sentait la honte l'envahir. Comment pouvait-il se servir ainsi de la faiblesse de cette gamine ? Et où avait-il été chercher cette connerie ? C'est vrai qu'avec son physique, cela pouvait coller.

— Je n'ai rien à vous dire, je dois partir.

— Ana, poursuivit Matt, je ne vous demande qu'une chose. Discutez avec moi. Je ne vous ferai pas dire des choses que vous ne voudriez pas révéler. J'ai juste besoin de comprendre. Bien entendu, je vous paierai vos 300 euros. Je vais même vous les donner tout de suite.

Matt sortit trois billets de cent euros et les glissa dans la main d'Ana.

— Maintenant si vous ne voulez pas rester, je ne vous retiendrai pas, vous êtes libre.

Ana sembla peser le pour et le contre. Après tout, ce garçon voulait juste discuter, et surtout, il l'avait déjà payée. Pourquoi ne pas profiter au moins de ces deux heures de répit. Elle décida donc de se rasseoir, l'air toujours aussi craintif. Le regard fixé sur la moquette, la tête basse, déjà soumise, elle demanda tout de même.

— Vous êtes vraiment journaliste ?

Matt sortit sa carte et lui présenta.

Après plus de deux heures de discussion, il connaissait presque tout de la situation d'Ana. Il avait su la mettre en confiance, et l'alcool aidant, elle s'était livrée. Elle venait de Tallin en Estonie. Elle était issue d'un milieu ouvrier et avait terminé avec succès des études littéraires. Elle voulait être traductrice. Mais en attendant de trouver un travail dans ses compétences, il fallait vivre. Au début, elle était serveuse dans un bar, puis était passée rapidement dans les pièces adjacentes réservées aux clients qui voulaient un peu plus que boire un verre. Tallin était devenu la destination à la mode pour les jeunes Occidentaux qui voulaient se payer, à moindre coût, un week-end de sexe ou enterrer dignement la vie de garçon de l'un de leurs potes. C'est dans l'une de ces soirées particulièrement chaudes qu'Ana avait fait la connaissance d'un certain Milo. Un Français d'origine yougoslave. Il était accompagné de trois copains. Avec son costume Armani et sa Rolex au poignet, il puait le fric et les filles s'étaient battues pour l'avoir comme client. Ana avait remporté la mise et n'avait pas été déçue. Son strip-tease particulier lui avait fait beaucoup d'effet et il lui avait lâché deux beaux billets violets de 500 euros. Le lendemain, il l'invitait à déjeuner à la terrasse d'un café branché et lui proposait de venir en France. Ana n'était pas naïve ; elle savait que de nombreuses filles, à qui on avait fait miroiter une carrière de mannequin, s'étaient fait berner. Au mieux, elles étaient rentrées à Tallin sans rien, leur rêve de gloire en bandoulière. Pour de nombreuses autres, on était toujours sans nouvelles d'elles. Mais Milo avait été malin et avait su la convaincre en ne lui promettant pas la lune juste de meilleures conditions de vie. À son arrivée à Paris, la jeune Estonienne avait emménagé dans un studio au cœur du 18e arrondissement à quelques mètres de la place Pigalle. Milo lui avait pris son passeport et l'avait présentée à une agence de mannequins qui s'était révélée être un vivier de prostituées. Cela ne faisait qu'un petit mois qu'elle travaillait vraiment pour Mme Petrechenko. Ana avait confié à Matt qu'elle avait l'air plutôt gentille, mais qu'en revanche, elle avait très peur de son homme de main. Un petit homme très musclé et surtout très violent. C'était lui qui servait de garde-chiourme aux filles, et il n'hésitait pas à les taper si elles ne filaient pas droit. Certaines même avaient dû coucher avec lui. Elle pensait que Mme Petrechenko ne le savait pas. Elle n'aurait certainement pas apprécié. Aujourd'hui, Ana vivait dans un confortable quatre pièces rue de Liège, dans le 9e arrondissement. Elle partageait l'appartement avec deux Russes qui bossaient avec elle. Finalement, elle n'avait pas trop à se plaindre, elle était plutôt bien traitée par rapport aux pauvres filles, comme elle, qui se retrouvaient sur le trottoir. Avant de partir, Milo, qui était tout sauf entrepreneur, lui avait dit que c'était sa classe naturelle qui l'avait sauvée du bitume. Il semblait presque déçu qu'elle ne le remercie pas.

Ana se sentait bien, dans ce fauteuil, à raconter sa vie à ce parfait étranger qui l'écoutait avec compassion. Elle avait bu plus que d'habitude, et lorsqu'elle n'eut plus rien à dire, elle embrassa Matt. Cet homme lui avait apporté un vrai réconfort et elle le trouvait de plus en plus séduisant. Elle voulait finir la nuit avec lui. Matt fut sincèrement ému par l'histoire de cette gamine, et même s'il n'avait finalement pas appris grand-chose sur son affaire, il était heureux de l'avoir choisie. Il culpabilisait simplement de lui avoir menti pour l'inciter à se livrer. Ses lèvres étaient douces. Matt avait évidemment envie d'elle, mais il ressentait une émotion particulière. Un sentiment indéfinissable l'étreignait. C'était nouveau. Il décida de la ramener chez lui. C'était un peu con et il le savait, mais il s'imaginait déjà tirant cette pauvre jeune fille des griffes des méchants mafieux.

Il n'y croyait finalement pas une seconde. Il serait bien temps demain de savoir quelle suite il donnerait à cette relation naissante. En attendant, il voulait profiter du moment présent. Tous les deux, sur le parvis de l'hôtel, ressemblaient à deux amoureux comme les autres. Ils se tenaient par le bras et ils attendaient la BM que Matt avait confiée quelques heures plus tôt au voiturier. Celui-ci la lui rendit l'air un peu gêné, le regard fuyant. Le contact de la liasse de billets de cent euros au fond de sa poche lui redonna le courage de relever la tête et de sourire au client.

Une fois installé au volant, Matt ralluma son portable. Il avait dix appels en absence et deux messages de JED. Il décida de les écouter. Ce n'était pas très poli vis-à-vis de sa compagne, mais JED n'avait pas l'habitude d'appeler pour rien. Il avait dû se passer quelque chose. Et en effet, Matt ne fut pas déçu. Pélissier avait fait comme prévu sa descente à l'agence et il en était reparti avec un joli suspect sous le bras. Le propriétaire d'un gros 4X4 dont les empreintes de pneus correspondaient parfaitement à celles laissées dans le bois de Meudon près du cadavre de la jeune fille. Cinq heures plus tard, il était plus de minuit, le mec avait craqué et avait tout avoué. C'était l'objet du deuxième message de JED. Son ami, comme à son habitude, avait été drôlement efficace. Il rangea son téléphone portable et jeta un coup d'œil à Ana. Elle devrait se trouver un nouveau patron, ici ou ailleurs, dans ce milieu ou dans un autre. Peut-être même qu'il pourrait l'aider.

Il était plus de 2 heures du matin lorsque la BM s'engagea sur le rond-point de la porte Maillot. Matt se sentait bien, presque léger, ce qui ne lui était pas arrivé depuis une éternité. Pour une fois l'alcool le rendait joyeux. À ses côtés, Ana affichait un sourire radieux. Matt décida, pour rentrer chez lui, d'éviter la Nationale 13 et les contrôles d'alcoolémie des flics qui y faisaient régulièrement le pied de grue. Il prit donc par le bois de Boulogne, rejoignit le pont de Suresnes et bifurqua sur Rueil-Malmaison par le mont Valérien. Il roulait tranquillement dans les petites rues à la limite de Nanterre et de Rueil. Depuis le début du trajet, il n'avait pratiquement échangé aucune parole avec Ana. Il était simplement bien en sa compagnie et les mots auraient gâché ce bon moment. Dans à peine dix minutes, ils seraient chez lui, ils pourraient alors faire encore un peu plus connaissance.

Décidément, ce type prenait un malin plaisir à lui compliquer la tâche. Non seulement il n'était pas seul, mais en plus il prenait des chemins détournés pour rentrer chez lui. Il avait dû être très vigilant pour ne pas se faire repérer dans ce maudit dédale. Il ne connaissait pas le terrain et il n'aimait pas ça. L'improvisation était son pire ennemi. Mais finalement, ces rues désertes allaient peut-être lui rendre service. Il consulta rapidement le plan étalé sur le siège passager de l'Audi. Son GPS ne lui était plus d'aucune utilité. Il était actuellement au début de la rue Morteuil. La BMW était à une centaine de mètres devant et allait aborder dans 500 mètres une sorte de coude ; c'était l'endroit idéal. Il écrasa la pédale de l'accélérateur et l'Audi bondit littéralement pour se retrouver pratiquement pare-chocs contre pare-chocs avec la BMW. Il vit le regard surpris et apeuré du conducteur dans le rétro intérieur. Comme il l'espérait, l'autre accéléra à son tour. La vieille voiture allemande, devant lui, commençait à prendre de la vitesse. C'était le bon moment. Il se saisit d'une petite télécommande, qu'il avait soigneusement dissimulée dans sa poche, entra un code secret et appuya sur un bouton rouge. Pour le reste du travail, il savait qu'il allait prendre beaucoup de plaisir.

Au volant de la BM, Matt, perdu dans ses pensées, n'avait pas vu les phares du véhicule qui le précédait fondre sur lui. Il fut simplement alerté par le bruit du moteur de son poursuivant qui devait posséder une grosse cylindrée. « Qu'est-ce qui lui prenait à cet abruti de venir le coller de cette façon ? » Ana, qui s'était légèrement assoupie à ses côtés, se releva d'un bond. Elle regarda par la lunette arrière mais ne parvint pas à distinguer le ou les passagers de la voiture. Matt n'aimait pas ça. Il appréhenda immédiatement le sérieux de la situation. Il n'avait pas oublié qu'un individu s'était introduit chez lui pour lui subtiliser des photos compromettantes. Il était censé être ce soir sous les verrous. Il en doutait désormais. Il décida donc de mettre la gomme. Il ne devait pas sortir de la BM. C'était l'endroit où ils étaient encore le plus en sécurité. Il le pensait sincèrement jusqu'au moment où il entendit dans l'habitacle un petit claquement sec et sentit une légère odeur âcre. Une dernière seconde de contrôle puis plus rien. Ses mains lâchèrent le volant. Son corps ne répondit plus aux injonctions de son cerveau. Il sembla d'un coup déconnecté.

Le conducteur de l'Audi vit la BM faire une première embardée. La roue avant gauche alla frotter le trottoir, puis l'arrière du véhicule se déroba et tapa un poteau électrique. Le choc fit faire un tête-à-queue à la BM qui regagna la chaussée avant de partir en tonneau. Il n'avait pas déclenché sa télécommande depuis dix secondes et la voiture était déjà hors circuit.

Matt était assis sur le siège avant de la BM comme si rien ne s'était passé. La voiture était sur ses quatre roues. Une fumée blanche s'échappait du capot. La portière côté conducteur et le toit du véhicule étaient enfoncés. Les souvenirs de l'accident lui revinrent alors par bribes. La voiture derrière lui, l'accélération, la perte de contrôle. C'était cette satanée bagnole qui était à l'origine de son accident. Où était-elle ? S'était-elle enfuie ? Le conducteur était-il en train d'appeler les secours ? Matt ne percevait aucun bruit autour de lui. Tout était étrangement calme. Au cœur de la nuit, dans ce quartier pavillonnaire du haut de Rueil, les grandes et belles maisons demeuraient endormies. Elles étaient très en retrait de la chaussée. À plus d'un million d'euros la propriété, les habitants avaient droit à leur tranquillité. Matt essaya de se détacher. Son bras ne bougea pas. Il tenta de se concentrer et perçut une présence auprès de lui. Ana. Choqué, il avait totalement occulté sa présence dans la voiture. Il essaya de tourner la tête pour voir comment elle allait. Il n'y parvint pas. Seuls ses yeux bougèrent. Dans sa vision périphérique, il la vit les paupières closes, le visage en sang. Il se rappela qu'elle avait détaché sa ceinture pour se blottir contre lui. Il tenta encore de la regarder, mais son corps ne répondait toujours pas. Qu'est-ce qui lui arrivait ? Il essaya d'appeler. Aucun son ne sortit de sa bouche. Il sentait quelque chose couler le long de sa joue, probablement du sang, pensa-t-il. Pourtant, il n'avait aucune douleur. Il était comme paralysé. Il restait cependant étonnamment calme et détaché. S'agiter, il ne le pouvait pas. Pas plus qu'hurler. Pleurer, il n'en avait pas envie. Il était comme dans un cocon, bien au chaud, ne ressentant plus rien. C'était ce à quoi il aspirait depuis maintenant presque huit ans. Il n'allait tout de même pas se plaindre.

S'il ne pouvait plus faire aucun mouvement, Matt avait la capacité de voir, mais également de sentir, notamment la forte odeur de fumée, et surtout d'entendre. Il capta distinctement le bruit des pas qui s'approchaient de la voiture. Quelqu'un venait à leur secours, Ana était sauvée. Il n'avait pas entendu de voiture s'arrêter. Sans doute s'agissait t-il d'un piéton ou d'un riverain. Il vit les chaussures de l'homme avant son visage. Des énormes rangers ornés d'une étrange boucle argentée. Matt leva les yeux. Il le regretta immédiatement, car ce qu'il vit, cette fois, le terrorisa bel et bien. L'homme, qui se penchait désormais sur lui, à travers la vitre cassée, était bien plus qu'inquiétant. Ce n'était pas son crâne rasé, ni la longue cicatrice qui barrait son front qui faisait froid dans le dos, mais ses yeux. Noirs, brillants, ronds comme deux boulets de canon. Ils respiraient la mort et la cruauté. Le son de sa voix était paradoxalement très doux :

— Vous nous avez posé bien des problèmes monsieur Berger, s'esclaffa l'homme.

Il avait un fort accent russe. Matt tenta d'ouvrir la bouche.

— Inutile d'essayer de me répondre, vous n'y parviendrez pas. Ce que vous avez inhalé vous empêchera de parler et de bouger pendant encore... il jeta un œil à sa montre... deux minutes trente exactement. Malheureusement, vous serez déjà mort. Il faut dire que vous l'avez bien cherché. Cela fait déjà pas mal de temps que vous nous mettez des bâtons dans les roues. Apparemment, le premier avertissement n'a pas été suffisant. Tant pis pour vous et votre jeune compagne.

Le Russe se releva alors. Il était immense. Il fit le tour du véhicule. Matt, incrédule, l'accompagna du regard tant qu'il le put. Il était maintenant passé du côté d'Ana. Elle était toujours inconsciente. Le géant ouvrit la portière froissée en forçant un peu. Délicatement, il mit son énorme main droite sur l'épaule gauche d'Ana comme s'il voulait l'enlacer. Il posa l'autre derrière son cou frêle. Puis, simultanément, il tira le corps d'Ana dans un sens et sa tête dans l'autre. Matt aurait aimé ne jamais entendre cet effroyable craquement. Il lui avait brisé la nuque, net. Et Matt avait tout vu du coin de l'œil.

— Encore une qui n'aura pas résisté à votre bêtise monsieur Berger. Décidément, vous n'avez pas eu beaucoup de chance avec les femmes tout au long de votre vie.

Ces paroles résonnèrent dans la tête de Matt et alors qu'Ana venait de rendre son dernier souffle, c'est le visage de Marie qui apparut. Il rebascula alors dans la réalité. S'il avait été croyant, il aurait pu se consoler en se disant qu'il allait bientôt la rejoindre. Tout au long de ses années d'errance, il avait considéré la mort comme une délivrance. Maintenant qu'elle était imminente, il voulait se battre pour vivre. Ce n'était finalement pas un hasard s'il n'avait jamais pu mettre fin, lui-même, à ses jours. À présent, le géant russe, qui se redirigeait vers lui, allait l'y aider. Problème : il ne le souhaitait plus.

— Comme c'est malheureux. Un accident stupide dû à un excès d'alcool, et vous et votre amie mourez bêtement du coup du lapin. Vous auriez dû choisir un véhicule moins vétuste cher monsieur Berger. Les airbags auraient pu vous sauver la vie.

Matt sentait maintenant le souffle de l'homme dans son cou. Il allait probablement opérer de la même façon pour se débarrasser de lui. Deux petits craquements et ni vu ni connu, il repartirait. Matt aurait aimé pouvoir fermer les yeux pour ne pas voir la mort s'approcher. À défaut, le regard fixé droit devant lui, il essaya de faire le vide et de rester digne jusqu'au bout. Le fait de ne plus rien ressentir le rassurait. Il n'allait pas souffrir. Du moins, il l'espérait, car de légers picotements commençaient à lui envahir les deux mains et sa mâchoire se décrispait. Les effets du poison s'estompaient. Il allait peut-être même pouvoir dire un dernier mot avant de crever. L'homme, à côté de lui, semblait prendre un malin plaisir à agir doucement. Son énorme main gauche s'avançait maintenant lentement vers son visage. Matt parvint à desserrer les dents. Peut-être pourrait-il lui mordre le bras ? Dans un dernier baroud d'honneur, il décolla légèrement la nuque de l'appuie-tête et essaya de choper l'avant-bras de son bourreau. Ses dents claquèrent dans le vide. Un flot de sang lui envahit pourtant la bouche et aspergea son visage. L'avant-bras du tueur s'était détaché du reste de son corps et gisait désormais lamentablement sur les genoux de Matt. Les deux hommes hébétés restèrent focalisés sur le moignon dégoulinant du Russe. Ni l'un ni l'autre n'avaient eu le temps de comprendre ce qui s'était produit. Instinctivement, presque naturellement, le géant s'empara de son membre sectionné et courut vers le petit renfoncement, à une vingtaine de mètres, où il avait garé l'Audi. Cette scène surréaliste d'un homme, pissant le sang, sprintant vers sa voiture, son avant-bras gauche sectionné bien serré sous son aisselle droite, ne dura que quelques secondes. Matt se demandait encore s'il ne l'avait pas rêvée. C'était désormais le chaos dans sa tête. Et le visage de son ami Makkal se penchant sur lui finit de le convaincre qu'il avait totalement sombré dans la folie. Il n'y avait aucune raison qu'il soit à ses côtés, dans cette petite rue de Rueil. C'en était trop. Il fallait dormir maintenant. Il se réveillerait demain en riant du rêve totalement déjanté qu'il avait fait.

Mercredi 29 juin

— Faut que j'arrête de picoler !

Matt avait l'impression que sa tête avait été transpercée de part en part par une flèche. Il avait un terrible mal de crâne. Encore plus que d'habitude. Cette fois, il en avait pris une sacrée. Même ouvrir un œil était au-dessus de ses forces. Surtout, il ne se rappelait plus de ce qu'il avait fait la veille au soir, ce qui ne lui était jamais arrivé, même lors de ses pires délires éthyliques.

— Il faut vraiment que je stoppe mes conneries.

Il était étendu sur le lit, incapable de faire le moindre mouvement. Son dos le faisait également souffrir. Qu'est-ce qu'il avait bien pu faire pour être dans un état pareil ? Il parvint enfin à soulever une paupière. Il ne reconnut pas sa chambre. Où pouvait-il être ? Il ne se souvenait pas d'avoir embarqué une fille. Pourtant, il était nu et il avait froid. Au prix d'un effort surhumain, il parvint à se mettre sur ses coudes. Par la fenêtre, située en face de lui, il crut deviner les contours de la Tour Eiffel. Hallucinant ! Les yeux mi-clos, il balança ses jambes hors du lit. Il ressentit alors comme un choc électrique dans toute sa colonne vertébrale. Cloué sur place, il se replia sur lui-même en position fœtale. Il y avait quelque chose qui clochait. Il n'avait pas qu'une simple gueule de bois. Pendant près de cinq minutes, il s'efforça à respirer lentement afin de retrouver ses esprits. À défaut d'avoir les idées claires, Matt sentit son corps répondre de nouveau. Il avait toujours terriblement mal au dos et à la tête, mais il pouvait, cette fois, bouger ses membres de façon rationnelle. Il fit gesticuler ses orteils et ses doigts et décida qu'il était enfin temps d'ouvrir les yeux. Ce qu'il vit le laissa pantois. La pièce dans laquelle il était n'avait rien d'accueillant. Froide, voilà comment on pouvait la qualifier. Les murs vert pastel ne comportaient aucune décoration. En dehors d'une petite table de nuit et du lit, il n'y avait aucun autre mobilier. Une idée terrifiante lui traversa l'esprit. C'était fou comme cet espace pouvait ressembler à une chambre d'hôpital. La vue du tuyau, qui reliait son bras à un goutte-à-goutte, finit de l'achever. Il était bien à l'hôpital, l'endroit qu'il détestait le plus au monde.

L'hôpital Foch de Suresnes était situé sur le mont Valérien. Les chambres, exposées au sud, offraient une vue imprenable sur Paris. À leur arrivée, alors que Matt était inconscient et qu'il n'avait pas encore été pris en charge par les urgences, Makkal avait exigé, d'emblée, ce type de chambre pour son ami. Cela l'aiderait certainement à faire passer la pilule. En l'entendant hurler, alors qu'il était posté dans le couloir, il n'en était plus tout à fait sûr.

Makkal passa la tête par l'entrebâillement de la porte. Il vit un pauvre fou, hystérique, complètement à poil et portant un gros pansement sur la tête, vociférer en faisant des allers-retours de son lit à la fenêtre. Il avait arraché son goutte-à-goutte et semblait chercher frénétiquement la sortie.

— Qu'est-ce qui se passe ? Tu n'es pas satisfait du service ?

L'intrusion de Makkal dans sa chambre désarçonna totalement le patient turbulent. Matt se figea comme s'il ne reconnaissait pas son ami. Qu'est-ce qu'il faisait là lui aussi ? C'est bizarre, il l'avait vu en rêve, très récemment, alors que cela faisait plus d'un an qu'il n'avait pas eu de ses nouvelles. Matt s'assit sur son lit. Il avait soudain retrouvé tout son calme et il lança à Makkal :

— Si tu ne me dis pas quelque chose de rationnel dans les secondes qui suivent, je te promets que je vais finir barjot.

Makkal avait toujours eu ce don d'apaiser les gens. Peut-être était-ce dû à son physique rassurant. Il était assez grand – il mesurait 1,85 m – et devait peser plus de 80 kg. Son visage était incroyablement doux. Il avait un sourire de gosse, des yeux bleus pétillants qui tranchaient avec sa peau mâte et une tignasse blonde frisée qui le faisait ressembler à un angelot. Impossible d'imaginer qu'il avait été l'ennemi numéro un du Kremlin, l'un des meneurs de la résistance tchétchène. C'était avec un couteau à la main, un soldat russe égorgé à ses pieds, que Matt l'avait vu pour la première fois dans les ruines de Grozny en 1999. La deuxième guerre de Tchétchénie venait de débuter. Suite aux attentats meurtriers perpétrés au cœur de Moscou et attribués par le pouvoir aux indépendantistes tchétchènes, Vladimir Poutine, tout juste nommé Premier ministre, avait décidé de bombarder toute la petite république et de mettre au pas les rebelles en envoyant près de 90 000 hommes sur le terrain.

Une répression qui avait fait des milliers de victimes parmi lesquelles la jeune sœur et les parents de Makkal, dont la maison avait été soufflée par un obus de mortier. Grand spécialiste des sports de combat et notamment de la lutte libre, dont il était champion d'Asie, Makkal laissa tomber sa brillante carrière de sportif de haut niveau pour prendre le maquis auprès d'Aslan Maskhadov, président depuis 1997, déchu par décision du maître du Kremlin. Makkal avait créé, organisé et mené le plus actif des réseaux de résistance dans Grozny. C'était sa ville. Il la connaissait par cœur et avait sur les soldats russes l'avantage du terrain. Ce qui avait été fatal à l'un d'eux qui s'apprêtait à délester le chargeur de sa Kalachnikov sur un reporter-photographe un peu trop curieux. Makkal lui avait, très tranquillement, sectionné la carotide. Il venait de sauver la vie de Matthieu Berger. Une solide amitié était née.

Matt avait vécu plus de deux mois avec Makkal et son groupe. Il avait partagé, avec les combattants, les maigres repas, les paillasses humides étalées dans les caves, les bombardements quotidiens. Il avait été témoin, au plus près, des exactions de l'armée russe. À son retour à Paris, les plus grands hebdomadaires français, britanniques, allemands et bien sûr américains s'étaient littéralement arraché son reportage. C'était sa façon à lui d'aider et de témoigner à Makkal et à la population tchétchène sa profonde gratitude. Il devait montrer au monde entier la monstruosité de cette guerre. Matt avait été, tout au long de sa jeune carrière, sur les points les plus chauds de la planète. Jamais il n'avait ressenti une telle injustice face à des massacres dont l'Occident se moquait éperdument. Il n'était pas dupe. Son reportage provoquerait, sur le moment, des réactions indignées de la part d'une population aussi prompte à s'émouvoir qu'à oublier. Les politiques exigeraient des sanctions mais continueraient à négocier l'achat de gaz et de pétrole à un gouvernement russe en position de force. Même au plus profond du trou, après la mort de Marie, Matt avait gardé des contacts avec Makkal et l'avait aidé à sortir de Tchétchénie pour venir s'installer en France. Le fier combattant tchétchène, après des années de lutte, avait décidé de jeter l'éponge après le terrible dénouement et la mort de dizaines de gosses lors de la prise d'otages d'une école à Beslan en Ossétie du Nord. Un acte ignoble revendiqué par Chamil Bassaiev, chef de guerre radical, auquel Mashkadov et Makkal s'opposaient. Impitoyable et même cruel avec tout ce qui portait un uniforme, Makkal n'avait jamais voulu s'en prendre aux civils, que ce soit sur le territoire russe ou dans les républiques voisines. Bassaïev pensait, lui, que tout était bon pour faire avancer la cause tchétchène. Des divergences qui ne permettraient jamais à la résistance de s'unifier. Après la mort suspecte, en 2005, de son mentor Mashkadov, Makkal dut se rendre à l'évidence. Il ne pouvait plus aider son pays comme il le souhaitait.

Jean-Eudes Duplessis avait fait jouer toutes ses relations pour exfiltrer Makkal grâce à un faux passeport au nom d'un membre français d'une ONG britannique. Une fois dans l'hexagone, JED, sous la pression amicale de Matt, lui avait permis d'obtenir rapidement le statut de réfugié politique. Il l'avait également aidé financièrement et lui avait apporté son soutien logistique pour monter sa propre boîte de conseil en sécurité qui, aujourd'hui, prospérait. Makkal avait tourné la page. Il était désormais le patron d'une entreprise qui faisait de jolis bénéfices. Mais lui non plus n'avait pas oublié. Et c'était tout sauf un hasard si Makkal s'était trouvé à point nommé pour sauver une nouvelle fois la vie de Matthieu Berger.

Makkal était un taiseux. Il préférait les actes aux mots. Mais il n'échapperait pas à une petite explication. Matt ne lui laissait pas le choix.

— Bon Dieu Makkal, tu vas me dire ce que nous faisons là toi et moi. Depuis combien de temps suis-je ici ?

Matt était de nouveau allongé sur son lit, mais cette fois, il regardait son ami droit dans les yeux. Makkal consulta sa montre. Il était onze heures du matin.

— Nous sommes arrivés ici au milieu de la nuit. De quoi te souviens-tu exactement ?

Matt avait eu le temps de reprendre peu à peu ses esprits. L'hôtel Arcadia, la rencontre avec Ana lui revenaient en mémoire, mais après, c'était le trou noir. Makkal l'aida à compléter le puzzle.

— Tu es reparti de l'hôtel avec cette fille pour la ramener chez toi. Sur la route tu as eu un accident.

— J'avais trop picolé ?

— Pas exactement, disons qu'on t'a un peu aidé à sortir de la route.

— C'est à cause de ces putains de photos, on a voulu me faire peur ?

— Non, te tuer, rectifia Makkal calmement.

Cette sentence n'effraya pas Matt outre mesure. Ce qui le mettait hors de lui, c'est qu'il ne se rappelait plus de rien. Il vomissait cette idée. Les questions se bousculaient dans sa tête.

— Mais toi, qu'est-ce que tu fais là ? Quel rapport as-tu avec toute cette histoire ?

Makkal fut un peu gêné.

— Disons que j'étais, comme qui dirait, chargé de veiller sur toi. Il se pouvait que tu sois en danger. Les faits nous ont donné raison.

— Nous ? s'exclama Matt. Attends un peu, laisse-moi deviner. Ce bon vieux JED s'est senti obligé de me protéger.

— Il m'a appelé, il y a deux jours, en me demandant si je ne pouvais pas lui fournir un homme de confiance qui te suivrait à distance partout où tu irais.

— Et tu as récupéré le bébé.

— Je ne pouvais tout de même pas laisser cet honneur à quelqu'un d'autre. J'ai tout lâché et je me suis occupé de toi.

— Très discret, comme d'habitude. Je n'ai rien vu.

— Notre ami le géant non plus, même si vous avez failli me lâcher.

— Dis-moi maintenant pourquoi je me retrouve avec ce joli turban sur la tête ?

— Comme je te l'ai dit, tu as eu un accident.

— Provoqué par ce gars ?

— Indirectement. D'après les premières constatations de Pélissier...

— ... Il est sur le coup celui-là.

— JED m'avait communiqué son téléphone. Je l'ai tout de suite appelé pour qu'il se rende sur place. En plein milieu de la nuit, il a un peu grogné. Quand je lui ai dit que c'était un ordre de JED, il a sauté dans son caleçon. Il m'a contacté il y a plus de deux heures. Il était encore sur le lieu de l'accident et il m'a affirmé que les premières investigations démontraient que ta sortie de route n'avait pas été provoquée par un autre véhicule.

— Qu'est-ce qui s'est passé alors ? Je n'ai pas perdu le contrôle de ma voiture par enchantement.

— Je ne peux pas t'en dire plus. Je n'ai rien vu de la façon dont l'accident s'est déroulé. Comme je te l'ai dit, c'est à ta sortie de l'Arcadia que je me suis aperçu qu'un autre mec était à tes trousses. Pour ne pas me faire repérer, j'ai donc décidé d'anticiper. J'étais certain que tu rentrerais chez toi, alors je me suis posté, avec ma bécane, sur la Nationale 13, au niveau des Sablons. Là, je t'ai vu t'engager sur le rond-point de la porte Maillot et filer vers le bois de Boulogne, ce qui n'était pas vraiment prévu. Le temps que je fasse demi-tour, je vous ai perdus toi et ton nouvel ami. Heureusement, je savais quel autre itinéraire tu pouvais emprunter pour rentrer chez toi. Quand je vous ai enfin rejoints, ta bagnole était déjà dans le décor et le géant allait s'occuper de ton cas. J'ai tout juste eu le temps... d'agir.

— Connaissant ta mesure, le type ne doit plus être en très grande forme.

— Disons qu'il a perdu quelque chose dans la bagarre.

— Soit plus précis s'il te plaît.

— Son avant-bras. Tu ne te souviens vraiment de rien ?

— Que dalle.

— Quand je suis arrivé, le type s'apprêtait à te donner les derniers sacrements. Je n'étais pas encore au niveau de la voiture. J'ai donc dû parer au plus pressé.

— Continue.

— J'ai pensé qu'il avait une arme dans la main. Je lui ai donc tranché le bras en lançant ma hachette.

Matt parut abasourdi.

— Tu te balades encore avec cet objet ?

Makkal parut presque gêné. C'était son arme fétiche. Cette petite hache avait été conçue par Makkal lui-même pendant les très longues heures de planque dans les ruines de Grozny. Maniable, facile à lancer et surtout extrêmement tranchante, elle était, à moins de cinq mètres, d'une efficacité redoutable. Elle faisait partie intégrante de la légende de Makkal, surnommé par les Russes le bourreau de Grozny ou le tueur à la hache. Matt l'avait vu l'utiliser, à plusieurs reprises, sur des sentinelles de l'armée russe. Il ignorait que son ami la détenait toujours. Mais ce qui le stupéfiait encore plus, c'est qu'il semblait la porter en permanence avec lui en dépit de la loi.

— Tu es incorrigible, fit Matt sur un ton plein de reproches.

— Disons que c'est un peu comme mon doudou.

— Je ne laisserais pas un bébé jouer avec.

— En attendant, elle t'a probablement sauvé la vie. Pour l'instant.

— Qu'est-ce que signifie ce « pour l'instant » ?

— Le type qui voulait ta peau a réussi à s'échapper malgré mon intervention. Il a fait preuve d'un sang-froid incroyable. Ce gars est un véritable pro. Il faut que tu prennes cette histoire très au sérieux Matt. Celui ou ceux qui sont après toi sont réellement très dangereux.

Makkal n'était pas du genre à dramatiser. Un tel avertissement, venant de lui, prenait tout son sens. Matt commençait à rassembler ses esprits, mais il n'avait toujours aucun souvenir de l'accident et de ce qui s'était passé après. Puis, d'un seul coup, il eut un flash.

— Je n'étais pas seul dans la bagnole. Cette fille, Ana, comment va-t-elle ? Où est-elle ? Je veux la voir.

Matt esquissa un mouvement pour sortir de son lit. Makkal, prévenant, lui mit la main sur la poitrine et l'incita à se recoucher.

— Cette femme est morte, mon ami.

Il avait insisté. Il fallait maintenant assumer. Seul face à ce brancard métallique, Matt se fit la réflexion que toutes les morgues des hôpitaux se ressemblaient. Il se rendit compte que si sa mémoire immédiate était endommagée, les souvenirs d'un passé beaucoup plus lointain demeuraient intacts. Il souleva délicatement le drap et l'apparition du beau visage d'Ana, cette quasi-inconnue, le propulsa des années en arrière. Il avait souhaité être seul pour reconnaître le corps de Marie pourtant pratiquement méconnaissable après son terrible accident de la route. Dans les sous-sols de la Pitié-Salpêtrière, il était resté prostré à ses côtés. Il n'avait pas pleuré. Il n'avait pas gémi non plus. Il s'était simplement vidé. Ce fut sa façon à lui de supporter l'insupportable. Ses sentiments, ses émotions s'étaient comme évaporés lorsqu'il avait posé sa tête sur le ventre froid de Marie. Il était resté ainsi pendant des heures. Tout l'amour dont il disposait, il l'avait laissé là dans ce corps inerte qu'il avait si souvent serré contre lui. Il était certain que Marie l'emporterait avec elle et ainsi, où qu'elle soit, elle l'aimerait pour toujours. Matt avait eu tout simplement besoin de redonner de la vie, sa vie, à sa Marie. Il n'avait pas su la protéger. Il devait payer. Depuis huit ans, l'addition était lourde. À la hauteur du bonheur qu'il avait connu auparavant. Matthieu Berger était en reportage au Turkménistan lorsqu'il avait reçu le message qui devait bouleverser son existence. Un bien curieux endroit pour apprendre qu'il allait être papa. Il se demandait encore comment Marie avait réussi à le joindre alors qu'il séjournait depuis quinze jours, et dans une totale illégalité, au sein de ce petit État d'Asie centrale, indépendant depuis 1991 et l'éclatement de l'URSS. Matt y était allé pour témoigner de la féroce répression envers toute opposition menée par Saparmourat Niyazov, le président-dictateur. Ce grand malade, mégalomane, avait pris prétexte d'une récente tentative d'assassinat à son encontre pour éteindre définitivement toutes voix discordantes. De nombreux Turkmènes, dont des femmes et des enfants, avaient subi harcèlements, expulsions et spoliations. Des informations dignes de foi faisaient état de tortures et de mauvais traitements en détention.

Des emprisonnements à vie, après des procès manifestement inéquitables, avaient été prononcés envers des personnes reconnues coupables d'avoir participé à l'attentat présumé. Niazov avait façonné, depuis des années, un pays à son image en y instaurant un véritable culte de la personnalité. Son visage était partout dans le pays, des billets de banque jusqu'aux bouteilles de vodka, en passant par le savon ou la bière. Il s'était rebaptisé Turkmenbasv, en français « le Chef des Turkmènes ». La fête nationale correspondait à son anniversaire. Une statue de lui, dorée à l'or fin, tournait sur elle-même dans la capitale Achkhabad de manière à ce que son visage soit toujours tourné vers le soleil. À l'image de Mao et de son Petit Livre rouge, il avait créé un texte fondamental, le Ruhnama ou « le livre de l'âme ». Une épopée nationale, mélange d'histoire révisionniste et de lignes de conduite morales. Une doctrine peu compatible avec les piliers de l'islam pourtant religion ultra majoritaire au Turkménistan. Izzat, lui, ne reconnaissait qu'un livre sacré : le Coran. C'était en son nom qu'il se battait contre le régime de Niazov qui, selon lui, travestissait totalement les saintes Écritures. Izzat faisait partie de la minorité Hazara. Il était donc chiite et non sunnite comme l'immense majorité des Turkmènes. Il était aussi, depuis deux semaines, le guide de Matt. Dans ce pays, à peine plus petit que la France et peuplé seulement d'environ 6 millions d'habitants, Matt était entré par le sud, à la frontière iranienne, à quelques kilomètres seulement de la capitale, Achkhabad. Il avait été trimballé à travers tout le pays. Ils avaient traversé le grand désert central de Karakoum, qui couvrait 80 % du territoire, pour rejoindre les montagnes du Nord à la frontière avec l'Ouzbékistan et le Kazakhstan. Ils s'étaient aussi rendus dans l'ouest du pays au bord de la mer Caspienne, avant de revenir sur Achkhabad. Matt avait pris des centaines de photos qui relevaient plus du reportage pour *Géo* que du témoignage politique. Les Turkmènes ne profitaient pas des richesses considérables du pays, grand producteur de gaz et de pétrole. La démocratie et la pluralité d'opinions n'étaient qu'une utopie. Pourtant et malgré les nombreuses tentatives d'Izzat de noircir le tableau, les Turkmènes semblaient, en grande majorité, soutenir le pouvoir en place, heureux de bénéficier de la quasi-gratuité du pain, de l'électricité et du gaz et surtout de la stabilité politique du pays. C'était plus qu'appréciable pour ces populations de l'ex-URSS.

À quelques jours de son départ, Matt prenait le thé avec Izzat, dans une vieille bâtisse de la banlieue d'Achkhabad, lorsqu'il avait décidé de consulter son téléphone. Un simple réflexe puisque normalement, aucun messsage ne pouvait techniquement lui parvenir. Il était, comme souvent, en totale autonomie. À sa grande surprise, son portable lui avait indiqué qu'il avait un nouveau message audio. Quatre simples mots l'avaient fait chavirer : « Tu vas être papa. » C'était comme une bouteille à la mer qu'elle avait lancée, impatiente d'apprendre à Matt cette formidable nouvelle. Elle était comme ça Marie, spontanée. Fou de joie, Matt s'était jeté dans les bras d'Izzat, totalement surpris et un peu dégoûté de ce contact subit avec un étranger, un non-musulman qui plus est. Izzat supportait cet homme parce qu'il pouvait servir sa cause. Il le trouvait plutôt sympathique et intelligent. Mais il avait le défaut impardonnable de ne pas vénérer Allah. Izzat avait tout de même fait l'effort d'essayer de partager son bonheur. Il avait même été jusqu'à lui dénicher une bouteille de vodka alors que la simple évocation de l'alcool lui faisait horreur. Il pouvait bien le faire. Bientôt, l'étranger repartait et il témoignerait. Izzat s'en était assuré personnellement. Ce soir-là, Matt avait fêté dignement l'annonce de son futur bébé en descendant à lui seul la bouteille. Trois jours plus tard, il embarquait dans une camionnette tape-cul qui devait l'amener à la frontière avec l'Iran. Le passeur du retour était le même qu'à l'aller. Il l'avait accompagné jusqu'à Mashhad, la première grande ville iranienne dotée d'un aéroport international. À son arrivée à Charles-de-Gaulle, son ami JED l'attendait. Matt avait tenté, pendant le trajet, de prévenir Marie de son retour. Sans succès. Mais JED, que faisait-il là ? Il ne pouvait pas savoir qu'il rentrait aujourd'hui. La présence de son ami était donc totalement anormale. Tout à sa joie, il ne comprit pas immédiatement que quelque chose de terrible était arrivé. Une heure après avoir posé le pied sur le sol français, Matt était à la morgue aux côtés de Marie pour la dernière fois.

Matt reprit soudain pied dans la réalité. Il déposa un baiser sur la joue d'Ana, ce qu'il n'avait pas pu faire sur le visage broyé de Marie, en ne lui murmurant qu'un seul mot : « merci ». Il remit le drap en place. Il eut la curieuse sensation d'avoir retrouvé, pendant ces quelques minutes et ce flash-back surprise, le fil de sa vie qui s'était interrompu dans un lieu analogue, il y a huit ans. Un raccourci étonnant, inattendu, comme si tout ce qu'il avait vécu depuis la mort de Marie n'avait été qu'une terrible parenthèse qui se refermait enfin. Il était calme et serein. Aujourd'hui, ici, au milieu des cadavres, il avait pris une grande décision : il allait de nouveau se battre et essayer de vivre pour Ana, pour Marie.

Vendredi 1er juillet

Les couloirs décrépis de l'hôpital Foch avaient parfois des allures de prison. Pélissier était presque dans son élément. Le prestigieux commandant de la brigade criminelle, flanqué d'un médecin, se dirigeait à grands pas vers la chambre de Matthieu Berger. Du haut de son mètre quatre-vingt-dix, il balançait, aux infirmières et aux patients qu'il croisait, son air suffisant. Avec ses cheveux courts poivre et sel et ses fines lunettes aux branches argentées, on lui donnait beaucoup plus que ses 38 ans. C'était pour lui un atout dans sa course à la direction de la police judiciaire. La chambre de Matt était située tout au bout du long corridor. Pélissier identifia immédiatement l'homme en faction près de la porte. Ses services avaient collaboré à plusieurs reprises avec la société de Makkal, Security System, notamment pour la protection de hautes personnalités. Il n'appréciait guère que des mercenaires du privé se substituent aux prérogatives de la police. Mais il devait bien avouer que ce Makkal et ses sbires faisaient du bon boulot. Il ne les avait jamais pris en flagrant délit de négligence.

— Makkal, comment allez-vous ?

— Très bien, et vous commandant ?

— Je n'ai pas beaucoup dormi ces dernières heures. Votre ami me cause bien du souci.

— Vous m'en voyez sincèrement désolé.

— Pouvons-nous entrer le voir ?

— Vous oui, mais je dois en savoir un peu plus sur la personne qui vous accompagne.

Le jeune interne, qui essayait pourtant d'afficher une certaine contenance, rougit instantanément. Son visage écarlate mit encore plus en valeur sa grande tignasse rousse.

— Le docteur... (Pélissier se pencha sur son badge) ... Gervais vient donner des résultats d'examen à son patient, indiqua le policier.

Makkal sortit son portable et composa un numéro.

— Victor, c'est Makkal. Tu es toujours en place au PC sécurité de l'hôpital ? Parfait. Vérifie le nom de Gervais dans la banque de données. Tu as sa photo ? À quoi ressemble-t-il ? (Makkal sourit légèrement.) Merci, je te laisse. Une dernière formalité, ajouta Makkal.

Il fouilla le jeune médecin qui passa alors directement au cramoisi. Makkal lâcha alors :

— Vous pouvez entrer.

Matt était assis dans son lit, un papier et un crayon en main. Cela faisait déjà deux jours qu'il était hospitalisé essentiellement parce que les médecins attendaient les résultats des derniers examens pour le libérer. Il commençait à s'impatienter et en attendant, il essayait de démêler les fils de sa mémoire. Les souvenirs de l'accident lui revenaient au compte-gouttes. Il était en train de réfléchir sur les conséquences du rendez-vous manqué avec Rowland lorsque les deux hommes entrèrent dans sa chambre. Il reconnut l'interne qui lui avait fait, la veille, le compte rendu de ses blessures. Une commotion cérébrale et une luxation de l'épaule. En revanche, il eut du mal à faire le rapprochement entre l'adolescent empâté et empoté qu'il avait connu et cet homme, plein d'assurance, qui se tenait aujourd'hui devant son lit.

— Pélissier, c'est bien toi ? interrogea Matt.

— J'ai tellement changé ? répliqua le flic. Dois-je le prendre comme un compliment ?

— Tu peux effectivement. Tu t'es…

— … Affiné peut-être, compléta Pélissier. Je crois que le toubib a des révélations à te faire. Tu vas être surpris.

Le jeune interne, qui jusqu'ici se sentait un peu de trop, se remobilisa, ouvrit son classeur et prit son air le plus grave avant de s'adresser à Matt solennellement.

— Monsieur Berger. Votre sortie de route n'est pas un accident.

Le médecin s'arrêta afin de donner encore plus de poids à sa révélation. Mais à sa grande déception, son patient n'eut pas l'air étonné mais au contraire irrité et impatient de connaître la suite. Le docteur Gervais se rembrunit quelque peu avant de lancer sa deuxième flèche.

— Vous avez été victime d'un empoisonnement.

Cette fois-ci, il réussit son coup. Matt Berger donna l'impression de tomber de l'arbre. Il avait la bouche grande ouverte et le regard perdu. Il se reprit rapidement et demanda au médecin.

— Empoisonné ? Quand ? Comment ?

Il revit le visage innocent d'Ana.

— Probablement quelques secondes avant votre accident.

Matt protesta.

— C'est impossible. Je ne me rappelle pas avoir bu ou mangé quoi que ce soit.

— Normal puisque vous avez été victime d'un gaz à effet presque immédiat.

Matt pataugeait. Il ne savait même pas à quoi le médecin pouvait faire allusion.

— Vos analyses montrent très clairement que vous aviez des traces importantes de Fentanyl dans votre sang. Plus une autre substance que nous n'avons pas encore réussi à identifier.

— Qu'est-ce que c'est que ce Fentanyl ?

— Un opiacé que nous utilisons notamment pour les anesthésies.

Matt était une fois de plus totalement paumé. Il ne se rappelait toujours pas des conditions exactes de son accident. Le toubib avait bien dit qu'il avait été victime d'un gaz à effet immédiat. Or, ce dont il se souvenait, c'est qu'il était seul dans sa voiture avec Ana. Qu'est-ce que cela pouvait bien signifier ? Il regarda Pélissier et lut sur son visage un petit sourire de satisfaction. Soit il se foutait ouvertement de sa gueule, soit il avait des réponses que lui n'avait pas, ce qui revenait à peu près au même. Pélissier s'aperçut du courroux de Matt et prit le docteur Gervais par le bras.

— Merci beaucoup jeune homme. Je crois que nous n'avons plus besoin de vous. M. Berger et moi-même devons nous entretenir en particulier.

Le médecin, vexé de se faire congédier de la sorte alors même qu'il n'avait pas terminé son brillant exposé, referma violemment son classeur. Il n'avait pas l'habitude d'être traité de la sorte. Il se plaindrait à son titulaire.

Les deux anciens « amis de classe » se retrouvaient désormais en tête-à-tête

— Arrête de prendre ce petit air arrogant et lâche le morceau maintenant, fit Matt impatient.

Pélissier n'avait finalement pas tant changé que cela. Il était toujours aussi con et en plus il était devenu pédant. Non, décidément, il n'aimait pas ce type.

— Calme-toi Matt. Garde ton sang-froid. Tu en auras besoin quand tu connaîtras toute la vérité.

— Accouche...

Pélissier affichait un petit rictus de contentement. Définitivement, c'était un sadique, pensa Matt. Mais il savait comment lui faire perdre ce petit sourire.

— Tu parleras peut-être plus rapidement si j'appelle JED, menaça Matt.

— Touché. J'imagine que ton complice t'a mis au courant de nos petites affaires.

— Effectivement, et j'ai l'impression que cela ferait tache sur le CV du futur directeur de la PJ.

— Toi et ton pote, toujours aussi unis n'est-ce pas ?

— Comme les doigts de la main.

— C'est bon, je vais tout te balancer. Mais je ne voudrais pas qu'il y ait d'ambiguïté entre nous.

Tu ne m'aimes pas, mais je ne t'aime pas non plus. Des loosers dans ton genre, j'en ai rencontré des caisses dans mon métier. Tu ne vaux pas mieux que ces petits dealers de merde qui n'assument pas que leur saloperie de came puisse tuer des gamins. « Je ne savais pas que cela le tuerait. » C'est ce qu'ils disent toujours. Tu es exactement comme eux. Tu n'assumes rien.

Le ton était froid et maîtrisé. Il y avait des années d'interrogatoires derrière tout cela. Matt ne l'interrompit pas. Il voulait entendre ce qu'il avait sur la patate. Peut-être que cela le libérerait et qu'ils pourraient enfin avancer. Pélissier poursuivit son monologue.

— Tu crois peut-être que tu n'y es pour rien dans la mort de cette pauvre Ana ? Elle était là ; c'était un simple concours de circonstances. C'est bien ça que tu penses, n'est-ce pas ?

Matt ne répondit pas.

— La vérité, mon pote, c'est que tu l'as embarquée dans ta course vers la mort en voulant t'occuper d'une affaire qui te dépasse et de loin. Car, figure-toi, qu'on a retrouvé, sous le siège avant de ta voiture, du verre cassé et un détonateur miniature. Quelqu'un l'y a placé et a provoqué son déclenchement à distance pour faire croire à un simple accident. Ce serait passé comme une lettre à la poste si ton cerbère, derrière cette porte, ne t'avait pas suivi. Nous n'aurions même pas eu l'idée de faire une autopsie. Les médecins auraient tout juste relevé que ton taux d'alcoolémie était bien supérieur à la limite autorisée. Une fois encore, il a fallu que ce soit quelqu'un d'autre qui te sorte de ce guêpier où tu t'étais fourré tout seul. Mais ne te réjouis pas trop vite. Car si je peux te faire part de mon expérience de flic, les types qui sont derrière tout ça sont très organisés, structurés et déterminés. Le bonhomme que nous avons serré à l'agence ne balancera rien. C'est un dur. Il a eu comme ordre de tout prendre sur lui et c'est ce qu'il fera. On ne se procure pas non plus sous le sabot d'un cheval le genre de gaz qu'ils t'ont balancé. En plus d'un anesthésiant, il y avait également une substance paralysante dans leur panoplie de petit chimiste. Il y a de grandes chances pour qu'ils se soient fournis à l'étranger.

Pélissier attendait une réponse, une confrontation. Matt ne lui laissa pas ce plaisir. Il resta muet même si au fond, ce qu'il venait d'apprendre l'ébranlait. Alors, le policier enchaîna. Le ton était toujours aussi sec mais nettement moins maîtrisé.

— Cela ne te rappelle rien, petit génie ? Litvinenko, le polonium, les services secrets russes. Crois-moi, il y a une vraie organisation derrière et tu as contrarié ses projets. Elle t'a dans le viseur. Je devais un service à JED, maintenant nous sommes quittes. Crève en paix beau gosse. Pélissier avait terminé son speech totalement hors de lui. Il lança un dernier regard plein de mépris à Matt avant de sortir de la chambre. Matt était abasourdi. Ce crétin venait de déverser en moins d'une minute tout le fiel, tout le ressentiment et la frustration d'une adolescence difficile. C'était incroyable. Ç'aurait même pu le faire sourire s'il n'avait pas eu conscience qu'il avait raison sur toute la ligne. Matt avait été lâche et il avait des tueurs professionnels à ses trousses. La seule chose sur laquelle Pélissier s'était finalement trompé, c'est qu'aujourd'hui, il n'avait plus envie de mourir. Pour la première fois depuis longtemps, il ressentait le danger et la peur. Et c'étaient des sentiments incroyablement déstabilisants.

Le stylo Mont blanc à la main, Jimmy Rowland n'avait qu'une envie : piquer un sprint pour sortir de ce chalet suisse où il séjournait depuis deux jours. Il avait l'impression qu'il était sur le point de signer son arrêt de mort. Mais avait-il vraiment le choix ? Ses interlocuteurs s'étaient montrés très persuasifs. Le footballeur, à ce moment précis, pensait très fort à son agent, Daniel Di Miglio. Il se souvenait de la première fois où il l'avait rencontré. Jimmy n'avait que 14 ans et disputait une compétition régionale à Clairefontaine. Les recruteurs des plus grands clubs français, mais aussi anglais, étaient au bord du terrain, emmitouflés dans leurs parkas. On les appelait les longs manteaux. Jimmy, ça le faisait marrer de les voir là. Il avait déjà signé un précontrat avec l'ASP. Sa mère avait empoché au passage une jolie prime de 150 000 euros. Adieu Choisy-le-Roi. Bienvenue à Saint-Germain-en-Laye. Un joli pavillon dans un quartier résidentiel attendait l'ensemble de la famille Rowland. Peu de gens étaient au courant de toutes ces transactions, pas forcément très légales, au regard du droit du travail des enfants. Daniel Di Miglio n'exerçait pas le métier d'agent depuis très longtemps. Mais en tant qu'ancien journaliste, il était toujours très bien informé. À la fin de la rencontre, il avait laissé les vautours fondre sur leur proie. D'abord les techniciens, puis les pseudo-agents qui voulaient prendre en main la carrière du jeune prodige. Daniel avait attendu patiemment que tous ces types distribuent leurs cartes, leurs numéros de téléphone et même leurs petits billets. Il savait qu'après la rencontre, le gamin, pensionnaire de Clairefontaine, se rendrait avec ses potes de promotion à la cafétéria. C'est là qu'il l'avait harponné. Daniel ne lui avait pas parlé de sa future grande carrière. Il ne lui avait pas fait miroiter les fortunes qu'ils allaient tous les deux amasser. Il lui avait simplement payé un chocolat et avait évoqué avec lui le quartier, Stan et Gay, les deux grands cousins de Jimmy avec lesquels Daniel avait grandi dans une barre HLM de Vitry. Il ne lui avait rien donné, sinon une simple poignée de main à la fin de leur entretien. Il l'avait traité en adulte. Quelques semaines plus tard, Jimmy le rappelait. Il avait eu son numéro par l'intermédiaire de son cousin. Il avait choisi. Daniel s'occuperait de ses affaires. Et jusqu'à aujourd'hui, il était persuadé que Daniel resterait toujours à ses côtés.

Il allait le trahir alors que lui ne l'avait jamais laissé tomber. Il comprendrait. Sûrement. Il était intelligent. Peut-être même qu'il avait déjà saisi la complexité de la situation. Il n'avait plus eu de ses nouvelles depuis leur rencontre au café des Initiés. Jimmy fit tourner le stylo dans sa main une dernière fois et apposa ses initiales au bas de chaque page du contrat et enfin sa signature. Il venait de pactiser avec le diable.

Samedi 2 juillet

Il était enfin temps de mettre les voiles. S'il y avait bien une chose qui n'avait pas changé chez Matt, c'était sa sainte horreur des hôpitaux. Dans le grand couloir de l'aile ouest, il traînait sa valise à roulettes, suivi de très près par un Makkal aux aguets qui ne l'avait pas lâché d'une semelle pendant ses quatre longues journées passées à Foch. Il avait agi en parfaite mère poule. Il avait envoyé un de ses hommes lui chercher des affaires à son domicile. Il avait géré ses visites et passé ses nuits dans le grand fauteuil en cuir qu'il avait fait installer dans la chambre de Matt.

Les deux hommes arrivèrent à l'ascenseur qui s'ouvrit immédiatement. Un homme massif en blouse blanche était avachi contre le miroir du fond. Makkal le détailla des pieds à la tête. Il entra le premier et fit face à l'inconnu. Matt tira un peu sur sa valise pour la faire entrer. Il grimaça. Si son crâne allait mieux, son épaule le faisait encore souffrir. Les portes de l'ascenseur se refermèrent sans que Makkal ne change de position. Une situation totalement grotesque, d'autant plus que la cabine était étroite. Makkal et le docteur se touchaient presque. Makkal planta ses yeux dans les siens. Décontenancé, l'homme se redressa et ne sut plus où regarder. Aucunes paroles ne furent échangées durant le cours trajet entre le quatrième et le rez-de-chaussée. Matt souriait. Il était inutile de dire quoi que ce soit à Makkal. Il n'en ferait qu'à sa tête. Le gling de l'arrivée mit fin au tête-à-tête. Matt sortit le premier, suivi, à reculons, de Makkal. Le médecin voulut sortir à son tour, mais Makkal le retint et appuya sur le bouton du 5e étage.

— Je crois qu'on vous attend au service cardiologie, annonça Makkal.

Le docteur ne broncha pas et accepta la sentence.

— T'es vraiment incroyable, s'exclama Matt. Que voulais-tu qu'il me fasse ce bonhomme ? Qu'il me prenne ma température en loucedé ? Je te jure que je l'aurais senti.

— Tu n'es pas à l'abri dans cet hosto. Tout le monde sait que tu es là. Ça ira mieux quand nous serons dehors.

Ce début de mois de juillet était frisquet. Matt n'était vêtu que d'un polo et il frissonna au contact de l'air frais. Enfin, il pouvait respirer normalement et c'était bien là l'essentiel. Il s'engagea sur le parking et passa devant le petit local de sécurité. Makkal, qui désormais le devançait, s'arrêta pour discuter avec deux hommes. L'un d'eux, petit et presque chauve, portait un uniforme qui ressemblait à celui des pompiers. Le deuxième était un gigantesque black habillé d'une chemise noire floquée Security System. Matt poursuivit son chemin.

Il n'avait pas besoin de connaître leur cuisine interne. Il attendait son garde du corps sur le trottoir juste devant l'hôpital. Il était 10 heures du matin et il y avait peu de passage dans cette rue étroite qui longeait Foch. Une grosse berline noire s'engouffra dans la petite artère. Matt avait les yeux dans le vague. Il était perdu dans ses pensées, accaparé par cette histoire. Il ne vit pas la voiture ralentir à mesure qu'elle se rapprochait de lui. Il ne s'aperçut de sa présence que lorsque l'énorme Mercedes stoppa totalement devant lui. La vitre fumée arrière s'abaissa instantanément. Matt eut un mouvement de recul.

— Tu es encore sous anesthésie ?

JED affichait un large sourire.

— Au lieu de me foutre les jetons, tu ferais mieux d'être à l'heure. Tu as trois minutes de retard.

— Pardon monsieur, je suis sincèrement désolé mais il a fallu que je passe chez le teinturier pour prendre votre smoking. Allez monte, tu es encore fragile.

Matt ouvrit la portière du véhicule et prit place sur la large banquette arrière. Il allait la refermer lorsqu'il sentit une résistance. En un éclair, Makkal s'engouffra à son tour dans la voiture.

— Alors, on partait sans moi ?

— Tu sais parfaitement que tu es indispensable, ironisa Matt.

JED se pencha en direction de son chauffeur.

— À l'aéroport Charles-de-Gaulle.

— Ne me dis pas que ce boulet va me suivre jusqu'en Irlande, s'inquiéta Matt.

— J'ai bien peur qu'il faille, dans un premier temps, t'en accommoder, mon cher ami, répondit

JED. Tu m'as démontré que je ne pouvais t'accorder qu'une confiance limitée. Je t'avais demandé de ne rien faire et je te retrouve à l'hôpital.

Makkal, qui avait pris place sur la banquette d'en face, affichait son éternel sourire angélique.

— Tu ne me croiras pas si je te dis que c'est un pur hasard si cette fille s'est retrouvée dans ma voiture.

— Non, fit JED laconique.

— Et tu aurais raison. Comme d'habitude je n'ai voulu en faire qu'à ma tête et j'ai merdé.

— Heureux de te l'entendre dire. Désormais, je prends les choses en main et fais-moi confiance, ton degré d'autonomie va se réduire. Veux-tu que nous évoquions ton programme pour les heures à venir ?

Matt ronchonna.

— Avec plaisir.

— Votre vol Paris-Galway décolle à 13 h 45. Vous atterrissez une heure et demie plus tard dans le Connemara. J'ai mis à votre disposition à l'aéroport une voiture de location. Une BMW, mais un modèle récent. Tu sentiras une légère différence avec ton véhicule.

— À ce propos, elle est où ma vieille guimbarde ?

— Chez un garagiste de Puteaux. Elle est à deux doigts de partir à la casse.

— Ne fais pas ça ou je t'en voudrais toute ma vie.

— Je m'en doutais. Ne t'inquiète pas, à ton retour elle sera comme neuve. En attendant, tu conduiras une belle série 5, millésime 2011 s'il te plaît, avec GPS. J'ai fait programmer le trajet jusqu'à Kylemore.

Vous en aurez pour une grosse heure. J'espère que ma modeste demeure sera à votre goût.

Matt souffla et se cala contre la banquette. Pour la première fois, il prit un air grave.

— Sérieusement les garçons, merci pour tout. Qu'est-ce que je ferais sans vous ?

— Les amis sont faits pour ça, répondit JED en baissant les yeux. Si tu le permets, j'ai encore deux ou trois petites choses à te dire, reprit JED. Ma maison de Kylemore est isolée du village. Elle est à peu près à trois kilomètres. Vous ne serez pas importunés par les voisins. La première ferme est à plus d'un mile. La propriété est officiellement au nom de Jean Dumesnil. Monsieur Jean, voilà le nom sous lequel je suis connu là-bas.

— Je suis certain que tu as des tas de fans.

— Je suis plutôt discret. Si tu le veux bien et si quelqu'un te pose des questions, tu es mon ami français qui vient prendre un peu de repos dans cette jolie région.

— Il me paraît bien ton petit plan. Et comment je justifie la présence de mon cerbère bouclé ? Il est censé être homo ton pote frenchy ?

— À toi de faire jouer ton imagination. Je crois que tu as été journaliste dans le passé. Ces types-là sont normalement doués pour inventer des bobards.

Matt fixa Makkal.

— Le rôle du transsexuel qui vient de se faire opérer, ça t'intéresse ? Ce sera crédible, tu as toujours eu un air efféminé.

Le visage sans expression, Makkal répondit :

— Fais bien attention que je n'aie pas l'envie de te montrer que je suis un vrai garçon.

— Eh bien, je sens que vous allez bien vous amuser tous les deux, coupa JED.

Il tendit une grosse enveloppe en papier kraft à Matt.

— Tu as à l'intérieur les clés de la maison, ton faux passeport au nom de Marc Delcourt et de quoi vivre pendant un bon mois. Tu seras en sécurité là-bas. C'est au calme, même s'il y a quelques touristes qui viennent visiter l'abbaye de Kylemore. J'ai pris toutes les dispositions pour effacer ta trace, le temps que cette histoire se décante. J'ai mis tout mon réseau en alerte afin de glaner un maximum d'informations.

— Je serais ravi de les entendre, car je dois bien t'avouer que de mon côté, plus j'y réfléchis et moins je comprends.

— Ton séjour en Irlande t'aidera peut-être à y voir plus clair. (JED posa sa main sur l'épaule de son ami.) Ne t'inquiète pas, nous allons venir à bout de cet écheveau. La seule chose que je te demande c'est d'être patient, de prendre bien soin de toi et d'être sage pour une fois. Je m'occupe du reste, je te le promets.

L'aéroport de Galway était minuscule. Il n'y avait que deux files pour les arrivées. L'une réservée aux ressortissants de la Communauté européenne, l'autre pour les extérieurs à l'espace Schengen. Matt n'eut donc même pas à présenter son tout nouveau passeport au nom de Marc Delcourt, agent sportif de son état. JED avait pris toutes les précautions pour brouiller les pistes et faire disparaître pendant un temps Matthieu Berger. Makkal, lui, voyageait sous sa propre identité. Les deux hommes débouchèrent dans le terminal principal et repérèrent immédiatement les comptoirs des agences de location de véhicules. Ils se dirigèrent vers celui d'Hertz tenu par une ravissante rouquine qui faisait très couleur locale avec son uniforme vert. Elle les gratifia de son plus beau sourire tout en relevant délicatement ses longs cheveux bouclés.

— Messieurs, que puis-je faire pour vous ?

— Restez comme vous êtes et cela nous ira très bien, répondit Matt.

Il fut lui-même étonné par son comportement. Était-il bien en train de draguer cette fille ? Cela ne lui était pas arrivé depuis une éternité. Presque une autre vie.

Makkal fit mine de le sermonner du regard.

— Nous avons une location au nom de Delcourt, poursuivit Makkal. Marc Delcourt, c'est le joli cœur qui m'accompagne.

La jeune fille éclata de rire et tapota sur son ordinateur.

— Une BMW série 5 sans date fixe de restitution. Vous comptez rester longtemps dans notre pays ?

— Cela dépendra peut-être de vous, rétorqua Matt en adressant un clin d'œil complice à son interlocutrice.

L'employée rosit légèrement puis reprit une posture plus professionnelle.

— Je vous propose d'aller voir le véhicule.

— Excellente idée, trancha Makkal, un peu gêné par la hardiesse de son ami.

La température extérieure était douce. Il faisait même presque plus chaud qu'en France. Un thermomètre extérieur indiquait 22 degrés en plein milieu de l'après-midi. Le parking était démesurément grand par rapport à la taille de l'aéroport. La jeune fille en talons hauts et tailleur se faufilait avec agilité entre les rangées de voitures. Matt et Makkal, avec leurs valises à roulettes, avaient bien du mal à la suivre. La course s'arrêta devant une belle berline allemande bleue. Après le traditionnel état des lieux du véhicule, Moira, c'était son prénom, fit signer les documents à Matt et lui remit les clés. Il les balança immédiatement en direction de Makkal qui les rattrapa au vol.

— C'est mon chauffeur. Le petit personnel, ce n'est plus ce que c'était ma pauvre dame.

Moira rit de bon cœur une dernière fois et adressa un ultime salut à ses clients avant de repartir sur le même rythme en direction de l'aéroport.

— J'en conclus que c'est moi qui conduis, bougonna Makkal.

— Exactement. Tu as entendu JED, je suis ici pour me refaire une santé. Tu dois tout faire pour que je me sente bien.

— Entre dans la bagnole, il faut qu'on parle toi et moi, ordonna Makkal d'un ton faussement menaçant.

Comme l'avait indiqué JED, le trajet entre Galway et Kylemore était préenregistré dans le GPS de la BM. Il y avait exactement 85 kilomètres entre la ville côtière de l'ouest de l'Irlande et le lieu de résidence de JED qui se trouvait un peu plus au nord. Le temps estimé était d'une heure et quart. Matt en profita pour piquer un petit roupillon, ce qu'il n'était pas parvenu à faire dans l'avion. Il ne vit donc rien du magnifique paysage qui défilait. Ils étaient en plein dans le Connemara et ses fameuses landes de pierres. La route serpentait à travers les montagnes et les collines. Elle suivait le plus souvent le cours de torrents qui formaient à leur tour des lacs. Le camaïeu de vert de la végétation tranchait avec le gris anthracite des montagnes, le blanc des murets de pierres et le marron clair des tourbières. Tout au fond, on pouvait voir les *twelve bens*, une série de douze sommets dont le plus haut culminait à 700 mètres. Makkal se régalait, Matt dormait. Sur l'ensemble du trajet, Makkal avait calculé qu'ils avaient traversé deux petites villes, vu une bonne dizaine de chapelles totalement perdues dans la nature ainsi qu'une vingtaine de calvaires. Pas de doute, l'Irlande était bien un pays catholique. Ce qui, lui, le musulman, ne le gênait absolument pas. Au contraire, il se sentait à l'aise sur cette terre de souffrance qui avait longtemps combattu pour son indépendance. Il pensait à sa chère Tchétchénie lorsqu'il dépassa le panneau indiquant Kylemore. Il traversa en moins de cinq minutes cette petite bourgade de 2 000 habitants et se retrouva sur la route de l'Abbaye. Le trafic devint alors plus dense. Makkal entraperçut à travers les arbres ce petit joyau d'architecture néo-gothique édifié en 1860. Il aurait sûrement le temps de le visiter pendant son séjour. Le GPS indiquait que la maison de JED n'était plus qu'à deux kilomètres. Deux bornes à travers une petite forêt prolongée par un superbe lac. La route s'était encore rétrécie et ne formait plus qu'une petite bande coincée entre la vaste étendue d'eau et une grande colline. Au milieu de cette dernière se dressait une maison, la seule visible à des kilomètres aux alentours. Pas d'erreur possible, cela ne pouvait être que la demeure de

JED. Pourtant, Makkal regarda son GPS à deux fois pour bien vérifier qu'il ne s'était pas trompé. Leur ami leur avait décrit une masure toute simple, sans prétention, presque une cabane. Objectivement, il s'agissait bien d'une petite maison, du moins à l'échelle de JED qui avait toujours vécu dans des châteaux.

Une pancarte « Guillaume House » indiquait le chemin pour accéder à la propriété. Makkal engagea la BMW sur un petit sentier en terre bordé d'une barrière blanche, qui remontait à travers la colline sur environ 200 mètres. Matt dormait toujours profondément. Makkal le réveilla sans ménagement en lui balançant un grand coup de coude dans le bras droit.

— Dis donc la Belle au bois dormant, nous sommes arrivés.

Matt émit un grognement et se frotta le bras.

— Toujours aussi délicat. Tu devrais essayer de laisser parler un peu ta féminité, maugréa Matt. (Puis il ajouta :) où est-ce que tu nous as amenés là ? Tu avais besoin de faire une pause ?

— Pas du tout, nous sommes chez nous.

Matt siffla.

— Eh bien dis donc ! Je croyais poser mes bagages dans la petite maison dans la prairie. Total, je me retrouve au pied du manoir de la famille Adams.

La maison, typiquement georgienne, se dressait sur deux étages. Elle était blanche, sobre et massive. Seules aspérités sur la façade principale, les *bow windows*, sortes de petites terrasses recouvertes et entourées de baies vitrées qui permettaient aux occupants d'admirer le paysage à 180 degrés tout en restant bien au chaud.

— Au moins on ne va pas se marcher sur les pieds, positiva Matt.

Il sortit de la voiture et alla chercher sa seule valise dans le coffre. Makkal était encore au volant en train d'admirer leur petit nid douillet. Traînant sa valise bruyamment sur les gravillons, Matt s'approcha de la porte d'entrée tout en cherchant dans sa poche la clé que lui avait remise JED. Makkal lui emboîta le pas. Deux petits tours et la porte s'ouvrit directement sur un hall d'entrée dont l'espace était pratiquement exclusivement occupé par un grand escalier.

— Ils ne craignent pas les voleurs ici, remarqua Makkal. Il va falloir que j'y remédie.

Les deux hommes décidèrent de faire le tour du propriétaire. Ils s'engagèrent dans la pièce qui se trouvait directement à droite de l'escalier. Elle était plongée dans le noir. Matt tâtonna avant de trouver un interrupteur en porcelaine qu'il actionna.

— Merveilleux ! Nous avons notre salle de bal, s'exclama Matt.

Ce grand salon faisait plus de la moitié de la surface au sol de la maison, soit facilement 100 mètres carrés. Il était, comme la maison, tout en longueur. JED s'était fait plaisir en le meublant uniquement de pièces de mobilier du XVIIIe siècle. Piano, secrétaires, vitrines, guéridons, petites tables et fauteuils moelleux se répartissaient l'espace. Makkal, depuis ses années de résistance, avait du mal à supporter les espaces clos. Il ouvrit immédiatement les volets des quatre grandes fenêtres pour laisser passer la lumière blanche si particulière à cet endroit du Connemara. Cette vaste pièce communiquait avec deux autres qui se faisaient face. Il s'agissait d'une grande cuisine et de ce qui devait être, dans le passé, une sorte de garde-manger et de sas de séparation entre le personnel de maison, qui s'agitait en coulisse, et les maîtres qui attendaient d'être servis. De l'autre côté du grand escalier se trouvait la salle à manger. La longue table centrale, qui pouvait facilement recevoir une bonne vingtaine de convives, était surplombée par un luminaire non moins imposant. Makkal répéta les mêmes gestes que dans le salon pendant que Matt se faufilait par une porte dérobée dans ce qui constituait la salle de jeux. Il y avait bien évidemment le sacro-saint billard français ainsi qu'un grand canapé et un écran plat. Le reste de la visite fut effectué au pas de charge. Le premier étage était occupé par quatre chambres spacieuses avec leur salle de bains attenante. Visiblement, cette maison bourgeoise avait été transformée en *guest house*, sorte de petit hôtel, avant que JED n'en prenne possession. Un grand bureau et des combles, en partie aménagés en bibliothèque, formaient le dernier étage.

— Tu crois que nous serons heureux tous les deux ici ? demanda Matt rigolard à Makkal.

Pour seule réponse, son compagnon éructa.

— Je prends la chambre du fond et t'as pas intérêt à t'y faufiler en douce. Je vais poser des pièges à loup dans le couloir.

Cela faisait maintenant deux jours que les deux hommes s'étaient installés à Guillaume House. Matt savait que ce nom avait été choisi par JED en référence à Guillaume le Conquérant, ce valeureux

Normand devenu roi d'Angleterre, son héros de toujours. Matt était en train de lire son journal sous la *bow window*. Il était perdu dans ses pensées, contemplant le lac qui miroitait à ses pieds lorsqu'il aperçut la BM remontant le chemin. Makkal avait été faire le ravitaillement en ville. Ils avaient jusqu'ici pris leur repas, midi et soir, à l'un des trois pubs de Kylemore. Makkal, qui n'aimait pas particulièrement les endroits publics, en avait eu assez et avait décidé désormais de faire la cuisine. Matt se dit que maintenant c'était à son tour de se bouger. Il avait décrété qu'il profiterait de ces petites vacances forcées pour se reprendre en main. Matt lâcha son journal et se planta devant la glace de l'énorme armoire. De profil, il faisait pitié. Il avait du bide et pas qu'un peu. De face, ça n'était pas beaucoup mieux. Il avait conservé ses larges épaules. Mais le beau V qui partait de ses aisselles jusqu'à ses hanches s'était transformé en un minable I qui avait bien du mal à se tenir debout. Il fallait que ça change. Il descendit les escaliers quatre à quatre, ouvrit la porte à la volée et accueillit Makkal.

— Tu as pu trouver ce que je t'avais demandé ?

— Je crois. Essaie donc ça.

Makkal balança une paire d'Adidas flambant neuves, un short noir et un T-shirt blanc. Matt se précipita dans le grand salon pour les essayer.

— Alors comment tu me trouves ? interrogea Matt, enthousiaste.

Makkal fut pris d'un énorme fou rire.

— Excuse-moi, je ne t'avais jamais vu dans un tel accoutrement. Tu es tout simplement ridicule.

— T'es jaloux parce que moi je me remets au sport.

— Pas du tout. D'autant plus que je me suis acheté un beau survêtement pour t'accompagner.

Matt se rembrunit.

— Ah non, ça ne va pas être possible. J'ai besoin d'être un peu seul.

— Tu verras, tu ne m'entendras même pas.

— Makkal, là je suis sérieux. Je veux vraiment courir tout seul.

Makkal connaissait ce rictus sur le visage de son ami. Il signifiait : « Mon pote, je suis décidé et tu ne me feras pas changer d'avis ».

— OK Matt, je m'incline. Mais prends au moins ça avec ta bouteille d'eau.

Makkal lui mit dans la main une petite puce électronique.

— C'est pour pouvoir te localiser partout où tu iras.

— Makkal...

— Non, non, tu ne discutes pas. À moi de prendre mon air le plus dissuasif. Je peux le faire aussi.

— D'accord, je prends ton petit engin et toi tu restes tranquillement ici.

— Ça me va. De toute façon, j'ai du boulot. J'ai acheté deux-trois bricoles pour rendre cet endroit disons... plus sûr.

— Tu as caché les mitrailleuses dans le coffre ?

— Très drôle. Allez, va suer un peu. Makkal sortit un petit écran récepteur de sa poche. Je ne te perds pas de vue.

Matt, avant de partir, avait consulté un plan de la région. Il avait décidé de prendre le petit chemin en terre qui passait derrière la maison et qui continuait à flanc de colline. Tout en haut, il y avait un sentier qui menait jusqu'à l'abbaye à travers la forêt et qui se poursuivait vers Kylemore. C'était son objectif. Les premières foulées furent plus que pénibles, d'autant qu'elles se firent en pleine montée. Matt eut l'impression d'être totalement rouillé. En y réfléchissant, ce n'était pas si étrange. Cela faisait presque une décennie qu'il n'avait pas couru. Il songea un instant au fauteuil confortable de sa chambre. Il avait mal partout, aux chevilles, aux genoux. Il était tellement tendu que ses bras et son dos le faisaient souffrir. Sa surcharge pondérale lui rendait le souffle court.

— Quelle idée de merde j'ai eue, se dit Matt.

Il était cependant, cette fois, décidé à continuer. Son début de rédemption passait par là. Matt savait qu'il avait toujours eu besoin de se sentir bien physiquement pour avoir l'esprit clair. Il jeta un coup d'œil à sa montre ; cela faisait à peine un quart d'heure qu'il courait. Il commençait à se sentir un peu mieux, d'autant plus qu'il avait attaqué le chemin des crêtes et qu'il était maintenant sur le plat. Il avait trouvé un bon rythme de respiration et le méchant point de côté commençait à disparaître. Il était loin encore d'éprouver du plaisir, mais au moins il retrouvait quelques sensations de son lointain passé de sportif. Il s'autorisa donc à augmenter un peu la cadence. Il était entré dans les bois. Le chemin s'était rétréci. Il était aussi plus accidenté. Matt, de plus en plus en confiance, slalomait entre les obstacles. Une vilaine racine, qui dépassait, mit fin prématurément à ce court moment d'euphorie. Le pied de Matt l'effleura. Ce fut suffisant. Embarqué par ses 90 kilos, il ne put se rétablir et s'affala de tout son long trois mètres plus loin. Il poussa alors un vrai cri de bête. Il était tombé à plat ventre et ses côtes avaient heurté violemment le sol. Allongé, face contre terre, il avait mal à en pleurer. Il parvint toutefois à se remettre sur ses genoux puis à s'asseoir contre un arbre. Il avait voulu jouer les malins. Il se sentait incapable de se lever et surtout de marcher. Respirer lui faisait atrocement mal. Il sortit de la petite sacoche qu'il portait autour de la taille son bidon d'eau et avala une gorgée. Il aperçut la petite puce que lui avait confiée Makkal. Au moins, il ne resterait pas là toute la nuit. Son ami, ne le voyant pas revenir, partirait à sa recherche et le retrouverait facilement grâce à son petit gadget, à condition qu'il fonctionne. En attendant, Matt était coincé là. Il essayait de respirer le plus paisiblement possible pour éviter de souffrir mais aussi pour retrouver son calme et mieux réfléchir. Peut-être que d'ici quelques minutes la douleur s'estomperait et qu'il pourrait tranquillement rentrer jusqu'à la maison. Il ferma les yeux, plaça son dos bien parallèle au tronc de l'arbre sur lequel il était adossé et releva légèrement la tête. Il ne faisait pas trop chaud, à peine 20 degrés, et une légère brise soufflait dans les arbres. Il n'était finalement pas si mal, malgré cette maudite douleur aux flancs. Il se sentait paradoxalement en totale communion avec la nature. Il n'entendait que le vent dans les feuilles et le chant des oiseaux. Abandonné, presque anesthésié, il ne se rendit pas compte qu'un homme s'approchait tout doucement de lui par-derrière.

Lorsqu'il entendit enfin une branche craquer, il était trop tard. L'inconnu était sur lui ; il avait déjà sa main sur son épaule. Matt roula en avant pour s'échapper, mais si sa petite acrobatie lui permit de se dégager, elle déclencha aussi dans sa cage thoracique une décharge électrique insupportable. Il faisait désormais face à son assaillant, mais il avait les fesses par terre et était cloué par la douleur. Il vit alors un individu en tenue de sport. Grand, brun, athlétique, il avait les épaules au moins aussi carrées que les siennes mais des bras qui faisaient bien le double des siens. Il n'avait aucune chance de lui échapper. L'homme avait l'air aussi surpris que lui par la situation. Ses grands yeux verts exprimaient de l'incompréhension. Il se tenait là, immobile, sans être menaçant. Il n'était pas armé. Matt se dit toutefois que son physique à lui tout seul constituait une arme. Finalement, l'inconnu sourit et lança avec un fort accent irlandais :

— Eh, il te manque une case ou quoi mec ?

— Qui êtes-vous ? Qu'est-ce que vous me voulez ?

— C'est bien ce que je pensais, je suis tombé sur un barjot. Je te signale que tu es chez moi, ici. Ma maison est à quelques centaines de mètres en contrebas. Donc, si cela ne te dérange pas, c'est moi qui pose les questions.

L'homme était autoritaire, mais il y avait de la bienveillance dans son expression. Matt se demandait s'il pouvait s'y fier. Il n'avait pas trop le choix.

— Je faisais mon jogging quand j'ai tapé contre une grosse racine et je me suis blessé.

L'individu s'approcha de lui. Matt eut un mouvement de recul.

— Tout doux mon grand ! Je voulais juste t'aider à te relever.

— Ça ne va pas être possible pour l'instant.

— C'est la cheville, tu t'es fait une entorse ?

— Non, les côtes, je suis tombé dessus.

— OK, laisse-moi jeter un œil.

Matt hésita encore un instant et décida qu'il devait lui faire confiance. Après tout, si ce type avait voulu le tuer il l'aurait déjà fait depuis longtemps.

— Français ?

— Ça s'entend tant que ça ?

— Non ton anglais est bon, mais sous le coup de la panique, ton accent frenchy a pris un peu le dessus.

— Je n'avais pas peur, j'étais juste méfiant, se justifia Matt.

— À d'autres mon gars. À moi on me la fait pas. C'est bien la peur que j'ai lue dans ton regard. Je ne sais pas ce que tu craignais et sincèrement je m'en fous, mais tu avais la frousse.

— Admettons. Vous pouvez m'aider ? Vous avez un téléphone portable sur vous ?

— Un mobile sur moi, ici, mais pour quoi faire ? Je te l'ai déjà dit je ne suis qu'à quelques encablures de chez moi. Tu ne peux pas marcher ?

— Non, je peux tout juste respirer et parler.

— Je vais être obligé de te porter au moins jusqu'à chez moi. Tu habites où ?

— À Guillaume House.

— Dans la maison de monsieur Jean ?

— Vous le connaissez ?

— Un peu. Il est très discret et il ne vient pas très souvent. Mais j'ai eu l'occasion de boire avec lui une ou deux pintes. Il est plutôt sympa. Vous êtes de sa famille ?

— Un ami.

— Bien, voilà, les présentations sont faites. Je m'appelle Paddy.

— Moi c'est Mat..., Marc.

— Pardon ?

— Marc, je me prénomme Marc.

— OK Marc, voilà ce que je te propose. Je te redescends jusqu'à chez moi, puis je te ramène en voiture à Guillaume House.

— Tu es sûr que tu vas pouvoir me porter ? Je pèse 90 kilos, je te signale.

Paddy eut un petit rire ironique et s'approcha de Matt. En une seconde, sans qu'il n'ait même le temps d'avoir mal, Matt était dans les bras du colosse. Soulevé comme un fétu de paille.

Assis dans son fauteuil de directeur, JED était plongé dans une profonde réflexion. Il regardait la Tamise s'écouler calmement. Il savait pourquoi les grands patrons aimaient prendre de la hauteur. Ce spectacle avait pour effet de lui éclaircir les idées. Et là, il en avait sacrément besoin. Lui qui aimait toujours que tout soit sous contrôle, les derniers événements lui échappaient totalement et il détestait cette idée. Ce n'étaient pas les affaires qui l'inquiétaient. Son aller-retour à Ryad avait été très productif. Les Saoudiens allaient signer. Ce qui le perturbait, c'était son ami. Tout au long de ces années, JED s'était forgé une carapace. Rien ni personne ne semblait pouvoir le toucher. Il n'avait pas versé une larme à la mort de ses parents. Il ne voyait quasiment plus ni son frère ni sa sœur et leur sort ne le souciait guère. JED était un homme seul. C'était comme ça. Le pouvoir avait encore accentué ce trait de caractère. Aujourd'hui, une unique personne avait de l'importance pour lui et cette personne était en danger de mort. JED avait cessé de s'interroger sur ce lien si particulier qu'il avait tissé avec Matt. Pourquoi l'amitié de ce garçon était-elle si importante pour lui ? Il l'ignorait. Les copains d'enfance, souvent on les oublie. Matt était bien plus que cela. Il n'était même pas un simple frère, JED n'appréciait pas le sien. Il était, malgré leur différence physique, son jumeau. Deux entités d'un même ensemble qui se complètent parfaitement. JED était un animal à sang froid, redoutable dans le business. Pourtant, quand Matt souffrait, il souffrait. Aujourd'hui, Matt risquait de mourir. Il ferait tout et même plus pour lui sauver la vie. Après tout, il l'avait déjà fait en s'interdisant d'être heureux avec la seule femme qu'il avait jamais aimée. Si son ami l'avait su, il ne l'aurait jamais supporté. Cette fille, il l'avait tellement dans la peau qu'aucune autre n'avait depuis trouvé grâce à ses yeux. Elle était morte depuis maintenant huit ans et il n'avait même pas eu le droit de la pleurer. Toute cette souffrance restée enfouie au nom de l'amitié.

JED fut surpris par le bruit caractéristique de l'ascenseur. Il fit pivoter son siège et bondit. Un seul homme pouvait avoir accès à ce 59e étage sans avoir été annoncé préalablement. JED se précipita vers la porte de l'ascenseur.

— Michel, quelle belle surprise ! Je suis heureux de vous voir.

Le visage de Zeinoun, assis dans son fauteuil roulant, s'éclaircit soudain. JED se pencha pour lui serrer la main et congédia sans ménagement l'ambulancier et garde du corps qui poussait le fauteuil.

— Laissez, je m'en occupe maintenant.

Le grand blond n'eut pas l'air affecté plus que cela. Il tourna les talons et appuya sur le bouton du rez-de-chaussée. JED pilota le fauteuil de Michel Zeinoun jusqu'à la grande baie vitrée. Il savait que lui aussi appréciait particulièrement cette vue. Il s'assit sur le coin de son bureau à proximité de son mentor et décida de ne pas lui mentir. Cela avait toujours été la règle entre eux deux. C'est ce qu'ils appréciaient chez l'un comme chez l'autre.

— Vous n'avez pas l'air très en forme, Michel.

Depuis la dernière fois qu'il l'avait vu, c'est-à-dire environ un mois, Zeinoun avait encore perdu du poids. Un cruel paradoxe pour lui qui s'était battu toute sa vie contre un certain embonpoint. Ses épais cheveux couleur geai avaient soudainement blanchi et s'étaient surtout clairsemés. Son teint hâlé était devenu jaune. JED avait devant lui un vieillard aux portes de la mort alors que cet homme n'avait pas 60 ans.

— Je vais mourir très bientôt JED et j'ai enfin accepté cette idée. Mais ce que je ne supporte pas, c'est de voir ma déchéance physique. Je ne sors plus de chez moi. Ma petite visite d'aujourd'hui pourrait bien être la dernière avant de regagner définitivement ma maison de Chelsea.

— Je suis d'autant plus honoré et heureux de vous voir patron.

— Ne m'appelle plus patron ! C'est toi le boss désormais. D'ailleurs, tout est prêt. C'est aussi pour ça que je suis là. Mes avocats ont fait le nécessaire. J'ai souhaité t'apporter en personne les papiers. Dans dix jours, je démissionnerai de mon poste de P-DG de Global Entertainment. Je t'aurais entretemps cédé les actions de la société à hauteur de

51 % au tarif dont nous étions convenus. Tu seras donc logiquement le nouvel actionnaire principal du groupe et de ce fait, le nouveau président-directeur général. André, mon fils unique, conservera 25 % des parts mais il n'aura pas la minorité de blocage et ne pourra pas aller contre tes décisions. Tu as désormais tous les pouvoirs JED. Tu n'as plus qu'à signer ce document pour que cela prenne réellement effet.

Michel Zeinoun sortit de sa petite sacoche en cuir, posée sur ses genoux, une chemise contenant tous les documents.

— Relis bien tous les termes de notre accord et surtout signe-les et remets-les au plus vite à maître Carson avant les dix jours de ma démission effective. Si d'ici là Dieu me rappelait à lui, tout a été prévu pour que cela ne change rien au déroulement de la transaction.

Désignant le bureau et l'ensemble de la tour, Michel Zeinoun ajouta :

— Tout ceci est désormais à toi et tu l'as bien mérité. Je sais les sacrifices que tu as supportés pour en arriver là. Tu vois que tous ces efforts n'ont pas été vains. Je sais aussi parfaitement que tu as fait des choses que ta morale réprouvait. Mais tu as démontré tout au long de ces années ta loyauté, ta compétence et ton caractère.

Le vieil homme regardait droit devant lui. Il avait les larmes aux yeux. Il avait toujours été sensible, son côté méditerranéen sans doute.

— J'aurais aimé que mon fils soit aussi brillant que toi. Il avait tout. Une mère aimante disparue malheureusement trop tôt. Il a fréquenté les meilleures écoles. J'ai rattrapé toutes ses conneries. Et malgré cela, il a réussi à se flinguer les neurones en ingurgitant toutes ces saloperies.

Michel Zeinoun posa délicatement sa main ridée sur le genou de JED.

— Peut-être ai-je mis trop de pression sur ce gamin. Peut-être qu'englué dans mes affaires, je ne me suis pas assez occupé de lui. Mais sincèrement, aujourd'hui je m'en fous complètement. Tu vois finalement, tout cet empire que nous avons construit n'a aujourd'hui que très peu de valeur à mes yeux. Je vais mourir et je m'aperçois que l'œuvre de ma vie n'a plus aucune espèce d'importance. Je sais qu'avec toi elle est entre de bonnes mains. Mais si demain tu devais tout dilapider, rassure-toi, je ne viendrais pas hanter tes nuits. Crois-moi Jean-Eudes, lorsque la grande faucheuse t'ouvre les bras, la seule chose qui t'inquiète réellement, c'est de ne pas trop souffrir. Ceux qui te diront le contraire sont des connards et des dissimulateurs. Ils crèvent de trouille comme tout le monde. Tu crois qu'ils font le bilan de leur vie ? Qu'ils en profitent pour faire la balance de leurs bonnes actions et de leurs sales coups ? Qu'ils pensent à ce qu'ils laisseront derrière en espérant que l'on conserve une bonne image d'eux ? Mes couilles oui. Ce ne sont que de grosses conneries.

Pour la première fois depuis qu'il était entré, le visage de Zeinoun s'animait réellement. Il retrouvait toute cette faconde qui le caractérisait et qui faisait de lui un homme d'affaires pas comme les autres. Il poursuivit.

— Tu vois, je suis attaché à cette société. Un petit gosse de Tripoli qui a réussi cela. C'est proprement invraisemblable. Mais crois-moi Jean-

Eudes, aujourd'hui la seule idée qui me hante c'est de savoir comment je vais mourir. Si ça ne sera pas trop douloureux. J'ai la trouille. Je me chie réellement dessus et les médicaments sont de bonnes excuses. Je n'ai même pas le courage d'en finir moi-même. Je suis condamné à attendre en parlant bien fort pour ne pas entendre cette petite voix, cet infime espoir, bien planqué tout au fond de ma vieille carcasse, qui me chuchote qu'une fois encore je vais m'en sortir par miracle. Et dans ces moments-là, une seule chose peut venir apaiser tes douleurs. L'amour sincère des tiens. Et moi je sais que lorsque je rendrai mon dernier souffle, je serai seul. Pendant toutes nos années de collaboration, je ne t'ai donné que très peu de conseils, tu n'en avais pas besoin. Je vais pourtant aujourd'hui t'en prodiguer un et ce sera le dernier : garde près de toi les gens qui t'aiment profondément, sincèrement. Je ne parle pas forcément de ta famille. La présence de mon fils serait un calvaire, car je sais qu'au fond de lui il me hait. Non, ce que je veux dire c'est que tu dois tout faire pour protéger les êtres qui te sont chers.

Ces mots avaient une résonance toute particulière dans ce contexte. JED était ému. Il fit ce qu'il n'avait jamais fait. Il se pencha délicatement et posa un baiser sur le front d'un Michel Zeinoun en larmes. JED resta volontairement silencieux. Les deux hommes demeurèrent quelques minutes sans bouger, sans parler. Ce fut finalement Zeinoun qui rompit le silence :

— Je voulais te dire une dernière chose. Je ne t'en ai pas parlé plus tôt, car je connais ta réticence à t'impliquer dans ce genre d'histoire. Nos amis d'Asie ont eu besoin d'un dernier service. J'ai traité moi-même cette affaire et je leur ai bien spécifié qu'après ce coup de main notre dette serait définitivement effacée. Tu as désormais le champ libre Jean-Eudes. Nous ne devons plus rien à personne.

Loin d'être soulagé, Jean-Eudes parut même inquiet.

— Si je peux me permettre, Michel. À qui avez-vous confié cette mission ?

— Je ne suis pas certain que tu approuves mon choix. Mais ce sera le dernier et je l'assumerai. Je lui devais bien ça avant de mourir. Se montrer enfin à la hauteur aux yeux de son père, cela n'a pas de prix.

JED avait des doutes. Ils s'étaient malheureusement transformés en certitude. Cette situation n'allait pas lui faciliter une tâche déjà bien ardue. Il avait désormais ce petit fou furieux dans les pattes. Il s'efforça toutefois de sourire et s'adressa à Zeinoun :

— Vous avez bien fait Michel.

— On est prêt à tout pour ne pas contrarier un mourant. Ce sont les conventions et tu as la courtoisie de les respecter. Sois gentil maintenant de faire appeler mon ambulancier. J'ai beaucoup parlé et je suis très fatigué.

JED décrocha le téléphone et donna ses instructions. À peine deux minutes plus tard, les portes de l'ascenseur s'ouvraient sur le grand blond. JED poussa le fauteuil à l'intérieur de la cabine. Il le fit pivoter afin de voir une dernière fois l'homme qui avait changé sa vie. Au moment de lui dire adieu, il ne savait tout simplement pas s'il fallait le remercier sincèrement ou lui cracher au visage.

Paddy dévala un dernier talus et déboucha, avec Matt dans les bras, dans la cour d'un joli corps de ferme. Les portes de ce qui devait être une bergerie étaient grandes ouvertes. Des poules et des lapins s'égayaient également tout à fait librement. Le tout donnait l'impression d'être parfaitement entretenu et la maison d'habitation, avec son toit de chaume et son crépi blanc, avait beaucoup de charme. Paddy installa délicatement Matt sur un banc et se précipita dans la demeure. Il en ressortit avec des clés. Il traversa la cour et s'engouffra dans une des trois autres dépendances. Il ouvrit les portes en grand et sortit un drôle d'engin. Une sorte de petit buggy avec des gros pneus et pourtant une tenue de route qui paraissait incertaine.

— Ton carrosse est avancé. Je te ramène chez toi.

Paddy installa Matt dans le siège baquet. Matt se retourna pour chercher la ceinture. Il n'y en avait visiblement pas dans cet engin.

— Cherche pas, tu n'en auras pas besoin, je suis très prudent. En plus, tu n'habites qu'à deux kilomètres. En revanche, il ne faut pas perdre de temps. Il est déjà midi et j'ai entraînement à 13 h 30 à Galway.

— Un entraînement ?

— De rugby, je suis pro.

Le buggy s'engagea sur le gravier et déclencha à son passage une alarme assourdissante. Surpris, Paddy pila. Matt bascula en avant et hurla au contact du tableau de bord. Tranquillement assis sur le perron de la propriété, Makkal dissimulait derrière son dos son Glock tout en plastique qu'il n'avait eu aucune difficulté à dissimuler à la douane. Il était très inquiet pour son ami. Il était parti depuis plus d'une heure et demie. Mais il ne l'avait pas lâché de l'œil grâce au GPS. Et mis à part une pause un peu plus longue de vingt minutes, il avait constaté que Matt avait toujours été en mouvement. Il avait été seulement étonné de l'allure des deux derniers kilomètres. Maintenant qu'il le voyait dans cet étrange véhicule, il comprenait mieux pourquoi. Makkal appuya sur une petite télécommande et fit cesser le vacarme. Il s'approcha de la voiture l'air circonspect, détaillant le type qui était au volant. Son Glock était encore à portée de main. Mais Matt semblait en confiance même s'il donnait en même temps l'impression de souffrir.

— Alors tu n'as pas eu le courage de finir à pied ? ironisa Makkal.

Matt, à peine remis du choc, reprit son souffle.

— Disons que j'ai eu un petit accident là-haut. Je suis tombé et je me suis refait mal aux côtes. Paddy, mon nouvel ami, a eu la gentillesse de me ramener. Paddy, je te présente Makkal, un ami en vacances avec moi.

Paddy prit un air détaché du genre « votre sexualité ne me regarde pas ». Matt renonça à le dissuader. Il n'en avait pas la force. Paddy aida Matt à sortir du véhicule puis s'adressa à Makkal.

— Je vous rends votre ami Marc.

Makkal ne broncha pas, même si c'était la première fois qu'il entendait ce prénom d'emprunt. Paddy poursuivit.

— Très sympa votre petit comité d'accueil. C'était quoi ?

— De légères mesures de précaution.

— Vous savez, il n'y a pas de voleurs dans le coin.

— On ne sait jamais.

Paddy eut l'air vexé qu'un étranger puisse penser cela de ses compatriotes. Il abandonna Matt aux bons soins de Makkal puis regrimpa dans son buggy en s'adressant une dernière fois à Matt.

— J'ai été très content de te connaître mec. Si tu veux qu'on boive une petite bière, tu connais le chemin de la ferme. Le matin tôt ou en fin d'après-midi.

Paddy actionna la clé de contact et accéléra, laissant derrière lui un épais nuage de poussière. Makkal se retourna vers Matt.

— Tu as le don pour te faire des amis, maintenant. C'est nouveau et surtout dangereux.

— Arrête de psychoter. Ce type est tout ce qu'il y a de plus franc. C'est un gars d'ici.

— Qui aurait pu être acheté.

— Dans ce cas pas bien cher, car il a eu des dizaines d'occasions de me dessouder. J'étais totalement à sa merci.

Makkal semblait encore sceptique.

— Allez, ne restons pas là, j'ai besoin de m'allonger. Mais avant, fais-moi faire le tour du propriétaire que je vois tes dernières trouvailles. Je n'ai pas envie de mettre accidentellement mon pied délicat sur une mine antipersonnel.

Cela faisait deux jours que Matt était contraint à l'immobilité. Ses côtes le faisaient encore souffrir, mais il avait refusé de prendre des antalgiques, nouvelles résolutions oblige. Plus d'alcool, plus de produits pharmaceutiques légaux ou non. Il s'était mis également au régime. Viande blanche, peu de matière grasse, des légumes verts et des fruits. S'il ne pouvait toujours pas faire de sport, au moins il purgerait quand même son organisme. Makkal lui faisait chaque jour un bandage qui lui enserrait fortement la poitrine. Il lui avait assuré que cela consoliderait ses côtes. Cloué, Matt ne voulait pas pour autant perdre son temps. Il fallait qu'il fasse le point sur son affaire et surtout qu'il trouve les clés ou tout du moins des indices qui pourraient le sortir de cette situation inextricable. Car Matt ne perdait pas de vue qu'il était en Irlande pour échapper à un ou des tueurs. Il était en cavale, ce qui n'était pas la situation la plus confortable du monde. Et même s'il se trouvait bien et apaisé dans cette grande maison, il ne pouvait y rester éternellement. Il fallait qu'il reprenne le cours de sa vie qui s'était arrêté il y a huit ans. Il avait de nombreux projets en tête même s'il savait qu'il n'était pas à l'abri d'une rechute. Il était encore tenté, le soir notamment, par l'appel du whisky. Marie était toujours très présente dans ses pensées et en même temps, il souffrait aussi de son absence. En arrivant à Kylemore, il avait même songé à repartir immédiatement pour Paris afin d'affronter ceux qui voulaient sa peau. Ces attitudes suicidaires étaient encore bien ancrées au fond de lui. On ne se débarrassait pas du jour au lendemain de huit années de mauvaises habitudes.

Matt souleva avec difficulté le petit guéridon qui lui servait de table de nuit pour l'amener prêt de la *bow window*. Il posa dessus son plateau repas composé de deux tranches de pain de seigle, d'un blanc de poulet, d'un yaourt et de deux abricots. Il s'assit dans le confortable fauteuil et contempla le lac. Le soleil couchant semblait y prendre un dernier bain. La lumière orangée envahissait la chambre. Matt ferma les yeux et sentit sur son visage la petite brise qui passait par la fenêtre entrouverte. Une chose l'obsédait aujourd'hui. La phrase du tueur juste avant de tenter de l'assassiner. Il avait évoqué Marie. C'était incompréhensible. Matt se demandait encore s'il avait bien entendu ces paroles ou si la drogue qu'il avait inhalée n'avait pas provoqué des hallucinations auditives. Marie avait été tuée par un type totalement défoncé au volant de sa bagnole. Il avait été, du reste, lui aussi assez sérieusement amoché dans ce choc. Et c'était d'ailleurs sur son lit d'hôpital qu'il s'était finalement injecté la dose de trop. Matt se souvenait avoir ressenti une colère sourde à l'annonce de cette mort. Il aurait voulu que ce mec paie pour ce qu'il avait fait. Là c'était trop facile ; il était pratiquement parti le sourire aux lèvres. Il en avait voulu pêle-mêle à l'administration de l'hôpital, aux flics, aux pompiers, aux infirmières. Il n'avait pas compris comment ce garçon, drogué notoire, avait pu conserver sa came, tranquillement, dans sa poche de jean, au sein d'un établissement de santé. Matt avait toujours été persuadé que Marie s'était retrouvée au mauvais endroit au mauvais moment. Le géant à l'accent russe avait laissé entendre le contraire alors même qu'il s'apprêtait à le zigouiller. Lui mentir n'aurait eu aucun sens. En même temps, rien n'avait de sens dans cette histoire. Matt rouvrit les paupières, se redressa et prit sa tête entre ses mains. Il se sentait comme face à un puzzle de 5 000 pièces qu'il n'avait même pas encore ouvert. Le seul lien entre ces deux histoires, c'était bien lui, Matt Berger. Il essaya de rassembler une nouvelle fois ses esprits. De quoi était-il donc certain ? Il était sûr désormais que Rowland avait été piégé. La prostituée présente chez lui et retrouvée morte dans un bois quelques heures plus tard était l'objet du chantage. Les photos avaient été commandées pour mettre Rowland sur la sellette. Si tout avait fonctionné normalement, les clichés restaient en possession du seul maître chanteur qui tenait alors Rowland. Pour obtenir quoi ? La question était là. Seulement le scénario avait dérapé lorsque Matt avait vu, par hasard, le visage de cette pauvre gamine dans le journal. S'il n'était pas tombé dessus, il ne se serait jamais douté de la valeur des photos. En plus de cela, il avait fallu qu'il ouvre sa grande gueule pour crier au monde entier qu'il y avait quelque chose de pas net dans cette histoire. Au lieu de rester un simple outil de leur chantage, il était devenu une gêne pour ce que Pélissier pensait être la mafia russe ou quelque chose du genre. Ce scénario n'était pas forcément très encourageant, mais il avait au moins le mérite de se tenir. Il restait cependant des zones d'ombre et le seul aujourd'hui qui soit en mesure de fournir plus d'informations, c'était le proxo biélorusse de l'agence de call-girls qui s'était accusé du meurtre de la prostituée. Mais Pélissier, dans sa logique, était persuadé qu'il ne parlerait pas. Il avait sans doute raison. Et ce n'était pas le géant russe délesté de son avant-bras qui allait donner plus de renseignements. Il était sans doute, à ce moment précis, très loin de la France. Tout aurait été à peu près cohérent et compréhensible si ce type n'avait pas évoqué Marie. Matt aurait alors simplement la mafia russe au cul. Point final. Pas de quoi en faire un fromage, songea-t-il, ironique. Mais à présent c'était bien différent, une seule petite phrase avait tout changé. « Comment cet homme pouvait-il connaître mon histoire dans ce qu'elle a de plus intime et dramatique ? » s'interrogea Matt une nouvelle fois. Je n'étais pourtant qu'un pion pour eux au départ. Le minet de *News People* m'avait bien confirmé que c'était un pur hasard si j'avais été choisi pour faire ces photos. C'était à cet endroit très précis que depuis des jours s'arrêtait le beau cheminement de la réflexion de Matt et cela le rendait fou. Il fallait qu'il appelle JED pour savoir s'il y avait du nouveau. Makkal lui avait donné un portable un peu spécial qui ne pouvait normalement pas être repéré. Matt s'était amusé de ce luxe de précautions. Aujourd'hui, il était content de pouvoir s'en servir. Il alla le prendre dans le tiroir de la commode en hêtre. Il chercha dans son vieil agenda le numéro de JED qu'il tapota sur le joujou de Makkal. Au bout de cinq sonneries, l'appel fut basculé sur sa messagerie. Il lui demanda de le rappeler dès qu'il le pourrait. Matt était frustré. Il aurait aimé avoir des nouvelles. Il était impatient. Il réfléchit un instant. Qui pourrait bien l'aider à avancer ? Il n'y avait pas 36 personnes qui étaient au courant de l'affaire. Matt pensa à Pélissier puis abandonna aussitôt l'idée. Ce connard avait été on ne peut plus clair. Il ne ferait plus rien pour l'aider. Résigné, il s'allongea sur le lit à baldaquin. Il ne pouvait plus faire grand-chose ce soir. Makkal était déjà couché, il l'avait entendu monter les escaliers. Il n'avait donc plus qu'à dormir lui aussi. Il consulta sa montre et constata qu'il était à peine 21 h 30. Décidément, quelque chose avait vraiment changé en lui.

— Arrête, tu m'excites trop ! Viens, chéri, on va au lit.

— Je t'ai déjà dit de ne pas me donner de petits noms, ça fait trop loute.

— Tu as toujours du mal à assumer.

— Ne fais pas de psychologie à deux balles et amène donc ton petit cul.

Jean-Marc Barul saisit son partenaire par les cheveux sans ménagement et grogna.

— Tu vas voir. Je vais te montrer qui c'est le bonhomme.

Baiser avec son patron, Éric Charbonnier savait que ce n'était peut-être pas l'idée du siècle. Mais il ne pouvait pas résister. Il le trouvait trop attirant. Parfois, au journal, il fantasmait comme un malade. Il se voyait entrer dans le bureau de son rédacteur en chef, fermer la porte à clé, baisser les persiennes et s'offrir à lui sur son grand bureau. Inimaginable. Car si lui avait fait son coming out, Jean-Marc restait un pédé refoulé. Assez régulièrement, il faisait l'amour à des femmes comme pour se rassurer et se dire que finalement il n'était que bi. C'était même très tendance d'être bisexuel et Jean-Marc aimait avant tout être dans le coup. Éric, ça le faisait sourire, car il savait que le reste du temps ce beau mâle était tout à lui. Leur relation durait depuis plus d'un an. Ils se voyaient, toujours à son domicile, au moins trois ou quatre fois par semaine et il savait qu'il le retiendrait aussi longtemps qu'il lui donnerait du plaisir. Et Éric était un expert en la matière.

Son homosexualité, il l'avait assumée dès son adolescence. À 30 ans, il avait déjà presque tout connu. Il avait pris des risques mais avait eu la chance de passer entre les griffes du SIDA. Les jeux un peu musclés que Jean-Marc appréciait, c'était pour lui la routine, et c'était bien volontiers qu'il s'y prêtait. Jean-Marc aimait bien le bousculer. Cela le rassurait sur sa virilité. Barul traîna son compagnon jusque dans sa chambre et le jeta sur le lit. Les deux hommes étaient nus à présent. Barul ouvrit le tiroir de son bureau et se saisit d'une petite clé. Éric l'attendait étendu lascivement. Il se dirigea ensuite vers son imposante armoire et mit la clé dans la serrure du petit tiroir du bas. Il en sortit une paire de menottes, un gode ceinture et un foulard en soie rouge. Il se retourna vers son compagnon, l'air pervers :

— Maintenant on va jouer.

— On peut se joindre à vous ?

Un petit homme blond peroxydé se tenait sur le pas de la porte de la chambre. Il était flanqué de deux types en costume sombre. Jean-Marc Barul resta pétrifié tandis qu'Éric se recroquevilla sur lui-même en tentant de cacher ses parties intimes avec le drap. Vu la tête que faisait Jean-Marc, ces gars-là n'étaient pas vraiment prévus au programme. Et même si c'était le cas, Éric ne souhaitait pas céder à ce caprice-là.

— Ne vous occupez pas de nous, poursuivit le blond, faites comme si nous n'étions pas là. Nous ce qu'on aime, c'est mater.

Jean-Marc Barul, une fois la surprise passée, essaya de se redonner une posture. Mais à poil et devant des inconnus c'était un peu compliqué.

— Qui êtes-vous ? Que faites-vous là ? Comment êtes-vous entrés ?

Il savait que cette rafale de questions trahissait sa panique. Mais lui qui était tellement fort d'habitude pour dissimuler ses émotions, était cette fois pris au dépourvu.

— Alors, dans l'ordre, je m'appelle André et voici Émir et Kristoff, enchaîna le visiteur impromptu. Nous sommes là pour vous tuer. Et la porte n'était pas fermée. Ça vous va comme réponse ?

Barul blêmit et Éric poussa un cri aigu. Il s'éjecta du lit et fonça vers la salle de bains en passant devant Jean-Marc. Le peroxydé fit signe à l'un de ses sbires qui se précipita et mit le pied en travers de la porte avant qu'Éric ne puisse la refermer. Il tira un coup sec et le pauvre garçon s'affala de tout son long sur la moquette. Barul n'avait pas bougé. Le dénommé André le toisait toujours, puis il ordonna :

— Kristoff, aide notre jeune ami à se relever.

Kristoff souleva Éric d'un bras et le balança sur le lit. L'amant de Jean-Marc prit le parti de se laisser faire. Il n'était pas de taille et il était terrorisé. Il tremblait comme une feuille.

— C'est bizarre, ça ressemble pas à une chambre de tapiole, sourit André. C'est très masculin comme aménagement. Papier peint gris anthracite, moquette noire. Mobilier en teck. Tu n'assumes pas tes penchants ?

Jean-Marc Barul demeura muet. Il sentait au fond de lui que n'importe quelle parole le condamnerait. Il était persuadé que son salut était dans le mutisme.

— Dis donc, tu n'es pas très causant, ni même curieux. Tu ne veux pas savoir pourquoi tu vas crever ?

Barul ne broncha pas.

— Comme tu veux, ça ne me dérange pas. C'est bien, tu vas nous faciliter la tâche. Je n'aime pas être brutal. Aussi je t'invite à grimper à ton tour sur le lit. J'ai un petit exercice à vous proposer. Je suis certain que vous allez adorer.

André claqua des doigts et Émir introduisit immédiatement dans la chambre un grand sac de sport. Il en sortit une longue corde qu'il tendit à Barul.

— Le bondage, ricana le petit chef. Vous savez ce que c'est j'imagine. Alors Jean-Marc, tu vas bien consciencieusement ficeler ton micheton. Sois gentil avec lui, ne serre pas trop. Tu sais comment faire ? J'ai l'impression que le sado-maso, c'est un peu ton rayon.

Barul, toujours silencieux, s'exécuta. Il entrava d'abord les jambes puis les bras le long du corps. Éric gémissait de plus en plus. Émir lui enfonça le foulard en soie dans la bouche. Le jeune journaliste était désormais totalement attaché. Il pleurait sous les regards amusés des trois tortionnaires. Jean-Marc, lui, agissait comme un automate. Il ne pensait qu'à une chose : sauver sa peau. Son instinct de survie avait pris le dessus et il lui disait que tant qu'il ferait ce que ce cinglé lui ordonnait, il resterait en vie. C'était du temps de gagné. Le peroxydé s'approcha du lit et examina le travail.

— Parfait. Tu n'as pas été très rapide mais je dois avouer que c'est du bon boulot. Je n'ai cependant pas l'impression que ton ami prenne beaucoup de plaisir. Dégage de là. À mon tour d'essayer.

Émir entraîna Jean-Marc jusqu'au fauteuil qui était au pied du lit et l'obligea à s'asseoir. Éric implora son bourreau du regard. André sourit et lui passa délicatement la main dans les cheveux.

— Ne t'inquiète pas mon chéri, je vais te donner ce que tu cherches.

Il fit pivoter Éric sur le ventre et tendit la main comme un chirurgien qui s'apprêterait à opérer. Kristoff comprit et alla chercher immédiatement le gode ceinture. Tout doucement, en lui caressant la nuque, André introduisit le gode dans l'anus d'Éric. Celui-ci eut un léger soubresaut. André se saisit de l'extrémité de la corde et la fit passer autour du cou du jeune homme. Il fit un nœud coulant qu'il commença à resserrer de plus en plus. Le corps d'Éric se tendit d'un seul coup. Il venait de comprendre comment il allait mourir. Il hurla mais aucun son ne sortit de sa bouche. Il sentit la corde lui mordre le cou. Il tenta une dernière fois de se débattre puis se résigna. Il manquait d'air et il avait désormais un voile noir devant les yeux. Il perdit connaissance rapidement. André fut presque déçu du manque de résistance de sa victime. À califourchon sur Éric, il tira un dernier coup sec et maintint la prise pendant presque trente secondes, jusqu'à ce qu'il ne sente plus aucune résistance. Il descendit alors du lit et retourna le corps. Éric avait le visage violet et les yeux exorbités. Il était mort. C'en était trop pour Jean-Marc. Il tenta de se lever mais fut immédiatement plaqué sur le fauteuil par Émir. Il laissa toutefois exploser sa haine et sa peur.

— Espèce de petit enculé. Pourquoi t'as fait ça ?

— Parce que vous en saviez trop, répondit calmement André.

Barul ne comprenait pas. Le deuxième mastodonte s'approcha et lui saisit les poignets. Il passa derrière le fauteuil en lui immobilisant les bras. Émir était resté devant et lui entravait les jambes. Jean-Marc sentit que c'était désormais à son tour. André alla fouiller dans le sac et prit un entonnoir, une petite boîte de ce qui devait être des médicaments et une bouteille de whisky.

— C'est terrible ces petits jeux sexuels, ça peut très vite mal tourner. Malheureusement, tu y es allé un peu trop fort avec ton compagnon et au lieu d'obtenir une belle érection tu l'as tué. Tu n'as pas supporté et tu t'es donc suicidé.

Sur ces mots, André se dirigea vers le fauteuil et fourra l'entonnoir dans la bouche de Barul en plaquant sa langue contre le plancher de la bouche. Il versa une première gorgée que Barul tenta de régurgiter. Il s'étrangla mais le liquide passa directement dans l'œsophage. André réédita jusqu'à ce qu'il ne reste plus qu'environ un tiers de la bouteille. Il s'arrêta et regarda les yeux vitreux de Jean-Marc. Il ne se débattait même plus. Il ouvrit alors la boîte de Lexomil et compta.

— Un, deux, trois, quatre, cinq, six, sept, huit, neuf, dix, onze et douze. Je pense qu'avec cette dose tu vas nous faire un gros dodo. Il jeta négligemment les tranquillisants dans l'entonnoir. Puis il retira l'objet. Il n'y a plus qu'à attendre maintenant.

Jean-Marc Barul avait la tête maintenue en arrière. Il était encore totalement conscient même s'il commençait à sentir les effets de l'alcool. Il avait la gorge en feu et une terrible envie de vomir. Il eut une dernière lueur d'espoir. C'était la solution ; s'il vomissait, il rejetterait toutes ces saloperies. André eut un petit sourire moqueur. Il semblait avoir lu dans ses pensées.

— Si tu dégueules, on recommencera. Mais personnellement je n'ai pas trop de temps devant moi. J'ai des choses importantes à faire. Je vais donc te laisser avec mes amis qui resteront près de toi jusqu'à la fin.

Jean-Marc Barul eut un haut-le-cœur mais rien ne sortit. Il avait la tête qui tournait. Il ferma les yeux une dernière fois.

La lecture, la contemplation et la diététique avaient leur limite. Trois jours de plus à essayer de consolider ses maudites côtes et Matt était à bout. Il fallait qu'il bouge, d'autant plus qu'il ne cessait de se torturer les méninges avec son histoire sans avancer d'un pouce. JED l'avait rappelé quelques heures plus tôt. Bien qu'il parût tendu au téléphone, ils avaient discuté longtemps et étaient arrivés à la même conclusion : ils ne comprenaient pas. JED avait promis de relancer Pélissier. Il saurait le convaincre. Il n'aurait pas le choix. La priorité était de s'assurer de la sécurité de Matt. Il ne devrait pas revenir à Paris avant d'être sûr qu'il ne courrait alors qu'un minimum de risques ou bien il devrait attendre que le danger soit au moins identifiable. Pélissier devait prendre contact avec ses collègues de l'antigang pour constituer un dossier noir sur les réseaux mafieux russes dans la capitale. JED avait proposé également d'exploiter au maximum les seules pistes dont ils disposaient. Rowland et le Biélorusse qui était en taule. Bref, les choses n'avançaient pas et la patience n'était pas la plus grande qualité de Matt. Non, décidément, il fallait qu'il pense à autre chose. Il consulta sa montre, il était 18 heures. Il ne se sentait vraiment pas de se coucher à nouveau avec les poules. La discussion avec Makkal était limitée. Ce garçon n'était pas bavard et Matt sentait que lui aussi tournait en rond. Il se leva de son lit et enfila une chemise légère, un jean et une paire de Converse sans chaussettes. Il faisait de plus en plus chaud dans ce coin d'Irlande. Il descendit le grand escalier avec précaution et s'aperçut qu'il ne ressentait presque plus de douleur en marchant. Les recettes naturelles de Makkal avaient du bon.

— Il est où mon rebelle préféré ? hurla Matt.

— Je suis dans la cuisine et ce n'est pas la peine de gueuler, je t'entends parfaitement. Apparemment, tes côtes vont mieux pour vociférer de la sorte.

— C'est vrai, je me sens mieux et c'est grâce à toi. Ton corset version 2000 m'a fait beaucoup de bien. Je vais sortir un peu. Où sont les clés de la BM ?

— Minute papillon.

Matt adorait lorsque Makkal utilisait des expressions typiquement françaises avec son petit accent, c'était délicieux. S'il avait été une femme, il aurait craqué. Mais Matt n'avait jamais vu Makkal avec une fille. Il se posait d'ailleurs des questions sur sa sexualité. Il avait aujourd'hui une belle situation, il était beau gosse. Il avait tout pour fonder une famille. Peut-être qu'il avait une copine. Après tout, s'ils étaient restés proches, ils se voyaient finalement assez rarement. Ou alors, il était homo. Matt chassa cette idée et fixa Makkal.

— Que se passe-t-il ? Tu veux encore me mettre ton espèce de GPS au cul ?

— Tout à fait et ce n'est pas tout. Je veux aussi savoir qui tu vas voir.

— Dis donc t'es pire qu'une mère juive toi. Tu ne voulais pas finir ta cabane de jardin ?

Makkal avait horreur de l'inactivité. Il avait jugé en arrivant que la demeure de JED était sympa mais qu'elle manquait d'un abri de jardin. Allez savoir pourquoi un abri de jardin. Une lubie. Mais comme Makkal pressentait déjà que le temps serait long, il était allé au village où il avait repéré une menuiserie et s'était fait livrer des planches de bois. Il avait acheté quelques outils et s'était attelé à la tâche. Trois murs étaient déjà debout. Et plutôt qu'une cabane de jardin, c'était un véritable chalet qui allait voir le jour. Pas certain que ce côté rustique aille parfaitement avec le style georgien. En même temps, Makkal n'était pas reconnu pour son bon goût. Le magnifique T-shirt sans manches bleu qu'il portait en était la preuve. JED apprécierait cette nouvelle construction à sa juste mesure.

— Tu sais, je peux faire une pause pour t'accompagner.

— Pitié, cela fait maintenant presque une semaine que l'on est l'un sur l'autre 24 heures sur 24.

— C'est l'objet de ma mission.

— Une mission ? C'est tout ce que je suis pour toi ? Dis donc, ça fait toujours plaisir.

— Tu comptes me faire une scène de ménage ?

— Je suis simplement triste de ne pas plus compter pour toi, fit Matt en affichant un grand sourire. Allez, ne te fais pas de bile, je vais rendre visite à mon nouveau pote qui m'a tiré de ce mauvais pas dans la forêt. Et ne me dis surtout pas que tu n'aimes pas mes fréquentations. Là, je te jure que ce serait franchement bizarre.

— OK, prends la puce et sois de retour pour 22 heures.

Matt le dévisagea. Il avait l'air sérieux. Puis le visage de Makkal se fendit d'un petit rictus.

— J'aime mieux ça, souffla Matt. Je te promets que si ça se prolonge, je te préviens. À tout à l'heure.

Matt gara la BM juste à côté du buggy à l'entrée de la cour de la ferme. Bien que la voiture de Paddy fût là, il semblait n'y avoir personne. Matt passa devant la bergerie qui était vide. Il risqua un œil à l'intérieur de la maison. Rien. Il avait cependant l'impression d'entendre de la musique. Cela venait du troisième corps de ferme qui était composé d'un grand bâtiment tout en longueur presque semblable à la maison d'habitation, à l'exception près qu'il n'y avait pas de fenêtres. La seule ouverture était une grande porte en bois. Matt s'en approcha et la musique se fit plus forte. Il frappa, mais personne ne répondit. Il prit alors l'initiative d'entrer. C'était ouvert. Ce qu'il découvrit le stupéfia. La pièce qui était devant lui aurait pu faire pâlir de jalousie n'importe quel club du championnat de France de football. Il ne s'agissait pas d'une simple salle de gym ou de musculation, c'était bien plus que cela. Au milieu de la pièce, près de la porte d'entrée, il y avait un ring. Des sacs d'entraînement et des punching-balls pendaient au plafond. De part et d'autre de ce coin boxe, il y avait des tas de machines. Un tapis roulant, des bancs de musculation, des instruments de torture pour travailler les bras, les jambes, le dos, la nuque. Il y avait même un power-plate. Au beau milieu de cet attirail, Paddy, torse nu, faisait du développé-couché sur un morceau très speed de Pearl Jam. Matt crut reconnaître *Yellow Ledbetter*. Il adorait le heavy metal. Paddy reposa la barre et les poids de 60 kilos qui la lestaient de chaque côté. Il se releva tout en sueur et salua d'un ton très enjoué son visiteur.

— Marco, quelle bonne surprise !

Matt eut un moment d'hésitation puis se rappela qu'il était censé se prénommer Marc. Cette imposture était ridicule. Paddy s'empara d'une serviette éponge, s'essuya le visage puis le corps et se dirigea vers Matt. Il était vraiment très impressionnant. Il était musclé mais pas exagérément. Il dégageait surtout une puissance presque bestiale. C'était un superbe athlète avec des pectoraux monstrueux, des tablettes de chocolat à la place des abdos et des cuisses surdimensionnées. Matt aimait à penser, lorsqu'il faisait encore du sport, qu'il était bien gaulé, comme disaient les filles. Mais même au sommet de sa forme de triathlète, il n'avait jamais été aussi affûté physiquement que ce garçon. Paddy lui infligea une bonne tape dans le dos en guise de poignée de main. Matt se retint pour ne pas crier. Paddy remarqua son visage crispé.

— Attends, ne me dis pas que tu as encore mal aux côtes ?

— Quand je vois tout ton matériel j'imagine bien que nous n'avons pas la même notion du mot souffrir.

— Disons que je m'entretiens. Mon corps c'est mon gagne-pain.

— Je voulais encore te remercier pour l'autre fois. Sans toi, je serais certainement resté planté quelques heures dans ces foutus bois.

— Ton copain t'aurait récupéré à un moment ou à un autre. Il a l'air d'ailleurs très protecteur.

— Il fait attention à moi ; il sait que je suis fragile.

— Tu as du temps devant toi ?

— Oh ça oui, c'est même à peu près tout ce que j'ai en ce moment.

— Que dirais-tu de descendre à Galway pour boire une pinte ou deux en regardant un match à la télé ?

Matt hésita un instant.

— Ça me tente bien.

— Alors c'est parti. Je vais me changer et on y va.

Les deux hommes pénétrèrent dans la maison d'habitation. Matt réfléchit qu'il ne savait même pas si Paddy était marié ou avait des enfants. Il ne connaissait finalement rien de lui. Il y avait indéniablement une touche féminine dans cette maison. À commencer par le séjour. La décoration était à la fois rustique et raffinée. Beaucoup de meubles en bois, mais ce n'était pas du massif. À l'image de la table basse devant le canapé qui semblait avoir été décorée à la main. Les motifs étaient végétaux et de très bon goût. Madame devait être moins fruste que son mari. Paddy s'engouffra dans une autre pièce puis revint dans le salon avec une bière dans la main qu'il lui lança.

— Tiens, patiente en te rinçant la gorge. Assieds-toi et fais comme chez toi. Je vais prendre une douche, je n'en ai que pour quelques minutes. Évite les pieds sur le canapé, Fiona n'apprécierait pas.

Fiona, joli comme prénom, pensa Matt. Il se demandait à quoi elle pouvait bien ressembler. Mais sa préoccupation du moment c'était d'abord de trouver un décapsuleur pour son Adelscott. Il suivit donc le même chemin que Paddy et se retrouva dans une immense cuisine. Matt commençait à comprendre que les Irlandais apportaient une attention toute particulière à cet endroit de la maison. Certainement pour sa convivialité. Il fouilla dans plusieurs tiroirs à la recherche de l'instrument tant espéré. Tout était très bien rangé et d'une propreté remarquable. Les ustensiles de cuisine étaient placés de façon très rationnelle et Matt n'eut aucun mal à trouver son bonheur. Il refermait le tiroir sous le four lorsqu'il entendit d'abord puis vit des dizaines de moutons faire irruption dans la cour de la ferme. Il perçut également l'aboiement d'un chien. Un berger noir et blanc qui tournoyait autour des ovidés. Une femme dirigeait la procession. La fameuse Fiona, pensa Matt. Elle était de dos mais il remarqua d'emblée qu'elle avait une jolie silhouette. Ses cheveux étaient longs, blonds et ondulés. Matt prit place avec beaucoup de précaution sur le canapé. Quelques secondes plus tard, la jeune femme était plantée devant lui, simplement étonnée de voir un inconnu dans sa maison. Elle avait aux pieds des bottes crottées, portait un fuseau qui avait dû être beige un jour et un T-shirt si ample que l'on aurait pu en mettre deux comme elle dedans. Et pourtant, elle était incroyablement belle.

— Monsieur, vous êtes ?

— Un ami de Paddy, il est monté prendre une douche, bredouilla Matt.

Il avait la gorge sèche. La créature qui était devant lui ne devait pas avoir plus de 30 ans. Elle était grande, mince, et avait surtout un sourire ravageur. Ses grands yeux bleus et de minuscules taches de rousseur finissaient de la classer dans la catégorie des beautés naturelles.

— Nous ne nous connaissons pas, je crois. D'après votre léger accent, laissez-moi réfléchir, vous devez être... français !

— Gagné !

Elle éclata de rire et le cœur de Matt se serra. Son nouvel ami irlandais avait bien de la chance.

— J'ai triché. Paddy m'a parlé de vous et de votre petite escapade dans les bois. Tiens, quand on parle du loup...

Paddy avait fait sa réapparition vêtu d'un pantalon en toile noir et d'une chemisette Lacoste de la même couleur.

— Déjà revenue ma grande ? Je n'ai pas entendu les moutons. La journée a été bonne ?

— Nous sommes restés sur la Bonnéal Hill.

— Vous avez fait connaissance tous les deux ?

— J'ai fait la démonstration à ton ami que les Irlandaises étaient des malines.

— Et des jolies filles aussi.

Paddy enlaça tendrement la jeune femme et adressa un clin d'œil complice à Matt.

— Désolé sœurette, on ne va pas pouvoir te faire la conversation plus longtemps, sinon on va manquer le coup d'envoi du match.

— Vous allez à Galway ? Pas d'abus. (Puis, se tournant vers Matt :) Je compte sur vous pour raisonner mon grand frère.

Paddy lui claqua une bise, puis prit virilement Matt par le bras.

— C'est parti, on prend ta caisse ?

Matt était déjà dans la cour avant qu'il n'ait eu le temps de répondre.

— Pas de problème.

— Qu'est-ce qui t'arrive, t'as l'air tout bizarre. C'est ma sœur qui te met dans tous tes états ? Attention mon gars, pas de blague avec la famille.

Il était plus de deux heures du matin lorsque Matt rentra à « Guillaume House ». Le plus discrètement possible il désamorça les pièges de Makkal et décida de s'installer dans l'un des confortables fauteuils de la grande salle à manger pour réfléchir. La belle Fiona mobilisait tout son esprit. Le match de rugby ne l'avait pas passionné et il avait mis toute son énergie à essayer d'interroger le plus discrètement possible Paddy. La bière aidant il avait lâché au compte-gouttes quelques informations concernant sa sœur. Leurs parents étaient morts dans un accident de voiture alors qu'elle était encore toute jeune. À peine majeur, il avait pourtant pris en charge son éducation. Une réussite, puisque outre son métier de bergère, elle avait décroché son diplôme de médecin. Aujourd'hui elle exerçait au sein de l'association humanitaire « Save Children ». Elle était, en ce moment, entre deux missions. Paddy avait été dithyrambique. Fiona était d'après lui « douée, sensible, intelligente mais aussi naïve. Et beaucoup de garçons en avaient profité. C'était une bête blessée. » Matt songea qu'il serait plaisant de panser leurs plaies respectives. Son esprit vagabondait et il n'entendit pas les pas de Makkal dans l'escalier. Il fut surpris par son entrée dans la salle.

— Eh tu ne dors pas ?

— Je ne parvenais pas à trouver le sommeil. Je voulais te prévenir que je prenais l'avion pour Paris dans cinq heures. Mes associés me réclament, et comme tu le dis si bien, je pense que tu n'as plus besoin de moi ici. Un taxi va passer me prendre, je te laisse la voiture.

Comme à son habitude, Makkal avait prononcé ces mots tranquillement, sans émotion apparente. Si bien que Matt ne savait pas s'il était fâché ou s'il devait réellement partir. Il s'était aperçu en rentrant que la cabane de jardin était achevée. Il était sans doute temps pour lui de partir. Makkal était un déraciné. Et depuis qu'il avait quitté son pays, il était rarement resté plus d'une semaine au même endroit. Ses bureaux étaient à Paris, mais il habitait toujours à l'hôtel, jamais le même, refusant obstinément, alors qu'il en avait les moyens, de s'acheter un appartement ou une maison. Ses affaires l'amenaient aux quatre coins de la planète. Cette fuite permanente ne lui permettait pourtant pas d'oublier la blessure encore béante d'avoir dû abandonner son pays. Matt avait souvent regretté de ne pas pouvoir venir en aide à son ami. Mais il était bien trop pudique pour se livrer.

Le dossier de Pélissier n'était pas très épais. Pas plus que son contenu d'ailleurs. JED n'était cependant pas surpris. Malgré une mauvaise volonté évidente, le policier avait rassemblé toutes les informations qu'il avait pu glaner. Le butin était maigre. Il ne contenait que des constatations et pratiquement aucune déduction. Le policier avait simplement établi des rapprochements. Autour du meurtre de la jeune prostituée, il avait pu accoler, évidemment, la tentative d'homicide sur Matt Berger, à laquelle n'avait pas survécu une autre jeune femme, mais également deux disparitions, celle du joueur de football Jimmy Rowland, qui n'avait plus donné signe de vie à son club depuis plus de deux semaines, et celle de son agent Daniel Di Miglio, aux abonnés absents depuis encore plus longtemps. Pélissier avait souligné en rouge le mot « ensemble », suivi d'un point d'interrogation. C'était une possibilité. Peut-être étaient-ils en train de négocier avec le futur club de Rowland. Figurait également dans le dossier, le suicide en prison de l'homme de main arrêté pour l'assassinat initial de la fille. Non seulement, il n'avait pas ouvert la bouche, mais en plus, il s'était pendu avec ses draps dans sa cellule, au dixième jour de son incarcération. Une piste, presque la seule, qui s'évaporait puisque entre-temps, la patronne de l'agence de mannequins « Girls Effect », qui servait de couverture à un réseau de prostitution, avait plié bagage pour rejoindre son Ukraine natale en n'oubliant pas de se débarrasser de tous les dossiers compromettants. Mais Pélissier avait fait le métier. Il avait interrogé bon nombre de prostituées et avait pu remonter jusqu'à un carton d'archives planqué dans un appartement où certaines d'entre elles logeaient. Il s'agissait notamment des statuts de la société, mais aussi d'organigrammes où apparaissaient les diverses autres entreprises ou groupes auxquels était associé ou affilié « Girls Effect ». Toute cette structure était bien nébuleuse même pour un businessman confirmé comme Jean-Eudes. Pourtant, un nom avait particulièrement retenu son attention. « Enjoy ». D'après les documents, cette boîte possédait 55 % de « Girls Effect » et Jean-Eudes connaissait très bien son propriétaire... André Zeinoun. Son père le lui avait offert comme passe-temps et pour le dissuader de mettre son nez dans Global Entertainment. Cette entreprise regroupait essentiellement des établissements de nuit aux États-Unis et en Europe. C'était la deuxième fois que le nom d'André Zeinoun revenait et c'était tout sauf un hasard. André était névrosé, psychopathe, sociopathe, camé et bien d'autres choses encore que JED n'avait pas voulu découvrir. Le môme avait quelques circonstances atténuantes. Il avait perdu sa mère très jeune et son père ne s'était pas occupé de lui, laissant son éducation aux soins, très chers, de soi-disant experts qui s'étaient servis du gamin comme d'un cobaye pour expérimenter leur théorie sur la meilleure manière d'élever un enfant. La permissivité, les châtiments corporels, l'abandon, la surprotection, tout ou presque y était passé. Résultat, à 35 ans, André était tout simplement fêlé, au grand désespoir de son père qui n'avait à s'en prendre qu'à lui-même. JED avait toujours tenté d'avoir le moins de contacts possible avec André Zeinoun. Pourtant, aujourd'hui, il ne pouvait l'éviter. Il allait l'affronter sur son terrain. Assis confortablement dans sa limousine, il consulta sa montre. Il était plus d'une heure du matin. Il calcula que cela faisait bien quinze ans qu'il n'avait pas remis les pieds dans une boîte de nuit. Mais pour sortir son ami d'affaire, il était décidément prêt à tout.

Le gorille, à l'entrée de la discothèque parisienne, ne posa même pas de question et s'écarta sans rien dire pour le laisser passer en compagnie de son garde du corps. JED ne put s'empêcher de mater les très jeunes filles qui faisaient la queue pour le vestiaire. Il se demandait ce qu'elles allaient bien pouvoir y déposer tellement elles avaient déjà peu de vêtements sur elles. Les brassières, les micro-jupes, les petites robes volantes ou à dos nus rendaient déjà fous tous les mâles aux alentours. Les mecs étaient excités. Les filles feignaient l'indifférence. Bientôt, ils se rejoindraient et s'enlaceraient sur la piste de danse pour une nuit torride. JED était presque nostalgique. Une petite brune avec une chemise blanche siglée « Pacheco » l'accueillit et le pria de la suivre. André Zeinoun l'attendait.

Samedi 16 juillet

Matthieu Berger venait certainement de passer les quatre meilleurs jours depuis bien longtemps. Après le départ de Makkal, il s'était concocté un petit programme qu'il avait appliqué scrupuleusement, à la minute près. La routine, les habitudes lui faisaient du bien. Lui qui avait tellement vécu au jour le jour, sans jamais rien planifier. Il se rendait compte aujourd'hui qu'il avait besoin d'autre chose. C'était paradoxalement alors qu'il était en cavale dans un pays inconnu, que des certitudes lui apparaissaient. Il courait après depuis presque une décennie. Son petit rituel journalier faisait partie de sa rédemption. Il se levait à 8 heures du matin. Il prenait un petit déjeuner composé d'une tasse de café, de céréales et de pain de mie garni de confiture de fraise et d'orange pour faire couleur locale. Puis il s'asseyait dans le fauteuil, face au lac, pour réfléchir pendant à peu près une demi-heure. Il passait ensuite à la douche et enfilait ses affaires de sport. Ses côtes ne le faisaient presque plus souffrir. Il s'était donc remis à courir. Une petite heure pour commencer à travers la lande. Il avait deux itinéraires ; l'un le menait vers l'abbaye, l'autre, sur la rive nord du lac. Il suait beaucoup, la température en Irlande était encore assez élevée. Ses cuisses, ses bras, son dos le chatouillaient encore un peu, mais il se sentait incroyablement vivant. Une nouvelle douche bien chaude le soulageait généralement. Il déjeunait ensuite dans un pub du village, que lui avait conseillé Paddy, avant de rentrer à Guillaume House pour une petite sieste. Paddy l'avait invité à venir entretenir sa forme dans sa majestueuse salle de gym. Matt s'y rendait vers 15 heures et était rejoint par son ami, de retour de son entraînement. Le dîner était, pour Matt, le meilleur moment. Simplement parce que Fiona les rejoignait après son après-midi avec les moutons. Paddy, malgré ses menaces voilées, ne semblait pas hostile à la présence de sa sœur. La veille au soir, même, alors qu'il était fatigué, il les avait laissés tous les deux pour le reste de la soirée. Quelques heures magiques où deux écorchés vifs avaient évoqué, avec pudeur, leurs blessures et leurs espoirs. Matt était revenu à la maison tout bouleversé. Et ce matin encore, même après une nuit et quelques bornes dans les pattes, il pensait à cette délicieuse rencontre. Au volant de la BM, il était ailleurs. Il gara le véhicule sur le parking du pub et passa à l'épicerie pour acheter le journal qu'il lisait en mangeant. Il avait constaté, à son plus grand étonnement, que cette petite échoppe recevait le journal *L'Équipe* l'après-midi même de sa sortie. Le patron, Franck, était un francophile et il parlait avec une grande nostalgie de la jeune Catherine, la correspondante française de « Lion » avec qui il avait connu l'amour pour la première fois.

— Hello Francky, lança Matt en entrant dans l'épicerie.

Comme d'habitude, le boss avait l'air d'excellente humeur et comme à chaque fois c'est dans un français approximatif qu'il répondit à Matt.

— Trop bien et vous-même ? Je vous envoie le journal *L'Équipe* ?

— Les autres fois, Matt répondait systématiquement « Avec plaisir cher ami » dans la langue de Molière. C'était leur petit rituel, qui se ponctuait invariablement par un *good afternoon.*

Mais aujourd'hui, aucune parole ne sortit de la bouche de Matt Berger. Il avait les yeux rivés sur *L'Équipe,* comme hypnotisé par la une du journal.

— Ça ne va pas ? s'inquiéta le commerçant.

Matt ne l'entendit même pas. Il paya, prit le journal, passa la porte de la boutique et s'engouffra dans la voiture. Posé sur le siège avant passager, s'étalait, en première page, le portrait de Jimmy Rowland. L'équipe annonçait que le jeune homme avait enfin fait son choix. Il n'avait pas signé à Madrid, ni même au PSG où il était également convoité. Non, il s'était engagé pour le FC Achkhabad, le club phare du Turkménistan. Les amateurs de football penseraient immédiatement à une blague, un canular. Matt savait, lui, qu'il n'en était rien. Cette nouvelle, qui allait faire l'effet d'une bombe dans le milieu du foot professionnel, permettait enfin à Matt de comprendre tout ce qui lui était arrivé ces trois dernières semaines.

Le bureau dans lequel JED fut introduit était parfaitement insonorisé. Il en fut soulagé. Il n'appréciait pas spécialement le style de musique et surtout le volume l'incommodait. André était affalé dans un canapé de cuir noir. Il avait la main gauche dans le string d'une gogo danseuse aux seins nus, qui était assise à ses côtés. Il tendit négligemment la droite, en direction de JED.

— Eh, mon pote, comment vas-tu ? Je suis content de te revoir.

JED décida d'ignorer la provocation. André avait toujours agi de la sorte à son encontre. Il n'avait jamais répondu et ce n'était pas le moment de le faire. Il avait, pour la première fois, besoin de lui. Il savait pertinemment qu'André avait un gros ressentiment envers lui. Il était jaloux de toute l'attention que son père lui avait portée depuis qu'il était entré au service des Zeinoun. Par-dessus tout, il ne supportait pas que ce petit « aristo de merde » lui pique son héritage et dirige l'entreprise de son père. C'était en ces termes qu'il lui avait fait comprendre sa façon de penser la dernière fois qu'ils s'étaient vus à l'initiative du patriarche, il y avait maintenant huit mois. Michel avait alors annoncé que Jean-Eudes serait son successeur et qu'il lui céderait la majorité des parts de la société. Ivre de colère, André avait lacéré à coups de stylo, un Millet qui trônait dans le bureau de son père. Après les avoir copieusement insultés, il était parti, assurant qu'ils le regretteraient. JED n'abordait pas la négociation dans les meilleures dispositions, c'était le moins qu'on puisse dire.

— Bonjour André, merci de me recevoir aussi rapidement.

— C'est normal, c'est toi le chef maintenant. Ah non, pardon, pas encore. Mon cher papa n'est pas encore mort. Enfin, je ne crois pas. Tu as de ses nouvelles ?

— Pas de récentes.

— Il n'y a pas de suspens, nous savons tous comment ça se terminera... Dans le trou.

André éclata de rire. Il avait les yeux brillants. Sur la table basse en verre, trois lignes de cocaïne, parfaitement alignées, attendaient leur consommateur. La fille les dévorait des yeux. Son regard passait de la coke à JED avec la même envie. Elle l'allumait littéralement, ce qui ne semblait pas gêner André.

— Pouvons-nous avoir une petite conversation en privé ? demanda JED.

André donna l'impression de peser le pour et le contre. Puis, après cinq secondes de réflexion, claqua des doigts.

— Laisse-nous Gina !

La jeune femme se leva immédiatement. André la retint par le bras et lui roula un patin monstrueux. JED observa la scène totalement impassible.

— Sers-toi avant de partir ma grande.

La grande brune se mit immédiatement à genoux et sniffa rapidement une ligne. Elle expira longuement et ferma les paupières. Puis elle se releva et prit la direction de la sortie. André lui asséna une dernière petite claque aux fesses qui se voulait amicale. Elle apprécia et s'en alla.

— À nous deux maintenant. Qu'est-ce qu'il y avait donc de si important ? interrogea André.

JED était embarrassé. Il y avait beaucoup réfléchi, mais il ne savait pas comment aborder André.

Il devait récolter un maximum d'informations sans trop en dévoiler de son côté. Un exercice d'équilibriste. Il décida d'être d'abord factuel.

— Une jeune prostituée a été retrouvée morte. Elle travaillait au sein de l'agence « Girls Effect » qui, si j'ai bien compris, t'appartient ou presque.

André était maintenant pratiquement allongé dans son canapé, sur le flanc, à l'image d'un empereur romain. Il considéra JED qui l'observait, resté debout derrière la table basse.

— Bien vu, cette agence fait effectivement partie de mes filiales. Mais je suis déçu, je pensais être indétectable. Il faudra que j'en parle à mes avocats.

— Ne t'inquiète pas, c'est parce que je te connais bien que j'ai pu remonter jusqu'à toi.

— C'est vrai que toi et moi nous sommes... amis ? Frères ? En fait, j'ai bien du mal à définir notre relation.

D'un seul coup, comme s'il venait de se faire piquer par une bestiole, André se releva promptement.

— Quel exécrable hôte je suis. Je viens de m'apercevoir que je ne t'ai même pas proposé de t'asseoir. Je t'en prie, prends place. Tu veux boire quelque chose.

JED pensa que les choses sérieuses allaient enfin commencer.

— Je veux bien un whisky sec.

André se dirigea vers le minibar qui trônait à droite d'un bureau design qui avait la forme d'une chaloupe. JED se dit qu'il y avait un certain goût dans cette décoration. Finalement, André avait retenu quelque chose de ses années passées dans les plus grands palaces et les plus belles villas. Il ne pouvait cependant pas s'empêcher de se mettre en scène. Il apparaissait partout sur les murs en compagnie des plus grandes vedettes qui étaient passées dans sa boîte. C'était un peu *too much*. Il revint avec deux whiskies à la main et tendit le premier à JED qui le remercia et reprit place dans le canapé, cette fois, le dos bien droit. Il regarda JED droit dans les yeux, comme pour le défier.

— Je vais être franc avec toi, cela t'évitera de tergiverser. Je n'ai rien à cacher ou plutôt à te cacher, car nous sommes dans le même bateau toi et moi. N'est-ce pas ?

— Donc, tu savais qu'une prostituée de ta pseudo-agence avait été tuée ?

— Oui, et c'est même moi qui ai ordonné sa mort.

Le sang de Jean-Eudes se glaça. C'était bien ce qu'il craignait. André était derrière tout ça. Il tenta de retrouver son calme et prit son air le plus détaché.

— Puis-je savoir ce qui t'a motivé ?

— Une simple commande de mon paternel, fanfaronna André, le verre tendu comme pour trinquer.

Jean-Eudes voyait toutes ses craintes se matérialiser. Il repensa à la dernière conversation avec Michel Zeinoun. Maintenant, les choses étaient limpides. Jean-Eudes tenta toutefois un coup de bluff. Il devait en savoir plus.

— Je ne crois pas un mot de ce que tu me racontes, cher André. Tu cherches à me déstabiliser.

— Et j'y suis parvenu. Je me trompe ou le fameux Jean-Eudes Duplessis, cet homme d'affaires redoutable, cet animal à sang froid, vacille sur ses bases.

Son sourire était béat.

— Pour cela, faudrait-il encore que ce que tu dis soit vrai.

— Parfait. Alors cessons ce petit jeu de cache-cache. Des anciens amis de mon père ont repris contact avec lui. Il leur devait encore un petit service si j'ai bien compris. Mon père ne pouvait pas refuser. Alors il m'a confié cette mission. Cela faisait plusieurs mois qu'on ne s'était plus parlé. Je crois qu'il avait eu du mal à avaler ma petite touche personnelle sur son beau tableau. Mais finalement, il s'est peut-être dit que ce serait bon pour son âme s'il montrait avant de mourir un peu de considération à son fils unique.

André fit une pause, réfléchit un instant puis affirma :

— Non, je pense qu'il voulait tout simplement me faire faire la sale besogne, sans que Global Entertainment ne soit éclaboussé en cas de problèmes. Et des soucis nous en avons eus, tu peux me croire. À commencer par ton cher ami d'enfance, M. Berger.

JED saisit la balle au bond.

— Qu'est-ce qu'il a à voir dans cette histoire ? Comment a-t-il été impliqué ?

— Tu me croiras si je te dis qu'il s'agit d'un pur hasard ?

— J'aurai du mal.

— Eh bien tu as tort. Ton pote n'était absolument pas prévu au programme, mais il s'est incrusté sans qu'on ne lui demande rien.

JED avait encore beaucoup de mal à rassembler tous les morceaux du puzzle. Sa perplexité devait se lire sur son visage.

— Je vois bien que tu patauges encore. Je vais être sympa, je vais te donner un petit coup de main. « Nos amis », nous les appellerons ainsi, avaient besoin d'avoir un moyen de pression sur un jeune joueur de football, déjà grande star du ballon rond, promis à un avenir zidanesque. Tous les moyens étaient bons pour le coincer. Mais il devait s'agir d'une sacrée casserole, car selon leurs renseignements, le gamin était plutôt du genre imperméable au chantage. Après une petite enquête sur le personnage, nous nous sommes très vite rendu compte que les filles étaient son talon d'Achille. Son comportement envers elles n'était pas, disons, celui d'un parfait gentleman. Alors, tu me croiras ou pas, mais c'est moi-même qui ai échafaudé, dans ma petite cervelle, le scénario de la pute malmenée qui allait succomber à ses blessures. J'avais tout prévu. J'utiliserais une fille de mon agence, qui serait particulièrement à son goût. Nous avons même fait un petit casting. L'idée, c'était de retrouver la pute morte et d'aller voir le gamin pour lui demander des comptes sachant que l'heure de sa mort correspondait au moment où elle était chez lui.

— Mais il vous fallait des preuves pour faire flancher Rowland.

— Exact, et c'est encore moi qui ai eu l'idée de faire prendre des photos par un professionnel. Elles seraient bonnes à coup sûr et le footballeur n'y verrait que du feu. Ces gars-là sont des véritables pros.

— Tu t'es dit « pourquoi ne pas m'adresser à un photographe d'un journal appartenant à mon père » ?

— Tu ne vas tout de même pas me reprocher de vouloir faire prospérer l'affaire familiale.

— Je crois surtout que cela te faisait plaisir d'impliquer un peu Global.

— J'avoue que j'y ai songé, fit André avec un sourire narquois. Mais je pensais qu'il s'agirait d'un petit clin d'œil. Tout était réglé. Il suffisait simplement de récupérer les clichés très rapidement pour qu'ils ne soient pas diffusés. Ce n'était, bien sûr, pas l'objectif. Nous prendrions un gogo de paparazzo qui prendrait ses photos sans demander son reste. On les récupérait et basta. Pour le meurtre de la fille, nous avions, pour les flics, un lampiste tout désigné qui était d'accord pour se sacrifier.

— Le problème, c'est que ton choix du paparazzo n'a pas été très judicieux.

André eut l'air, cette fois, sincèrement désolé.

— Cet aspect-là des choses m'a échappé, je dois bien l'avouer. Ces connards de *News People* ont fait le pire des choix. Ils s'en mordent aujourd'hui les doigts.

JED sembla ignorer cette dernière remarque. Il craignait de savoir ce qu'elle signifiait. André poursuivit.

— Je ne sais pas par quel putain de hasard ton ami s'est retrouvé à faire ce job. C'était le mec à éviter et on se l'est payé. C'est cocasse quand on y pense. Sauf que « nos amis », qui avaient déjà un passif avec lui, n'ont pas trouvé cette coïncidence très drôle. Ils n'ont pas aimé revoir ce nom resurgir. Ils se sont même demandé si nous ne nous étions pas foutus un peu de leur gueule. À partir de cet instant, tout est parti en vrille. Nous n'avons pas pu reprendre les photos comme nous le souhaitions. Ton ami s'est rendu compte, je crois en regardant le portrait de la fille dans un journal, qu'il y avait un souci. Fouille merde comme il est, il n'a pas pu s'empêcher de plonger dans la fosse à purin.

JED se demanda de quelle manière André avait été mis au courant des velléités de Matt. Il calcula que quatre autres personnes étaient au courant de sa démarche. Les deux journalistes de *News People*, le directeur de la publication lui-même et Pélissier. Makkal n'était entré en jeu qu'après. Il y avait parmi ce joli petit monde, un mouchard. Il nota d'avoir une conversation avec Didier Dumas. Il était sûr que la fuite venait de lui. JED et André se toisèrent un instant, restant parfaitement silencieux. Puis André reprit.

— Il fallait être certains que les clichés ne seraient pas publiés, et qu'ils n'arriveraient jamais dans les mains de la police. Nous devions donc nous débarrasser des empêcheurs de tourner en rond et en premier lieu de ton pote. Sur ce coup, je dois dire que « nos amis » m'ont apporté un petit coup de pouce logistique. D'ailleurs, le grand chauve, dont j'utilisais les services depuis le début, était un gars à eux. Et il a foiré ce con. Non seulement il n'a pas tué Berger, mais il a fallu ensuite nettoyer son bordel, éliminer les autres témoins. Ah, au fait, ne compte plus sur Barul et son collaborateur pour *News People*. Je crois qu'ils vont être en très longue indisponibilité.

Cela confirma ce que JED pensait. Il les avait tués. Mais il s'en fichait presque. La seule chose qui lui importait à ce moment même c'était l'avenir de Matt. Et il était précaire puisque dans les mains de ce fou furieux. Matt était le dernier obstacle à la finalisation de leur plan. Il fallait qu'il sache.

— Qu'est-ce que vous avez décidé pour Matt ?

André était aux anges. Il le tenait enfin dans le creux de sa main.

— Je pense que tu l'as mis bien à l'abri. Ton culte du secret ne nous a pas aidés à le retrouver. Mais il faudra bien qu'il réapparaisse un jour.

— Et si je vous garantis qu'il ne vous ennuiera plus ?

— Tu sais bien que tu ne le peux pas. Et puis ce n'est plus la question. Nous avons atteint nos objectifs. L'élimination de Berger n'est plus qu'une question de principe, surtout pour nos amis. Moi, je n'ai plus vraiment mon mot à dire.

JED avait du mal à comprendre ce que signifiait atteindre leur objectif. Il ne se posa pas la question très longtemps.

— J'ai un scoop pour toi. Une avant-première.

André se dirigea vers le bureau.

— Un coursier me l'a apporté il y a à peu près une demi-heure.

Il était presque deux heures du matin. Qu'est-ce qu'un coursier avait bien pu apporter à cette heure-ci ? André sortit du tiroir une feuille simple de format journal. De loin, JED crut reconnaître la une de *L'Équipe*.

— C'est celle de demain et je te l'offre en avant-première.

André jeta négligemment la page sur les genoux de JED. Il s'agissait d'une photo de Jimmy Rowland avec en gros titre... « Rowland au Turkménistan ».

JED ne comprit pas immédiatement ce que cela signifiait. Rowland allait faire un match de bienfaisance. Il y avait eu, quelques mois auparavant, un terrible tremblement de terre dans cette région. JED lut le chapeau et dut se rendre à l'évidence. Jimmy Rowland, la star montante du football international, avait signé pour le club du FC Achkhabad, la capitale du Turkménistan. JED était sûr que même les spécialistes les plus pointus n'avaient jamais entendu parler de ce club de football. C'était simplement ahurissant. JED leva les yeux du journal et regarda André :

— Tout ça pour ça ? Vous avez tué deux gamines, deux mecs innocents, cherché à en éliminer un autre et je ne sais quoi d'autre, simplement pour faire signer Rowland chez les Turkmènes.

— Cela devait en valoir le coup. Moi tu sais le foot je n'aime pas et je n'y connais rien. Mais je crois que nous ne voyons encore que la partie immergée de l'iceberg. « Nos amis » nous réservent encore de belles surprises.

Il en savait assez. JED décida unilatéralement de mettre un terme à cet entretien. Il se leva, salua ostensiblement André d'un signe de tête. JED n'était pas un bagarreur. Malgré sa grande taille, il n'était pas bâti pour. Mais s'il détestait le contact physique, à cet instant précis, il aurait aimé pouvoir se payer André Zeinoun. Malheureusement, il n'était pas encore en position. Le jour viendrait peut-être. En attendant, il devait continuer à collaborer avec celui qui posséderait bientôt plus de 20 % de Global.

— Alors tu nous quittes déjà, s'étonna André. Tu ne veux pas faire un petit tour sur la piste de danse ? Cela te détendrait un peu. Je te sens… stressé.

JED ne répondit pas à la provocation. Alors André continua.

— Dommage, mais nous nous reverrons bientôt pour l'enterrement de papa.

André ponctua sa phrase d'un gros rire bien gras. JED en avait assez entendu. Il claqua la porte.

Finies les petites habitudes, la une de *L'Équipe* avait agi comme un électrochoc. Après avoir acheté le journal, Matt était revenu presque comme un robot à Guillaume House. Il s'était installé dans un fauteuil de la salle de réception et avait lu les trois pages consacrées « au plus improbable des transferts ». Matt sentit que le journaliste qui avait rédigé l'article ne croyait pas lui-même à ce qu'il écrivait. Mais les faits étaient têtus ; Rowland avait bien signé au FC Achkhabad pour trois ans et une somme record estimée à 110 millions d'euros. Le journaliste ajoutait que le salaire annuel de Rowland serait proche des 12 millions. Mais le plus incroyable résidait dans les déclarations d'un dirigeant de ce club turkmène qui affirmait qu'il ne s'agissait que du début d'une grande campagne de recrutement. Le FC Achkhabad voulait devenir, dans les trois ans à venir, rien de moins que le plus grand club du monde… Surréaliste ! Le dirigeant expliquait qu'un stade flambant neuf et ultramoderne de 70 000 places avait été inauguré il y avait quelques semaines. Mais ce qui retint particulièrement l'attention de Matt, c'était l'annonce d'une inauguration, cette fois officielle, qui aurait lieu dans deux jours à l'occasion d'un match de bienfaisance pour les sinistrés du séisme. Cette rencontre opposerait l'équipe d'Achkhabad à une formation du reste du monde composée des plus grandes vedettes qui avaient mis entre parenthèses leur préparation en échange probablement de quelques compensations financières. Le président du club invitait les journalistes du monde entier à couvrir ce match de gala. Il promettait d'autres très grandes surprises. Matt n'avait plus qu'une idée en tête : être du voyage.

Matt préparait ses valises lorsqu'il reçut le coup de téléphone de JED. Il voulait l'informer de la nouvelle, pensant que *L'Équipe* ne parviendrait pas jusqu'à lui. Matt lui confirma qu'il était au courant. Les deux hommes évoquèrent les conséquences et surtout les causes de cet événement. Tout était aujourd'hui plus clair. JED occulta sa petite rencontre avec André Zeinoun, mais il prévint Matt qu'il était toujours en grand danger et qu'il fallait qu'il reste à l'abri. Matt l'informa à son tour de sa volonté de se rendre au Turkménistan. Pour la première fois, il avait senti dans la voix de son ami, presque de la panique. Celui-ci l'implora pendant de longues minutes de ne pas y aller et de rester encore planqué quelques semaines. Mais la décision de Matt était prise. Il avait sa carte de journaliste, il s'accréditerait et il serait dans deux jours à Achkhabad. JED ne put qu'obtenir de le rencontrer avant son départ. Le rendez-vous était pris pour le lendemain midi au Bristol. Matt prendrait l'avion pour Paris dès ce soir. Cela lui laissait le temps de faire ses adieux à ses amis.

C'est sans grand espoir de trouver quelqu'un que Matt se rendit pourtant à la ferme des O'Sullivan. Il était un peu moins de 15 heures. Paddy devait être à son entraînement et Fiona dans la lande. Pour la première fois depuis son arrivée, il pleuvait. Lorsque Matt engagea la BM dans la cour de la ferme, la buée dans la voiture ne lui permit pas de bien voir. Il n'avait pas réussi à maîtriser le subtil dosage de la climatisation manuelle. Les essuie-glaces fonctionnaient à fond pour dégager l'épais rideau de pluie qui s'abattait sur le pare-brise. Matt stoppa le moteur et descendit de la voiture. Il prit des trombes d'eau sur la tête avant de constater qu'aucun véhicule n'était garé dans le corps de ferme. Ce qui signifiait en clair qu'il n'y avait personne. Avant de rentrer se mettre au sec, Matt crut voir une lumière dans la maison d'habitation. Il décida d'aller voir. Il passa devant la bergerie et s'aperçut que les moutons étaient là. La violence de la pluie avait couvert leurs bêlements. Matt se rendit en courant jusqu'à la porte d'entrée et frappa trois petits coups. Il attendit quelques secondes, puis il toqua une nouvelle fois. Toujours pas de réponse. La lumière qu'il avait cru discerner était au premier étage. Il se dit qu'elle avait peut-être été oubliée. Il était prêt à repartir lorsqu'il entendit la voix de Fiona :

— Une minute, j'arrive.

Elle descendit les escaliers vêtue d'une simple serviette. Elle était splendide.

— Entre vite Matt, tu vas attraper la crève.

— Je suis désolé de te déranger.

— Pas de problème, je prenais juste un bain pour me relaxer, j'en profite, d'habitude à cette heure-ci, je sens le bouc.

— Tu ne sors pas les moutons aujourd'hui ?

— Pas de ce temps-là. Eux comme moi, nous sommes mieux à l'abri. Qu'est-ce qui t'amène ? Tu as perdu les clés de la salle de gym ?

— Pas du tout, j'étais venu vous annoncer quelque chose.

— Mmm... j'aime les hommes mystérieux, viens donc t'asseoir et raconte-moi tout.

Matt entra dans le salon. Contrairement à ce qu'il pensait, Fiona ne monta pas pour s'habiller mais prit place naturellement en face de lui. Matt avait une vue imprenable sur ses magnifiques jambes croisées. Elles étaient longues et fuselées. Ses cheveux frisés blond vénitien étaient tout mouillés. Le drap de bain avait bien du mal à contenir sa généreuse poitrine. Cette vision était vraiment très excitante. Il avait terriblement envie d'elle. Ce dont elle s'aperçut assez rapidement. Fiona avait, entre autres qualités, celle d'être perspicace et directe.

— Je me trompe ou je te fais de l'effet ?

Matt ne sut plus où se mettre. Il régressa à l'état d'adolescent. Au lieu de répondre par l'affirmative et de prendre les choses en main, il resta cloué, rougissant. Fiona se leva alors et lui lança négligemment sa serviette.

— Essuie-toi la tête ou tu vas être malade.

Totalement nue, elle s'assit sur ses genoux, prit son visage entre ses mains et l'embrassa langoureusement. Ses mains, sa langue, sa poitrine, tout était chaud. Matt n'en pouvait plus. Elle se retira alors pour lui faire face et le déshabilla méthodiquement. Matt était totalement décontenancé. D'habitude, c'était lui qui prenait les initiatives avec les femmes. Mais ce vieux relent de machisme ne résista pas longtemps aux mains expertes de Fiona. Très vite, il se retrouva, lui aussi, totalement nu. Fiona l'incita doucement à s'allonger sur le canapé puis entreprit de le chevaucher. Elle embrassa longuement son torse, puis son bas-ventre avant de prendre son sexe dans sa bouche. Sa langue faisait des merveilles et en même temps, elle fixait Matt droit dans les yeux. Il était au bord de l'explosion. Il reprit enfin l'initiative, se releva et l'attrapa au niveau des hanches. Ils étaient maintenant parfaitement face à face. Lentement, il s'introduisit en elle. Elle se cambra et rejeta sa tête en arrière en fermant les yeux. Puis leurs deux bassins commencèrent à bouger doucement à l'unisson. Les mains de Fiona se crispèrent sur les genoux de Matt, signe que le désir montait encore d'un cran. Il avait désormais la tête dans ses seins. Il les lécha passionnément. Elle accéléra le mouvement. Une fois encore, Matt se contenta de suivre. Les petits gloussements de plaisir se transformèrent en véritable râle. Fiona se redressa, s'accrocha au dossier du canapé qui menaçait de céder sous les coups des deux amants. Le plaisir déformait le visage de la jeune femme, puis soudain, elle cria. Matt se libéra, à son tour, quelques secondes plus tard.

Une demi-heure après avoir fait l'amour, les deux amants étaient encore enlacés. Aucun des deux n'avait parlé. Ils avaient juste échangé des regards complices qui en disaient long sur le plaisir qu'ils avaient pris. Ce fut elle qui rompit le silence avec l'espièglerie qui la caractérisait :

— Au fait, qu'est-ce que tu étais venu nous dire ?

— Que je devais partir.

— Alors il était temps que je prenne l'initiative.

Il était minuit et demi lorsque l'employé du garde-meubles fut tiré de son sommeil par les phares d'une vieille BMW qui se planta juste devant la barrière de sécurité à hauteur du boîtier électronique. Il scruta le conducteur. Il avait allumé le plafonnier et semblait chercher quelque chose. L'individu sortit de sa boîte à gants un morceau de papier, ouvrit la vitre de son véhicule et tapa le code d'entrée. Ce n'était visiblement pas un habitué. La barrière se leva. Cela faisait plus de trois ans que Gilles Demanges bossait chez Shurgard à Port-Marly et il n'avait jamais vu ce type. Il entra immédiatement dans la base de données de son ordinateur la plaque d'immatriculation de la BM. À sa grande surprise, il eut une réponse. Ce client s'appelait Matthieu Berger. Sa dernière visite remontait à quatre ans et il possédait au 2e étage un box de 20 m^{2}. Tout était en règle. La BM s'était entretemps garée sur les places réservées et Matt, après avoir entré le deuxième code qui permet d'accéder aux box, s'était engouffré dans le dédale du garde-meubles. Après tout, « le mec a l'air en règle » finit par se dire Demanges. Il était juste étonnant de conserver un box si longtemps sans pratiquement jamais y venir. Mais c'était son affaire et il sentait la douce torpeur l'envahir de nouveau.

Dans le monte-charge qui servait d'ascenseur, Matt se disait que finalement il avait eu raison de conserver cette petite pièce supplémentaire. Cela relevait plus de la négligence que d'une réelle volonté. Tous les deux mois, il était prélevé automatiquement de la somme de la location et il recevait également les codes renouvelés. Il avait eu un mal fou à retrouver le dernier. D'autant plus qu'il descendait juste de l'avion et que cela faisait presque trois semaines qu'il n'avait pas mis un pied dans son appartement de Rueil-Malmaison. Il avait craint un moment d'être reçu par un comité d'accueil. Puis cette idée lui parut absurde. Il n'était plus un danger pour ceux qui voulaient absolument récupérer les photos pour faire chanter le gamin. Ils avaient finalement eu ce qu'ils voulaient. Rowland avait signé et un suspect, qui s'était suicidé, avait été arrêté pour le meurtre de la prostituée. Tout le monde était content, la police comme les voyous. Terminé, fin de l'histoire ! Mais pas pour Matt. S'il voulait un jour revivre normalement, il devait comprendre pourquoi. Pourquoi des mafieux, qui avaient voulu l'éliminer, avaient évoqué sa Marie.

Le box n° 64 était situé tout au fond d'un long couloir tout près d'une fenêtre où l'on pouvait voir, même en ce début de nuit, la longue procession des voitures sur la Nationale 13. Matt sortit de sa poche la clé de son cadenas. Celle-ci non plus n'avait pas été facile à retrouver lors de son bref passage à son appartement. Il bascula vers le haut la lourde porte et fut simplement surpris que tout soit en l'état comme il l'avait laissé il y a quatre ans. « Espèce de crétin », se flagella-t-il. « Qu'est-ce que tu croyais ? » Quand il avait loué ce box pour la première fois, c'était pour y entasser son matériel professionnel et surtout ses dossiers. Il avait alors décidé de cesser son activité de grand reporter. Mais il n'avait pu se résoudre à jeter le fruit de tant de travail. Matt avait pris l'habitude de faire correspondre à chaque reportage une boîte en plastique transparente que l'on utilisait normalement pour ranger des chaussures ou les jouets des enfants. Il y mettait tous les éléments. Photos, documentation, papiers officiels, officieux. Tout ce qu'il avait consulté pour réaliser son article. Avec, au-dessus, le résultat final, à savoir les différentes publications où était parue son enquête. C'était, à l'époque, à la fois très précieux à ses yeux et très volumineux. Il avait donc trouvé plus pratique de mettre tout ce matériel dans un garde-meubles. C'était ça ou la benne à ordures. Les boîtes étaient là, au fond du box, bien calées contre le mur en parpaings. Il fit un décompte rapide. Elles y étaient toutes, simplement numérotées de 1 à 48. Matt prit la dernière. Elle était tout en haut d'une pile. Il regarda avec une certaine tendresse sa vieille table lumineuse où, au début de sa carrière, il se fusillait les yeux à scruter ses négatifs. Son cœur se serra lorsqu'il vit la coiffeuse qui avait appartenu à Marie. C'était l'un des seuls meubles qu'elle avait exigé de mettre dans l'appartement de Matt alors qu'ils ne vivaient toujours pas ensemble. Elle voulait pouvoir se maquiller, se pomponner tranquillement devant ce grand miroir sans qu'un odieux macho ne lui fasse de réflexions sur la longueur du temps passé dans la salle de bains. Ils étaient d'ailleurs convenus que dans leur future maison, il y aurait au moins trois pièces d'eau. Matt ouvrit délicatement l'un des petits tiroirs. Un collier de perles et une paire de boucles d'oreilles en argent y étaient restés. C'était à peu près les derniers souvenirs matériels qu'il possédait de Marie. Lorsqu'elle était décédée, c'étaient ses parents et ses frères qui avaient vidé son trois-pièces. Comme ils ne portaient pas spécialement Matt dans leur cœur, ils n'avaient pas eu l'idée de lui demander s'il voulait récupérer quelque chose d'elle. Lui n'avait rien réclamé.

Il était une heure du matin lorsque Matt sortit de chez Shurgard. Il avait fourré la boîte en plastique n° 48 dans son coffre. Alors qu'il devait prendre l'avion demain pour Achkhabad, il avait décidé de s'imprégner de nouveau des étranges traditions turkmènes.

Même s'il y avait de la place dans sa rue, Matt prit la peine de rentrer la BM dans le garage. Il était content de retrouver la vieille complice de ses années d'errance dans un parfait état comme Jean-Eudes lui avait promis avant son départ. C'était con, mais il était attaché à cette voiture. Il avait passé des heures à l'intérieur à planquer, ruminer sa rancœur, manger, boire et même dormir lorsqu'il était trop saoul pour rentrer. En revenant d'Irlande, elle l'attendait, garée devant sa porte comme une amie fidèle. Lorsqu'il avait voulu aller chercher les clés, il s'était aperçu de la difficulté désormais pour entrer dans sa propre maison. Après l'effraction et la tentative d'assassinat, pendant qu'il était à l'hôpital, Makkal avait transformé le duplex en un véritable coffre-fort. L'antique porte d'entrée en bois avait laissé la place à un grand bloc blindé Fichet avec une serrure en trois points. La clé devait bien peser 500 grammes. Une fois dans la maison, Matt avait dû se précipiter sur le clavier mural et entrer le code que lui avait fourni Makkal afin de désactiver l'alarme reliée au détecteur d'ouverture et aux trois détecteurs de mouvements. Dernière manœuvre, Matt devait badger, comme dans les entreprises ultra-sécurisées, pour que l'ordinateur central soit réellement certain de son identité. Il ne manquait plus que le scanner à reconnaissance rétinienne. Plus question de revenir bourré à la maison, s'était-il dit. Encombré de sa boîte en plastique et en plein milieu de la nuit, Matt trouva cette opération encore plus fastidieuse. Enfin chez lui et normalement à l'abri, il prit le temps de grignoter une barre énergétique et de boire de l'eau pétillante. Puis il monta à l'étage, se saisit d'un stylo et d'un bloc de papier et s'installa en tailleur sur son lit où il déversa l'intégralité du contenu de la boîte n° 48. La nuit promettait d'être longue. Matt examina d'abord les photos, les documents, les coupures de presse qu'il avait réunis avant son départ pour le Turkménistan. Comme pour chaque reportage dans un pays inconnu, il avait recueilli un maximum d'informations sur la géographie, l'histoire et les dirigeants locaux. Ceux-là mêmes qui imposaient une vague de répression massive envers l'embryon d'opposition qui subsistait encore. C'était l'objet de l'enquête de Matt. L'angle était simple. Comment vivaient les Turkmènes sous un régime dictatorial rendu encore plus paranoïaque par une pseudo-tentative d'assassinat sur « le grand guide », Niyazov. La réalité de cet attentat n'était pas au centre des préoccupations de Matt. Il devait en priorité témoigner de la dureté de la vie des habitants dans un pays pourtant si riche en matières premières. C'est pour cela qu'il avait prévu un périple à travers tout le pays en commençant par le Sud puisque c'était par l'Iran frontalier qu'il s'infiltrerait clandestinement. Le grand hebdomadaire qui lui avait commandé ce reportage avait été sensibilisé quelques semaines auparavant, via une tripotée d'intermédiaires, par un Turkmène qui se considérait comme un résistant au régime de Niyazov. Cet homme serait son guide sur place. Au fur et à mesure qu'il replongeait dans ses documents, Matt noircissait son carnet. Il relut avec attention le projet d'article qu'il avait griffonné dans l'avion de retour. Article qui ne verrait finalement jamais le jour. Anéanti par la mort de Marie, Matt avait été incapable de toucher un ordinateur pendant plus de six mois. Il avait refusé également de fournir les photos qu'il avait prises. Il regarda les clichés de son périple un à un. Il tomba également sur une cassette vidéo qu'il avait récupérée au journal avant de partir. Les rédactions du monde entier avaient reçu ces images spectaculaires où l'on pouvait visionner étape par étape le déroulement de l'attentat sur Niyazov. Matt conservait dans sa chambre un vieux combi télémagnétoscope. Il se leva, alluma l'écran et introduit la cassette. L'image n'était pas très bonne. En revanche, la mise en scène était digne d'une superproduction hollywoodienne. Matt estima qu'il y avait au moins, sur place, dix caméras fixes plus trois mobiles. On y voyait une parade militaire organisée pour fêter l'anniversaire de Niyazov qui correspondait aussi à la fête nationale. Un défilé somme toute classique de soldats qui saluaient respectueusement le grand chef d'État, entouré de sa famille et de ses généraux confortablement installés dans une tribune. Jusqu'à ce que, dans le troisième bloc de militaires, une dizaine d'entre eux se détachent des rangs, fusils mitrailleurs à la main, et canardent en direction des officiels.

Les caméramen avaient pris l'action sous tous les angles. Ils n'avaient même pas tremblé ni cherché à se protéger lorsque les premiers coups de feu avaient retenti. Il y avait tout. Les gros plans sur les assaillants, le traveling sur le mouvement de foule, jusqu'au zoom sur le président qui, courageusement, s'était jeté sur ses deux petits-fils pour les protéger des projectiles. L'arrestation des terroristes par le reste des troupes et la garde rapprochée du président, sans aucun coup de feu, était également très spectaculaire. Le plan de fin nous livrait le portrait d'un Niyazov, souriant, rassurant le peuple sur sa santé, avec dans ses bras les deux bambins à qui il venait de sauver la vie. Une image contrastant avec le visage haineux et défait des insurgés maîtrisés et menottés. Matt regardait ce film, qu'il avait déjà vu, d'un œil distrait jusqu'à ce qu'il aperçoive le visage d'un des rebelles arrêtés. Il saisit la télécommande et fit un arrêt sur image. Il bondit du lit, descendit les escaliers quatre à quatre et fouilla dans la doublure de son blouson pour en retirer une carte mémoire d'appareil-photo. Il s'agissait des fameux clichés qui avaient failli lui coûter la vie. Même s'ils n'avaient plus aujourd'hui une véritable importance, Matt pensait, depuis le début, qu'ils ne seraient jamais mieux en sécurité que sur lui. Il alla chercher l'un de ses appareils-photos rangé dans le placard de son bureau puis revint sur le lit. Il introduisit la carte dans l'appareil et fit défiler les photos de la fameuse soirée chez Rowland. Il fit un zoom sur l'une d'elles où apparaissait l'un des gardes-chiourmes qui accompagnaient les prostituées, celui-là même qui avait été inculpé pour le meurtre de la jeune fille et qui s'était suicidé en prison. Il était petit, très trapu, hirsute et portait une barbe en collier très reconnaissable. Il compara les deux images fixes. Malgré toutes ces années, il n'avait pas beaucoup changé.

Dimanche 17 juillet

Matt avait gambergé le reste de la nuit sur ce qu'il venait de découvrir. Il ne parvenait pas encore à donner une signification précise à ce qu'il avait vu. Sa seule certitude, c'était que cette tentative d'assassinat sur Niyazov était bidon et qu'il s'agissait bien d'une mise en scène. Le type à la barbe était un simple figurant. À l'époque et malgré les images, des doutes, au sein de la communauté internationale, avaient déjà été émis. Cela ne l'avait pas empêchée de fermer les yeux sur la terrible répression qui s'était ensuivie. Matt était sur le point de fermer sa valise lorsque son téléphone portable sonna.

— Matt Berger, j'écoute.

— C'est JED.

— Tu me saoules avec tes numéros masqués, avec moi tu pourrais au moins t'annoncer.

— Tu as raison. Ouvre-moi. Je suis en bas de chez toi et je n'ose pas frapper de peur de déclencher tes alarmes.

— Attends un peu, nous ne devions pas nous rencontrer dans deux heures au Bristol ?

— Effectivement, mais je viens juste de régler une affaire, je passais dans le coin et je me suis dit que nous pourrions avoir notre discussion chez toi.

— Je crois que tu ne me laisses pas vraiment le choix. Ne bouge pas, je viens t'ouvrir la porte du bunker.

Matt descendit les escaliers et actionna en même temps les trois verrous avec sa clé et eut le plus grand mal à tirer la lourde porte. JED était posté juste derrière. Son chauffeur stationnait quelques mètres plus loin sur une place livraison.

— Dis donc, il n'y a pas été de main morte notre ami Makkal, s'étonna JED en entrant dans la maison.

— Tu connais son sens de la mesure.

— Tu as des nouvelles de lui ?

— Pas depuis qu'il m'a planté en Irlande.

— J'ai entendu dire qu'il était sur une mission de protection d'une haute personnalité en Colombie.

— Entendu dire. Ça signifie que tu l'as eu au téléphone. Il est si fâché que ça pour ne pas me répondre.

— Ça lui passera.

Les deux amis pénétrèrent dans le salon. Matt invita JED à s'asseoir dans le canapé.

— Il est 11 heures, que puis-je t'offrir ? Un café, une boisson forte ?

— Un expresso, ce sera parfait.

Matt se dirigea vers la cuisine, se saisit d'une dosette de couleur noir et l'inséra dans sa machine à café Krups. Quelques secondes après, le café court mousseux était entre les mains de JED.

— Et toi, tu ne prends rien ? demanda Jean-Eudes.

— Non, plus de caféine, ce n'est pas très bon pour mes nerfs.

— Même pas un petit scotch pour m'accompagner ?

— Dis donc, tu m'as bien vu ? Tu n'as rien remarqué ?

— Non, je ne vois pas.

— J'ai perdu 5 kilos en 15 jours et j'ai quand même bien meilleure mine que la dernière fois que tu m'as vu.

— Je te taquine. Bien sûr que tu es resplendissant. J'ai même failli ne pas te reconnaître lorsque tu as ouvert la porte. Ta nouvelle hygiène de vie te réussit parfaitement. Je voulais juste tester ta motivation.

— Comme d'habitude, tu te prends pour ma mère !

— Je l'avoue et si elle était encore de ce monde, elle te dirait combien c'est ridicule d'entreprendre ce voyage au Turkménistan.

— Ah, nous y voilà.

— Effectivement, je suis là pour te dissuader de faire cette bêtise monumentale.

— Pourquoi ? Je vais juste faire mon job en couvrant un match de football.

— À ce propos, tu es bien sûr d'être accrédité pour ce voyage ?

— J'ai passé un petit coup de fil à l'un de mes derniers amis au Syndicat des journalistes. Coup de chance, c'est lui qui s'occupait des accréditations pour la France. Même si j'étais hors délai, il m'a trouvé une petite place dans l'avion affrété spécialement par le gouvernement turkmène. Tu te rends compte que nous serons plus de 150 journalistes français. Et les Turkmènes ont prévu la même opération dans dix autres pays. On sera presque autant de journalistes que pour une Coupe du Monde. La signature de Rowland a vraiment fait l'effet d'une bombe dans le milieu. Tout le monde veut avoir des images du gamin sous ses nouvelles couleurs que personne ne connaît d'ailleurs.

— Arrête un peu ton cinéma Matt, toi et moi nous savons pourquoi tu veux te rendre là-bas. C'est une erreur, tu ne reviendras pas avec les réponses que tu attends. Tu ne reviendras peut-être même pas du tout. Ces gens qui en avaient après toi, ceux qui n'ont pas hésité à tuer au moins trois personnes, ce sont des Turkmènes, et tout cela pour obtenir la signature de Rowland.

— C'est possible, mais désormais ils n'ont plus aucune raison d'avoir peur de moi. Je ne constitue plus un danger pour eux.

— En es-tu si sûr ?

— Oui, à moins qu'il y ait autre chose que je ne sache pas ?

Matt, qui rangeait la cuisine tout en discutant, s'arrêta pour la première fois et lança un regard interrogateur à son ami. JED n'avait jamais eu beaucoup de secrets pour son meilleur ami, mais il ne pouvait pas lui dire que le fils Zeinoun était impliqué dans cette affaire et que ce taré serait capable de le tuer juste par plaisir. S'il le savait, Matt ferait tout pour avoir la peau d'André Zeinoun. Ce serait dangereux pour lui et pour la société que JED allait bientôt présider.

— Tu ne peux pas simplement laisser tomber. L'affaire est bouclée. Rowland a signé et malheureusement il y a eu des victimes collatérales. Nous ne pouvons plus rien y faire. Le coupable a été arrêté et il s'est châtié lui-même en se suicidant.

— C'est bien que tu en parles. Figure-toi qu'hier soir, je n'arrivais pas trop à dormir et j'ai remis le nez dans mes anciennes archives concernant le Turkménistan. Devine un peu qui j'ai vu sur une superbe vidéo de la tentative d'assassinat de Niyazov ? Notre ami le suicidé. Tu vois ce que cela implique ?

— Simplement que ce mec travaillait pour les Turkmènes, mais ce n'est plus un scoop.

— Et aussi qu'au passage la prétendue tentative d'assassinat de Niyazov, c'était du pipeau, une mise en scène.

— Et alors ? En quoi cela te concerne-t-il ? C'est une affaire vieille de plus de huit ans. Depuis, Niyazov est mort. Tu veux ressortir un scoop éculé dont tout le monde se doutait. S'il y avait un certain intérêt à l'époque pour les Turkmènes de le cacher, aujourd'hui, il y a prescription.

— Peut-être, mais ils ont l'air d'avoir conservé leurs mauvaises manières.

— Effectivement, mais je te le redemande à nouveau, qu'est-ce que cela a à voir avec toi ? Tu as envie de reprendre ta carrière de grand reporter ? Si c'est le cas, j'en serai ravi. Mais tu sais les sujets intéressants ne manquent pas. Le Turkménistan, c'est du passé.

— Ils ont tout de même essayé de me sécher ces enfoirés, s'emporta Matt.

— Ils t'ont raté et aujourd'hui, c'est terminé. Ne me dis pas que tu vas là-bas pour faire ta vendetta personnelle, seul contre tout un régime ? C'est ridicule.

C'est vrai que vu de cette façon, ça l'était. Matt aurait d'ailleurs lâché l'affaire si le nom de Marie n'avait pas été évoqué. Cela changeait tout. Il n'avait pas simplement failli être une victime dans une histoire qui ne le concernait pas. Il y avait autre chose là-dessous et ça avait un rapport avec l'enquête qu'il avait menée au Turkménistan à l'époque. Il en était aujourd'hui persuadé. La mort de Marie n'était peut-être pas un accident et il se pouvait que ce soit lui qui l'ait involontairement provoquée. Et cette hypothèse, il ne pouvait pas vivre avec en l'occultant simplement. Il devait savoir, et c'était là-bas qu'il trouverait les réponses. Mais tout cela il ne pouvait pas le dire à JED. Il le dissuaderait encore plus de partir. Il y avait bien réfléchi, c'était à lui et à lui seul de solder cette affaire.

— Et si finalement, ils en voulaient encore à ma peau ? se défila Matt.

Il savait que cet argument n'aurait aucun poids pour JED, mais il devait donner le change.

— Crois-moi, ces gars ont eu ce qu'ils voulaient et tu es devenu le cadet de leurs soucis. Et même s'ils désiraient encore t'éliminer, à quoi cela te servirait-il de te jeter dans la gueule du loup ? C'est là où je ne te comprends pas.

Matt garda le silence. Il n'avait rien à répondre à cela. Simplement, il s'assit près de son ami et lui dit droit dans les yeux.

— Laisse tomber, tu ne parviendras pas à me convaincre. En revanche, tu peux faciliter mon voyage. Je pars en fin de journée et d'ici là j'ai besoin de retrouver quelqu'un qui pourrait m'aider sur place. Je suis incapable de le joindre en si peu de temps. Tu peux peut-être m'aider. Matt glissa un papier avec un nom dans la poche de la veste de son ami. Préviens-moi si tu as quelque chose avant que je parte.

JED était réellement abattu. Il savait qu'il n'y avait plus rien à faire. Une fois là-bas, il ne pourrait pas non plus le protéger. L'idée de perdre son ami lui était insupportable. Mais il n'y pouvait strictement rien, sinon le kidnapper et l'empêcher d'y aller. Il savait parfaitement qu'il ne lui pardonnerait jamais s'il faisait cela. JED tenta pourtant un baroud d'honneur.

— Pars au moins avec Makkal, il pourra t'être utile sur place.

— Je ne vais tout de même pas appeler ce bon vieux Makkal chaque fois que j'ai des problèmes. En plus, il est injoignable depuis plus de trois jours. Je crois qu'il fait la gueule. Notre cohabitation en Irlande a un peu tourné en eau de boudin.

— Tu veux que je tente de le joindre ?

— Arrête, j'irai seul.

JED s'approcha alors de Matt et le prit dans ses bras.

— Je t'en conjure, fais très attention à toi.

— Ne t'inquiète pas, j'ai largué mes pulsions suicidaires entre une morgue d'hôpital et une colline du Connemara. Je dois y aller, mais j'ai aussi très envie d'en revenir.

JED consulta sa montre.

— Je dois te laisser maintenant si je veux pouvoir avoir les renseignements que tu recherches. Je te téléphone si j'ai du nouveau.

Matt raccompagna son ami jusque sur le pas de la porte. À son tour, il lui donna une accolade.

— Merci pour tout, vieux.

Il regarda JED regagner sa voiture avec une pointe de culpabilité de ne pas lui avoir tout dit. De l'autre côté de la rue, Jean-Eudes ressentait exactement la même chose.

Plus de 120 journalistes s'entassaient dans la zone d'embarquement du terminal 1 de l'aéroport Roissy Charles-de-Gaulle. L'intérêt des médias pour cette petite escapade au Turkménistan allait bien au-delà des simples journaux, télés ou radios spécialisés. Les généralistes étaient également du voyage. Matt avait reconnu des gars du *Monde* et de *Libération*. Ceux du *Figaro* et même des *Échos* ne devaient pas être très loin. C'était pareil pour les hebdos. *Le Nouvel Obs*, *L'Express*, *Le Point*, *Marianne*, ils étaient tous sur le pont. Il s'agissait d'une chance unique pour la presse de rentrer dans un pays habituellement inaccessible légalement aux médias occidentaux. Le match de charité qui opposerait, demain soir, l'équipe d'Achkhabad à une sélection du reste du monde n'avait pour eux aucun intérêt. Ce qui n'était pas le cas des publications sportives. La signature de Rowland dans le club de la capitale avait retenti comme un coup de tonnerre. Et le président du club annonçait encore bien d'autres surprises. Il se murmurait dans les milieux bien informés que d'autres joueurs de renom annonceraient à cette occasion leur engagement pour le club turkmène. Tout était sujet à supputations puisque presque tous les meilleurs footballeurs de la planète avaient répondu à l'invitation pour intégrer l'équipe du reste du monde. Étonnant qu'en plein mois de juillet, les stars du ballon rond se soient rendues si disponibles. Officiellement, c'était parce qu'ils avaient été particulièrement touchés par la catastrophe naturelle qui avait fait plus de 3 000 morts dans le nord du pays. Officieusement, ces messieurs, leurs agents et leurs clubs avaient reçu une jolie petite enveloppe de la part du gouvernement turkmène pour interrompre, pendant quarante-huit heures, leur préparation d'avant-saison. Après tout, lorsqu'on ne gagne en moyenne que 6 à 7 millions d'euros par an, 200 000 de plus pour deux jours, on ne crache pas dessus. L'opération de communication de la Fédération turkmène de football était pour l'instant un sans faute. Elle allait réussir à attirer à Achkhabad le gratin du foot international plus les autres qui pourraient témoigner du nouveau visage de ce riche pays d'Asie centrale qui s'ouvrait désormais au monde. On ne parlerait plus du Turkménistan pour mettre en exergue son pouvoir despotique et aveugle, mais pour louer les performances de sa fantastique équipe de football. En un sens, la mort de Niyazov, décédé d'une crise cardiaque, avait constitué une aubaine pour ses successeurs. Tant qu'il avait été à la tête de ce pays, sa mégalomanie maladive en faisait la risée du reste de la planète. Délestés du poids du grand prophète, les nouveaux hommes forts du Turkménistan pouvaient engager leur pays sur la voix de la normalisation et le crier au monde entier. Et quel meilleur moyen pour y parvenir que de se fabriquer une équipe hors norme dans le sport planétaire par excellence et le plus populaire ? Matt savait pourtant que pour arriver à leurs fins, les Turkmènes ne s'étaient pas embarrassés de principes.

La petite sonnerie indiquant l'arrivée d'un SMS retentit sur le portable de Matt. Il s'agissait d'un message de JED. Matt sourit à sa lecture. Comme à son habitude, son ami avait été d'une rare efficacité. Il archiva le SMS. Le téléphone dans la main, Matt hésita. Depuis son retour en France, il pensait beaucoup à Fiona. Il s'en voulait de se laisser parasiter par ce sentiment de manque, alors même qu'il devrait être uniquement concentré sur ce voyage vital au Turkménistan. Pourtant, il ne parvenait pas à oublier ces instants de complicité qu'ils avaient partagés, où il s'était livré comme jamais depuis la mort de Marie. Leur courte étreinte restait également gravée. Cette fille l'avait totalement déstabilisé. Tour à tour dominante, puis craintive, presque peureuse, elle se transformait en tigresse. Lui, qui n'avait jamais été qu'un bloc, était fasciné par les multiples facettes de cette bergère-médecin, qui passait de l'euphorie au spleen en quelques minutes. Matt n'avait jamais fait les choses à moitié. Solide, sérieux et intrépide, voilà comment ses proches le définissaient avant le décès de Marie. Il avait rarement laissé la place au doute, à la réflexion et à la passivité. Le drame l'avait totalement anéanti. Et c'est une fois encore sans nuances qu'il avait tenté de survivre. La noirceur, le cynisme, l'autodestruction et la trouille s'étaient emparés de lui. Il s'était souvent posé la question. Lui, si radical dans ses choix, ses sentiments et ses attitudes, pourquoi n'avait-il jamais songé un instant au suicide ? Les rares proches qui lui restaient à ce moment-là, s'attendaient à cette issue fatale. Il le lisait dans leurs yeux. Et cela l'agaçait profondément. Ces gens-là n'avaient tout simplement pas compris qui il était réellement. Matt avait donc tout naturellement fait le ménage autour de lui. Une seule personne était restée proche de lui parce que lui savait qu'il ne commettrait jamais l'irréparable. JED avait encore une fois tout compris comme s'il lisait en lui. Matt était donc persuadé que son ami, l'espace d'une heure d'entretien à son domicile, avait capté son nouvel état d'esprit. Pour la première fois de sa vie, Matt n'était ni d'un côté ni de l'autre ; il était sur la tranche. JED l'avait saisi et ne l'avait pas bousculé pour ne pas le faire basculer.

Les hôtesses et les stewards de Turkménistan Airlines passèrent dans les rangs pour indiquer aux journalistes que l'embarquement dans l'Airbus A330, spécialement affrété, allait débuter. Matt fut pris par surprise. Il décrocha son téléphone à la hâte et composa le numéro de Fiona. Elle était sur répondeur. Il lui laissa un message impersonnel. Il lui restait un dernier coup de fil à passer, peut-être le plus important car il pourrait lui sauver la vie.

Les trois premières heures du Paris-Achkhabad semblèrent durer une éternité. Matt avait pris place au fond de l'avion et il dut supporter le spectacle du microcosme journalistique français. Ça s'esclaffait, ça se tapait sur l'épaule, ça s'interpellait, ça s'envoyait des clins d'œil, ça murmurait des secrets qu'il ne fallait absolument pas ébruiter, même si l'on veillait surtout à ce que cette posture de conspirateur soit bien vue de tous. On avait l'information que les autres n'avaient pas. Du moins on faisait semblant. L'avion était clairement divisé en deux. Les sportifs d'un côté et les généralistes de l'autre. Les deux s'ignoraient et se méprisaient. Le journalisme sportif était considéré comme une sous-catégorie ; c'était d'ailleurs en partie pour cette raison que Matt, dans cette grande estime qu'il avait pour lui, avait pris ce créneau après l'accident. Les mecs des publications sportives arboraient pour la plupart des looks de baroudeurs. Barbe de trois jours, treillis militaire et toujours quelque chose sur la tête : casquette, bonnet marin, faux Stetson ou même béret. Ils donnaient l'impression de partir sur le front d'une guerre implacable alors qu'ils ne s'apprêtaient qu'à poser leur cul sur les gradins d'un stade ou au pire sur un trépied au bord d'un terrain. Mais le fait d'aller dans un pays inconnu les excitait au plus haut point. Même les généralistes, pourtant d'habitude si stoïques et calmes, s'agitaient comme des gosses. Les rédactions avaient envoyé leurs meilleurs spécialistes de politique internationale. Tout ce joli petit monde avait pris place pour un joyeux voyage organisé direction Achkhabad, en compagnie de GO turkmènes qui leur montreraient combien la capitale est jolie, la population accueillante et le club de football ambitieux. Ces Gentils Organisateurs seraient chargés également de surveiller qu'aucun journaliste n'ait la mauvaise idée de dépasser les frontières de la ville. Ils veilleraient à ce qu'ils ne ramènent que de belles images, ce serait déjà pas si mal. L'Airbus n'était pas rempli et Matt avait eu la chance de n'avoir personne à côté de lui. Il ne se sentait pas de faire la conversation même s'il s'était employé à ne pas paraître aussi hostile que d'habitude. Il avait même gratifié trois ou quatre photographes d'un sourire et d'un bonjour. Ils n'en étaient toujours pas revenus.

Lundi 18 juillet

Le reste du voyage fut plus calme. Les grands reporters en herbe s'endormirent les uns après les autres. Il y avait au total dix heures de vol direct pour Achkhabad, une exception puisque les lignes régulières faisaient, pour la plupart, escale à Istanbul. En comptant les trois heures de décalage horaire, il était 10 heures du matin, heure locale, lorsque le pilote amorça la descente sur Achkhabad. Le nez au hublot, Matt avait roupillé deux petites heures à peine. Lors de son premier passage au Turkménistan, il n'avait pas eu le loisir de voir la capitale vue du ciel. Achkhabad apparaissait comme un petit oasis coincé entre le vaste désert de Karakoum et les montagnes du Kopet-Dag. La ville était assez récente puisqu'elle avait été construite en 1818, mais surtout reconstruite presque intégralement après le terrible tremblement de terre de 1948 qui avait fait près de 100 000 victimes. Matt distingua très nettement ce qui faisait aujourd'hui la particularité de cette ville : de grandes constructions – musées, palais, ministères, mosquées – devant lesquelles s'étendaient de gigantesques esplanades agrémentées de jets d'eau majestueux ou de monuments retraçant l'histoire du pays. Il y en avait tellement de ces monuments qu'Izzat lui avait raconté que les locaux les appelaient non pas par leur nom mais par des numéros représentant le nombre de pattes du monument. Ainsi, le plus important d'entre eux, l'Arche de la neutralité, qui était surmonté de la statue en or de Niazov, était surnommé le trois pattes. Le record étant celui à 40 pattes, constitué à sa base par un char tiré par 10 chevaux. Malgré l'acharnement des gouvernements successifs à vouloir moderniser le Turkménistan, Matt en conservait le souvenir d'un pays imprégné de spiritualité et de traditions.

Trois bus de 60 places attendaient le cortège directement sur le tarmac. Les journalistes auraient la chance d'échapper aux interminables files d'attente et aux innombrables vérifications nécessaires pour entrer dans le pays. Ils étaient des hôtes privilégiés. Le transfert entre l'aéroport et l'hôtel ne prit qu'un gros quart d'heure. Les bus s'engagèrent dans les vastes artères bordées de grands bâtiments de marbre blanc pas toujours du meilleur goût. Ce qui n'avait pas changé à Achkhabad remarqua Matt, c'était l'omniprésence, à chaque carrefour, à chaque rond-point, de policiers en uniforme. Ils se faisaient d'autant plus remarquer, qu'à plus de 10 heures du matin, les rues étaient presque vides. Les photos, les portraits et les sculptures du grand Turkmenbachi, Niyazov, « le père de tous les Turkmènes », étaient toujours à chaque coin de rue.

Mais ils commençaient à être concurrencés par ceux de Gourbangouly Berdymoukhamedov, le nouveau chef de l'État qui installait peu à peu sa marque et son style. Il prônait l'ouverture, et l'opération de séduction envers les médias occidentaux en était la preuve. Tous les hôtels dignes de ce nom avaient été réquisitionnés pour l'événement. Les Français logeraient pour leur part au Sheraton Grand Turkmen Hôtel. Son principal atout était qu'il était situé en plein centre-ville, à côté du musée du tapis, la grande spécialité du pays avec le gaz, en face du marché russe et à proximité de l'Arche de la neutralité.

Cette neutralité si chère aux Turkmènes dont le statut avait été entériné par une résolution de l'ONU en 1995. C'était pour le pays un autre gage de stabilité face aux géants russes et iraniens qui l'encadraient.

Le Sheraton Grand Turkmen Hôtel était a priori doté des services standard que pouvait proposer un établissement qui accueillait en majorité des hommes d'affaires. Des ordinateurs flambant neufs avec un accès à l'internet illimité, des fax, des photocopieuses, des scanners, voilà pour le côté business. Au rayon détente, il y avait la piscine, le sauna, la salle de gym, le casino et les prostituées au bar. Elles étaient déjà en poste en fin de matinée. Elles avaient dû être averties de l'arrivée de la délégation. Matt, pour sa part, se fit remettre le plus rapidement possible les clés de sa chambre. Il voulait faire une petite sieste avant d'assister en fin d'après-midi à la première conférence de presse. Sa chambre était située au troisième étage. Elle était standard avec un lit double confortable, une moquette vert pâle, des murs blancs, un mini-bar rempli et une climatisation poussée à fond. Matt n'aimait pas cela, mais à ce moment de l'année, la température moyenne à Achkhabad était de 35 degrés, une fournaise. Il ouvrit tout de même la grande porte vitrée et sortit sur le vaste balcon qui offrait une vue imprenable sur l'Arche de la neutralité. Il faisait déjà très chaud. Matt fit un bond en arrière de huit années. De clandestin, à l'époque, il était passé aujourd'hui à VIP. Au lieu de se geler (c'était au mois de novembre, la température était proche de zéro, dans une baraque de bric et de broc qui n'avait même pas le gaz, un comble dans ce pays), il était aujourd'hui confortablement installé dans ce qui pouvait être assimilé ici à un palace. Et pourtant, il était aujourd'hui bien plus mal à l'aise, tout simplement parce qu'il ne savait pas s'il allait sortir vivant de ce pays.

L'alarme du téléphone tira Matt de son sommeil. Avant de s'allonger, il avait plongé la pièce dans l'obscurité. Il tâtonna pour trouver son portable sur la table de nuit. Il éteignit la sonnerie qu'il avait programmée à 16 heures. La conférence de presse à l'Olympique Stadium était prévue à 18 heures. Les guides turkmènes leur avaient signalé qu'il était obligatoire qu'ils s'y rendent en groupe, avec les cars et non pas par leurs propres moyens. En passant outre cette consigne, le réfractaire se verrait interdire l'accès du stade. Il restait donc à Matt une heure et demie pour prendre une bonne douche et se restaurer. Son ventre commençait à gargouiller et les infâmes sandwiches ingurgités, la veille au soir, dans l'avion n'étaient plus qu'un mauvais souvenir. Matt sauta du lit ; sa petite sieste réparatrice lui avait fait beaucoup de bien. Il entrouvrit à peine les volets, histoire de conserver de la fraîcheur, et baissa le volume de la climatisation. Il ne prit même pas la peine de vider le maigre contenu de son sac qu'il avait emmené. Il fouilla à l'intérieur et en ressortit une chemisette blanche siglée d'une virgule et un pantalon léger noir de la même marque. Il posa les vêtements sur le lit, retira son caleçon et alla prendre une douche. Un quart d'heure plus tard, la carte magnétique en main, il était prêt à descendre à la réception.

Le Sheraton disposait d'une sorte de petite galerie marchande avec notamment des boutiques de prêt-à-porter, de tapis, de parfums et un comptoir de compagnie aérienne. Matt s'arrêta devant la carte d'une brasserie. Pas de nourriture locale au menu, mais des hamburgers, des hot-dogs, du poulet, des frites, des œufs. C'était tout à fait ce qu'il recherchait. Même si les brochettes d'agneau et les petits pâtés farcis de poivrons rouges et d'oignons lui avaient laissé plutôt un bon souvenir. Avant d'entrer, il jeta machinalement un coup d'œil sur sa droite en direction de la réception qui était partiellement cachée par une fontaine. Il entrevit cependant le profil d'un homme qui semblait converser avec le concierge. À cette heure-ci, le hall était pratiquement vide. Il avait déjà partagé l'ascenseur avec ce type lorsqu'il était arrivé au Sheraton. Il était de taille moyenne, portait une barbe bien taillée et des cheveux courts très bruns. Bref un physique assez ordinaire dans cette région du monde. Matt remarqua toutefois la forme de ses yeux. Ils n'étaient pas légèrement bridés comme le sont ceux de la plupart des gens du pays. Mais il y avait tellement d'ethnies au Turkménistan que finalement cela ne signifiait pas grand-chose. Sauf que ce n'était pas un hasard si cet homme était une nouvelle fois dans les parages. Dans le meilleur des cas, il s'agissait de son garde-chiourme personnel que les organisateurs lui avaient attribué afin de s'assurer qu'il restait bien dans les clous. Au pire, c'était le comité d'accueil qu'il redoutait tant. Dans les deux cas, une chose était sûre : sa chambre était mise sous surveillance. Dans le bus les menant à l'hôtel, des journalistes avaient évoqué cette possibilité. Beaucoup fantasmaient à cette idée. Ils en frissonnaient d'avance. Matt s'installa à une table près de la vitre de façon à ce qu'il puisse voir le va-et-vient dans la galerie. Il commanda une bière locale, la Berke, une assiette de frites et un hamburger. Il engloutit le tout en un peu moins de dix minutes devant le regard endormi d'un serveur habillé à la française avec pantalon noir, chemise blanche et gilet sombre. Il lui régla la note en dollars et sortit de l'établissement. Il hésita l'espace d'une seconde. À l'autre bout de la galerie marchande se trouvait le casino. Pas très raisonnable et en plein milieu d'après-midi, il n'y avait certainement pas grand monde. Les journalistes français devaient tous encore dormir profondément pour récupérer de leur voyage. Il aurait bien le temps de les plumer ce soir. Il reprit donc la direction du hall. Son garde du corps avait disparu. Il passa devant la fontaine et au lieu de se diriger vers sa chambre, bifurqua en direction de la sortie. Il fut immédiatement interpellé par le concierge.

— Monsieur, s'il vous plaît, puis-je vous demander ce que vous cherchez ?

— Rien de particulier, je vais juste faire une petite balade.

— Vous faites partie, je suppose, de la délégation des journalistes français ?

— C'est possible.

— Vous devez donc savoir que le car pour le stade ne va pas tarder à partir.

Matt consulta sa montre.

— Dans quarante-huit minutes et vingt-cinq secondes s'il est ponctuel, répondit Matt.

— C'est exact, fit le concierge un peu désarçonné.

— Dans ce cas, il me reste trois quarts d'heure pour visiter votre charmante ville. À tout à l'heure.

Et sans ajouter un mot, Matt prit la porte tambour. Il jeta un œil dans la glace pour constater que son interlocuteur avait déjà décroché son téléphone.

Il n'avait pas eu l'occasion de le vérifier la première fois, mais Izzat lui avait dit que c'était en périphérie de la ville et notamment au bazar de Tolkuchka qu'il pourrait prendre le pouls d'une population qui désertait les grandes artères. Pour s'y rendre, Matt devait donc prendre un taxi et enfreindre les recommandations de l'organisation. Cela lui était égal, c'était l'un des seuls créneaux dont il pourrait disposer pour échapper à la surveillance. Il avait pris de court le concierge, il devait pousser son avantage. Il se dirigea vers un véhicule antique qui était stationné à quelques pas de l'hôtel. Une marque distinctive sur le toit faisait vaguement penser à un taxi. Les quelques mètres qui le séparaient de la voiture le mirent en sueur. La chaleur était accablante. Le thermomètre flirtait avec les quarante degrés. Matt frappa à la portière du conducteur qui s'était assoupi. Il leva une paupière, vit l'étranger et adressa à Matt son plus beau sourire, lui faisant découvrir au passage sa belle rangée de dents en or. Il était impossible de lui donner un âge. Sa peau tannée et ridée lui donnait l'air vieux alors que l'épaisse chevelure noire bouclée qui dépassait de sa takhia, le couvre-chef traditionnel turkmène, laissait penser le contraire. Dans un russe, très approximatif, Matt lui demanda s'il pouvait le conduire au bazar. À son grand étonnement, le Turkmène le comprit et lui indiqua immédiatement le prix de la course. Ce serait 10 000 manats, soit 30 centimes d'euro. Matt brandit un billet de cinq dollars. Il fut ébloui par le sourire du Turkmène.

Pour le prix, le chauffeur se sentit obligé de jouer également les guides touristiques, d'autant plus qu'il était heureux de pouvoir converser avec un étranger. Peu d'entre eux parlaient russe. Tolkuchka se situait à 8 kilomètres du centre-ville, près de l'aéroport. Bega, c'était le nom du conducteur, fit quelques détours afin de présenter les hauts lieux touristiques de la ville. Matt appréciait l'attention mais indiqua à son chauffeur qu'il était pressé. Ils eurent le temps, tout de même, de passer devant le palais présidentiel et la grande mosquée, deux bâtiments majestueux qui avaient été construits par Bouygues. Bega se retourna et fit un clin d'œil à son passager.

— Vous voyez que vous les Français êtes déjà bien présents dans notre beau pays.

Matt esquissa un sourire. Spirituels et accueillants, la description que l'on faisait dans les guides des Turkmènes correspondait parfaitement au personnage. Bega avait du bagou. Il expliqua à Matt que chauffeur de taxi n'était pas sa vraie profession. Il était à l'origine tailleur de pierre. Un métier aujourd'hui très peu recherché puisque les grandes entreprises occidentales envahissaient le pays avec leurs gros blocs de béton pour leurs constructions. Il y avait très peu de place à Achkhabad pour l'habitat traditionnel. Bega poursuivit en indiquant que le taux de chômage dans le pays approchait des 50 %. Pourtant, il ne se plaignait pas. Il avait fallu investir dans sa vieille guimbarde, mais aujourd'hui qu'Achkhabad s'ouvrait, le travail de taxi était plutôt rémunérateur. D'autant plus que l'essence ne coûtait rien ou presque et que le prix des produits de première nécessité, la viande, le pain, était plus que dérisoire. Bega semblait satisfait de sa vie. Dans tous les cas, il avait plaisir à l'évoquer.

Lorsqu'ils franchirent enfin le canal de Karakoum, il était déjà 17 h 15. Matt n'avait plus de temps à perdre. Il sauta hors de la bagnole et demanda à Bega de l'attendre, lui promettant la même somme pour le retour. Même sans cet engagement, Bega l'aurait attendu. Matt s'engouffra dans le bazar. C'était l'un des plus grands marchés d'Asie centrale. Passé le portail, on trouvait de vastes allées à ciel ouvert où s'alignaient des étals de bijoux en argent neufs ou anciens, des chapeaux en fourrure, les telpeks, et surtout des tapis. De toutes les couleurs, de toutes les dimensions, il y en avait partout. Matt s'était demandé où pouvaient bien se terrer les habitants d'Achkhabad ; il avait en partie sa réponse. Le marché était fréquenté en majorité par des femmes qui portaient les longues robes traditionnelles très colorées et souvent coordonnées aux petits foulards qu'elles avaient sur la tête. Matt fendit la foule au pas de course sous les regards amusés et curieux des Turkmènes. S'il avait été suivi, Matt, à coup sûr, sèmerait son poursuivant. Ce rendez-vous, à cet endroit, était une bonne idée. Alors qu'il marchait tout droit depuis plus de deux cents mètres, il bifurqua soudainement à gauche à hauteur de l'une des rares petites boutiques en dur. Il y entra et salua son unique occupant assis derrière un petit comptoir. L'homme, qui paraissait très vieux, lui fit signe de passer de l'autre côté et lui indiqua le téléphone à cadran accroché aux planches en bois. Matt sortit de sa poche un petit morceau de papier où était indiqué un numéro qu'il composa. Au bout de trois sonneries, un homme décrocha. Il s'annonça dans un anglais presque parfait :

— À qui ai-je l'honneur ?

— Matthieu Berger, je suis français et l'on m'a demandé d'appeler ce numéro. Je cherche à parler à…

— Ne prononcez pas de nom.

— Je croyais qu'avec ce type de communication, nous ne risquions rien ?

— C'est vrai, mais même les murs ont des oreilles au Turkménistan. Nous savons parfaitement qui vous voulez rencontrer. Nous vous avons fait parvenir nos coordonnées. Mon maître a bien réfléchi. Il a décidé d'accepter de vous voir. Nous vous recontacterons.

L'interlocuteur raccrocha immédiatement. Matt demeura avec le combiné dans la main, totalement pris au dépourvu. La conversation n'avait pas pris la tournure qu'il escomptait. Il recomposa le numéro sous le regard mi-amusé, mi-irrité du propriétaire de l'échoppe. Matt n'avait même pas remarqué ce qu'il vendait. Il vit alors les cageots de tomates qui l'entouraient. La sonnerie retentit dans le vide. Au bout de dix, il se résigna à raccrocher. Il lâcha un billet d'un dollar et se vit gratifié d'un simple hochement de tête. Matt n'avait plus de temps à perdre. Il sortit du cabanon et se dirigea en courant vers la sortie, s'excusant lorsqu'il bousculait les gens. Il reconnut dans la foule l'homme de l'hôtel qui venait en sens inverse. Comme lui, il était l'un des seuls à ne rien porter sur la tête. Les deux hommes se scrutèrent en se croisant. Matt continua à fendre la foule sans se retourner et retrouva à la sortie du bazar un Bega endormi à son volant. Il se demanda comment il pouvait même fermer un œil dans cette voiture qui faisait office de sauna. Matt remarqua qu'il ne transpirait même pas. Il le réveilla un peu brutalement. Bega conserva, malgré tout, le sourire. Il comprit que son client était pressé. Le voyage du retour ne prit que dix minutes. À l'arrivée au Sheraton, presque tous les journalistes avaient déjà pris place dans les bus. Matt donna son billet à Bega, le salua chaleureusement et s'immisça, le plus discrètement possible, dans la file d'attente.

Les abords du stade olympique d'Achkhabad étaient envahis par les autocars. Les délégations anglaises, italiennes, espagnoles, allemandes et même sud-américaines avaient fait également le plein. Il y avait aussi quelques Américains dont le football n'était pourtant pas le principal centre d'intérêt. Quelques agents de la CIA devaient s'être glissés parmi les journalistes. Les Français semblaient être les derniers. Ils furent débarqués avec précipitation à l'aile ouest du stade qui n'avait d'olympique que le nom puisqu'il n'avait jamais accueilli une seule épreuve des jeux et n'en accueillerait probablement jamais. Avec ce stade, Achkhabad s'était pourtant dotée d'un véritable petit bijou. Construit sur le modèle de l'Allianz Arena, le terrain de jeu du Bayern Munich, il était tout simplement splendide avec sa forme ovale refermée pour mieux retenir l'ambiance, une capacité d'accueil de 80 000 personnes, comme au Stade de France, et tout autour des boutiques, des magasins et des restaurants. Il ne restait plus qu'à remplir tout cela. Pas le plus simple. Car malgré les nombreux bus, c'était bien la sensation de vide qui dominait. Les Français, après avoir effectué un quart de tour, étaient arrivés à l'endroit où devait se tenir la conférence de presse. Ils entrèrent enfin à l'intérieur même de l'enceinte en empruntant le plus beau tapis rouge que Matt ait jamais eu l'occasion de fouler. À côté, celui des marches du Palais des Festivals de Cannes ressemblait à une grosse pelure. Aucun doute, les Turkmènes, en la matière, étaient vraiment à la pointe. Matt se demanda même un instant s'ils n'avaient pas poussé le luxe jusqu'à incorporer de l'organdi, matière prisée par les plus grands couturiers, dans ce magnifique tapis. Le hall d'entrée était tout en marbre décoré de tentures et de tapisseries aux couleurs du FC Achkhabad, pas forcément du meilleur goût. Lorsqu'ils entrèrent dans l'auditorium en file indienne, celui-ci était déjà rempli aux 2/3. Il pouvait abriter 1 500 personnes. Le FC Achkhabad venait déjà de battre un premier record. Celui de la plus grosse conférence de presse en matière de sport. La délégation de journalistes français s'éparpilla au gré des emplacements encore vides. Matt, qui ne comptait pas prendre une part active au débat, décida de rester en arrière. Il cherchait où s'asseoir lorsqu'il fut interpellé. Dans un premier temps et dans le brouhaha, il n'entendit pas. Puis son interlocuteur haussa encore le ton.

— Hey Matt, *come on here* !

Matt se retourna et aperçut enfin un Douglas Perry, hilare. Ce bon vieux Douglas, un journaliste anglais qui bossait en free-lance pour les tabloïds britanniques. C'était l'un des rares amis de Matt dans le métier. Son ton sarcastique, son sens de la dérision et de l'humour étaient un vrai bonheur. Il possédait en plus une belle plume qu'il ne mettait vraiment pas en valeur dans ses articles destinés à la presse populaire. Comme il aimait à le préciser, coincé entre les faits divers les plus sordides et la playmate de la dernière page, il n'avait guère de place pour faire du Shakespeare. Pour éviter une trop grosse frustration, il publiait, sous un pseudonyme et de manière régulière, des petits polars qui avaient leur succès. Il ressemblait de façon troublante à Hugh Laurie, l'acteur qui interprétait le Docteur House. Comme lui, il était plutôt grand, maigre et avait des yeux bleus très profonds. Il ne manquait plus que la canne. Matt se dirigea droit vers lui.

— Viens donc te coller à moi mon ami, rugit Douglas dans un français presque impeccable qu'il perfectionnait lors de ses nombreux séjours dans sa maison de campagne en Dordogne.

— Tu es sûr de ne pas le regretter ? Je n'ai pas bonne réputation parmi nos éminents collègues.

— Tu remarqueras qu'ils ne se bousculent pas autour de moi, souligna Douglas. Je ne dois pas être non plus le plus populaire de la classe. Qu'est-ce qu'ils ont donc contre nous ? Nous ne sommes pourtant pas repoussants et même plutôt beaux gosses, surtout toi. Dis donc, je t'ai à peine reconnu quand tu es entré. Tu es aiguisé comme une lame de couteau. Tu as perdu combien de kilos ? Tu as une foutue bonne mine, c'est quoi ton secret ?

— Diététique et masque au concombre tous les soirs, s'amusa Matt.

— Et dire que ce sont les Britanniques qui ont la réputation d'être efféminés.

Matt poursuivit :

— Cela fait un petit bout de temps que je ne t'avais pas vu. Tu n'étais pas à Wembley pour la finale de la Champions League ? Tu étais pourtant à domicile. Tu en as assez d'écrire pour ces torchons ?

— Ah ça non, je m'éclate toujours à faire du quatrième degré alors que mes lecteurs adorés me lisent au premier. C'est vraiment jouissif, tu devrais essayer. Non, j'ai eu un petit problème de santé qui m'a un peu éloigné des terrains.

— Pas grave j'espère.

— Non, juste un petit cancer de l'estomac. Ces foutus Fish and Chips, ça laisse des traces. Mais surtout ne l'ébruite pas. Ces crétins qui nous entourent sont capables de ne même plus m'approcher du tout. Je suis certain qu'ils pensent que ça peut s'attraper rien qu'en parlant.

Et Douglas partit dans un grand éclat de rire.

— Non, sans blague, tu vas mieux maintenant ? questionna Matt redevenu sérieux.

— Mais oui, ne t'inquiète pas. Je suis soigné par des médecins français à Bordeaux. Une petite perf de chimio, un verre de vin, c'est le tarif. Avec un tel régime, je ne peux pas être malheureux. D'autant plus que j'ai la grande chance de conserver ma superbe tignasse qui fait tout mon charme.

La discussion entre les deux hommes fut interrompue par une voix très grave qui sortit des enceintes high-tech installées aux quatre coins de la salle. Elle s'exprimait en anglais et sans accent.

— Mesdames, mesdemoiselles, messieurs, veuillez prendre place s'il vous plaît. Le club du FC Achkhabad est particulièrement heureux de vous accueillir dans son stade. Il vous remercie d'avoir répondu si nombreux à son invitation. Je vous demande maintenant de vous lever et d'applaudir M. Gourmat Mamedov, le président du FC Achkhabad et le ministre des Sports de la république du Turkménistan.

La salle s'exécuta timidement et un petit homme presque chauve aux lunettes rondes et à la barbe poivre et sel apparut alors à la tribune. Il portait un costume sur mesure, probablement de haute couture, et affichait un sourire rayonnant comme s'il allait vivre l'un des plus grands moments de sa carrière. Il salua ostensiblement, d'un signe de tête, l'assistance et prit place au centre de l'estrade montée pour l'occasion. Il s'assit, s'assura que le micro était bien branché en le tapotant légèrement puis, après les salutations et les présentations d'usage, se décida à évoquer le match de gala, qui se jouerait demain, en anglais également, mais avec un accent qui ressemblait fortement à celui de Yasser Arafat.

— Vous savez, chers amis, qu'un terrible tremblement de terre a touché le nord-est de notre pays, il y a quelques mois, laissant derrière lui l'effroi et la désolation pour des milliers de familles turkmènes éprouvées par le deuil et la perte de leurs biens. La Communauté internationale s'est mobilisée pour soutenir l'État turkmène dans ses efforts afin de venir en aide aux personnes les plus fragilisées. C'est dans ce contexte difficile que s'inscrit le match de football qui se jouera demain. Il opposera le FC Achkhabad à une sélection du reste du monde composée des plus grands joueurs de foot de la planète. Je les remercie d'avoir répondu si promptement à notre invitation. Tout comme je vous remercie, vous, journalistes du monde entier, de vous être mobilisés. Même si je sais que votre présence dans notre beau pays n'est pas seulement due à cette opération. Vous êtes venus voir et parler à celui qui sera désormais le porte-drapeau du foot et du sport turkmène en général. Un génie du ballon rond, doublé d'un être exceptionnel. Je vous demande donc de faire une ovation à M. Jimmy Rowland.

La grande silhouette dégingandée du joueur apparut sous les applaudissements polis de l'assistance. Matt avait vu ce garçon il y avait à peine un mois et ce n'était plus le même homme. En costume-cravate noir strict, les tresses parfaitement lissées en arrière, Rowland ne promenait surtout plus sa légendaire cool attitude. Il paraissait, au contraire, très tendu. Les traits de son visage n'avaient plus rien d'insouciant. Il s'assit juste à côté de son nouveau patron qui le prit immédiatement par les épaules afin de montrer combien ils étaient proches. Le ministre-président reprit alors la parole.

— M. Rowland nous a fait l'honneur de rejoindre notre club. Nous sommes bien conscients qu'il s'agit pour vous tous d'une grande surprise. Jusqu'à il y a quelques semaines, le FC Achkhabad était inexistant sur l'échiquier du football international. Mais notre club est aujourd'hui ambitieux, très ambitieux. Vous avez déjà pu voir que nous bénéficions d'infrastructures remarquables. Mais je tiens à vous signaler également qu'un tout nouveau centre d'entraînement à été construit à l'ouest de la ville sur le modèle du fameux Milanello du Milan AC. Je vous laisse désormais poser vos questions à M. Rowland. Profitez-en, car aucune interview individuelle ne sera autorisée.

— Tu m'étonnes, murmura Matt à Douglas. Cela ferait mauvais effet si le gamin éclatait en larmes dans les bras d'un journaliste.

Douglas Perry scruta son compagnon.

— Toi, tu sais des choses que j'ignore. Il va falloir qu'on se parle.

Le premier à lever la main pour intervenir fut un reporter de *L'Équipe*. Les Français étaient évidemment particulièrement intéressés par ce choix plus que surprenant de l'un de leurs grands espoirs.

— Jimmy, pouvez-vous évoquer les clauses exactes de votre transfert ?

Le joueur se tourna vers son président comme pour chercher du soutien. Puis il sembla d'un seul coup se rappeler de la leçon qu'il devait réciter.

— J'ai signé un contrat de quatre ans et le montant du transfert s'élève à 110 millions d'euros.

Un murmure traversa la salle. La somme n'avait encore jamais été révélée officiellement et elle semblait astronomique même pour un tel joueur. Pas étonnant que l'ASP l'ait lâché si facilement. Les dirigeants franciliens avaient dû croire de prime abord à une blague, puis déboucher le champagne lorsqu'ils furent sûrs que ce n'en était pas une. L'offre de Madrid, le club le mieux placé jusque-là, n'atteignait même pas la moitié. Le même journaliste poursuivit.

— Qu'est-ce qui vous a incité à signer dans ce club que personne ne connaît ?

Rowland prit le temps de la réflexion comme s'il pesait le pour et le contre.

— Je dois bien avouer que lorsque mon… (Il eut une hésitation.) nouvel agent m'a fait part de cette offre, j'ai immédiatement refusé et je l'ai traité de fou. À peine engagé, j'étais même prêt à le virer. Le Turkménistan, vous vous rendez compte ? Je ne connaissais même pas l'existence de ce pays.

L'assistance éclata de rire et le ministre des Sports ne fut pas le dernier. Rowland reprit :

— Il m'a tout de même supplié, pour le principe, d'étudier l'offre. Je ne vais pas vous cacher que financièrement, elle était et elle est encore très très attractive. Mais surtout, derrière cette proposition alléchante, il y avait aussi un vrai projet club. J'ai donc décidé, sans être convaincu pour autant, de rencontrer les dirigeants d'Achkhabad.

Matt, sur son siège, était stupéfait. Le gamin s'était même acheté un langage avec des mots dont il ne connaissait probablement pas le sens il y a encore deux semaines. Il avait été formaté, presque robotisé. Subsistait tout de même cet accent de banlieue qu'il ne réussirait jamais à gommer. Rowland poursuivit son exposé :

— À ce moment-là, c'était clair dans ma tête. Jamais je ne mettrai les pieds dans ce pays. J'acceptais de voir les dirigeants simplement par politesse et parce qu'ils s'étaient déplacés jusqu'à Paris. Je suis jeune et je ne me voyais pas aller m'enterrer dans un club que personne ne connaissait, sans aucun palmarès et surtout sans aucune chance de ne jamais en avoir un. C'était tout simplement délirant. Je sais que des clubs ouzbeks avaient fait de belles propositions à des joueurs de renom, mais à des garçons qui avaient déjà tout gagné ou presque au niveau club ou avec leur sélection. C'était une retraite dorée. Ils avaient toutefois fini presque tous par refuser la proposition.

Un journaliste espagnol le relança.

— Alors que faites-vous là aujourd'hui ?

On y était enfin, pensa Matt. Quelles surprises les Turkmènes allaient-ils leur réserver. La première était la façon dont Rowland s'était exprimé. Ce n'était vraiment pas le style de la maison. Alors, soit la méthode Assimil turkmène était particulièrement efficace, soit, plus probablement, le gamin récitait par cœur. Rowland se tortilla sur sa chaise, signe qu'il n'était vraiment pas à l'aise. Il se racla la gorge puis se lança à nouveau sous les yeux paternalistes du président.

— M. Mamedov et ses collaborateurs se sont montrés particulièrement convaincants. Mais surtout, ils m'ont fait part de leur projet et de leurs ambitions. C'est ce qui a fait pencher la balance.

La moitié de l'auditorium se leva alors pour poser la même question.

— De quel projet s'agit-il ?

Le visage de Gourmat Mamedov s'éclaira alors un peu plus. Il fit un signe d'apaisement de la main afin de ramener le calme, puis se leva solennellement.

— Je pense, si vous m'y autorisez, que cette interrogation me concerne plus particulièrement. Alors je vais tout de suite y répondre en demandant à mes invités de nous rejoindre.

Six types surgirent alors sur la scène et prirent place aux côtés des deux personnalités déjà présentes. La salle, dans un premier temps, n'eut aucune réaction. Ce n'est qu'après avoir scruté le visage des nouveaux arrivants qu'une clameur envahit la salle. Les journalistes étaient presque tous debout comme pour s'assurer de ce qu'ils voyaient. Les généralistes, pas forcément très pointus en matière de football, ne comprirent pas qu'ils avaient devant eux un entraîneur, champion du monde, accompagné de cinq joueurs parmi les plus grandes stars du ballon rond. Celles-là mêmes qui devaient seulement participer au match de gala dans l'équipe du Reste du Monde. Mamedov se rapprocha de son micro et d'une voix euphorique annonça :

— J'ai le plaisir de vous présenter les nouvelles recrues du FC Achkhabad.

Même Matt, qui s'attendait à tout, fut soufflé. À côté de lui, Douglas semblait tout aussi estomaqué. Les deux hommes se regardèrent, incrédules.

— C'est impossible, ce sont des sosies, s'exclama l'Anglais.

— Non, ce sont bien les vrais, répondit Matt.

Avec, par ordre d'apparition, Luiz de Mello, sélectionneur du Brésil, champion du monde en 1994. À ses côtés, l'un de ses plus illustres compatriotes, Ricardo Soza, milieu offensif du Milan AC, leader de la Seleçao et Ballon d'Or, l'année dernière. Ils étaient accompagnés d'Antoine NKounde, l'attaquant de pointe camerounais du FC Barcelone, meilleur buteur du dernier championnat espagnol. À 29 ans, c'était le doyen des joueurs sur l'estrade. Presque un ancêtre pour Igor Dimitrijevic, 19 ans, la nouvelle petite perle serbe élevée dans le cocon douillet de Manchester United où il était arrivé à l'âge de 13 ans. Le môme avait fait ses premiers pas en Premier League, cette saison. Pas toujours titulaire, il avait inscrit 8 buts et surtout délivré, de son aile droite, dix passes décisives. Les deux derniers joueurs avaient des profils plus défensifs, mais demeuraient des références à leur poste. Tommy Booth était un infatigable ratisseur de ballon et un milieu récupérateur indispensable à Liverpool. Enfin, Javier Bardon était peut-être le moins connu de tous, mais il s'agissait très probablement du meilleur défenseur central du moment. Un Argentin, très dur sur l'homme, craint par tous les attaquants de la planète. Un bagarreur, une terreur qui venait d'effectuer deux superbes saisons au Real Madrid.

— Comment ont-ils pu arracher ces joueurs à de tels clubs, s'entendit dire Matt.

— Et surtout à quel prix, compléta Douglas Perry. J'ai fait un petit calcul. Il y a pour environ 370 millions d'euros de marchandise sur cette estrade. À 10 millions près évidemment, une paille.

— Je ne te parle même pas des salaires, compléta Matt. C'est incroyable. Un club turkmène que personne ne connaît vient de s'acheter une brochette de stars dont le plus puissant des clubs européens n'aurait même jamais osé rêver. Il surpassait même les Qatariens.

— Eh oui mon pote, je crois que l'on vient d'assister au plus gros événement que le foot moderne ait jamais connu. C'est historique et nous sommes là. Franchement, je ne regrette pas d'avoir sauté ma séance de chimio. Tu t'imagines que les voisins ouzbeks ou kazakhs, qui disposent à peu près des mêmes ressources, vont être jaloux. C'est le début d'une vraie course à l'armement. Putain, l'Asie centrale, épicentre du football mondial. Si l'on m'avait dit ça.

Mamedov avait attendu très tranquillement que cette entrée fasse son petit effet. Il était temps pour lui de reprendre la parole.

— Je dois vous dire aussi, pour être tout à fait complet, que MM. Kommenski, Oulievitch et Naborrov rejoignent également nos rangs.

Il s'agissait de trois internationaux russes évoluant au CSKA Moscou. Des joueurs que beaucoup de clubs français auraient aimé attirer. Mamedov continua :

— Voilà, je pense que sur le papier, le FC Achkhabad a désormais les moyens de ses ambitions.

Un journaliste italien apparemment très irrité se leva et cria presque :

— Tout cela pour quoi faire, remporter le championnat du Turkménistan ?

Quelques rires fusèrent au sein de l'auditorium. Mais globalement, le cœur n'y était pas. Les journalistes des championnats majeurs n'arrivaient pas à se faire à l'idée d'être pillés de leurs meilleurs joueurs par le Turkménistan. Pour autant, Mamedov ne se démonta pas.

— Je vous remercie de cette remarque. Vous me permettez d'effectuer la transition avec le dernier volet de cette conférence de presse. Après de nombreuses discussions et quelques transactions, je dois vous annoncer, qu'en accord avec l'UEFA, le FC Achkhabad disputera, dès cette saison, le championnat de Russie. La Fédération russe de football a gentiment accepté de nous accueillir. Vous parliez d'objectifs. Le premier sera de remporter ce championnat et de nous qualifier pour la prochaine Ligue des Champions. Nous nous laissons ensuite deux années pour remporter ce trophée !

Mamedov n'eut pas le temps de finir sa phrase. La salle avait basculé dans l'irrationnel. Des journalistes hurlaient, d'autres riaient. La majorité restait pantoise. Matt, lui, ne se posait qu'une seule question : les Turkmènes avaient-ils utilisé les mêmes moyens pour « convaincre » ces joueurs de les rejoindre ? Si c'était le cas, c'était tout simplement surréaliste.

La conférence de presse avait pris fin dans le chaos le plus total. Les photographes avait dégainé et défouraillaient à tout-va. Le portrait de chaque joueur d'abord, puis les photos de groupe. Au pied du podium, les GO en veste bleue formaient désormais un cordon de protection. Les photographes demandèrent aux six joueurs, à l'entraîneur et au président de se rassembler pour une photo de groupe. Le cliché ferait la une de tous les journaux de la planète. Les garçons affichaient en apparence un beau sourire et levaient le pouce en signe de victoire. Au centre, Mamedov exultait. Matt avait profité de la cohue pour se rapprocher au plus près de la scène. Il monta sur la première rangée de sièges et tenta d'interpeller Rowland. Peine perdue, même si Matt avait cru un moment que le jeune Parisien l'avait vu. Il était inatteignable. Dommage, Matt était certain qu'il aurait eu beaucoup de choses intéressantes à lui révéler. Les hommes en bleu sifflèrent alors la fin de la rencontre. La conférence de presse était terminée. Les joueurs repartirent en coulisses et Mamedov donna rendez-vous à tout le monde le lendemain au stade. Matt tenta une dernière fois de profiter de la confusion pour s'engouffrer en backstage. Il fut immédiatement stoppé par un molosse qui lui barra la route. Il abandonna l'idée et regagna la sortie. À une dizaine de mètres de lui, il reconnut l'homme qui lui filait le train depuis le début. Il ne tenta même pas de se dissimuler. Au contraire, il lui adressa un sourire très inquiétant. Même si c'était ce qu'il attendait depuis le début, être confronté d'une manière ou d'une autre aux Turkmènes, il ne put réprimer un gros frisson.

Dans le bus qui le ramenait à l'hôtel, Matt essayait de réfléchir. Pas évident, tant cette conférence de presse avait provoqué la stupéfaction des journalistes qui se croyaient obligés d'échanger leurs opinions bruyamment. Matt, lui, n'avait qu'une chose en tête : comment provoquer la rencontre ? Il n'était pas là pour le football. Si, pendant quelques minutes, le journaliste avait repris le dessus, il était maintenant totalement tourné vers son objectif : obtenir des réponses et si possible en sauvant sa peau. Il se demandait quand son garde du corps interviendrait enfin. Il décida que la prochaine fois qu'il le verrait, il irait lui parler. Il bénéficiait d'un traitement de faveur. Les autorités turkmènes l'avaient particulièrement à l'œil. Rien de plus normal, il était entré dans ce pays sous sa vraie identité et quelques semaines seulement auparavant, ces mêmes personnes avaient très probablement commandité son assassinat. Même si aujourd'hui son élimination n'avait plus d'intérêt, il s'attendait tout de même à une réaction de ces gens. Elle ne venait pas et cela l'agaçait. Il échafauda différents plans. Il pensa braver, le soir même, le couvre-feu. Mais il ne réussirait au mieux qu'à passer la nuit dans une geôle turkmène. Il fallait taper plus haut. Il regretta de ne pas avoir pu tenter sa chance auprès du ministre. C'est à ce niveau que cela se jouait. Progressivement, alors qu'il envisageait des solutions plus grotesques les unes que les autres, il eut l'illumination. Quel était l'endroit de la capitale aujourd'hui le plus surveillé, hormis le palais présidentiel ? Bien sûr, là où étaient réunis les nouveaux joyaux du pays. Il fallait qu'il sache dans quel hôtel résidaient les nouvelles recrues du FC Achkhabad et qu'il puisse s'y rendre sans se faire prendre par la patrouille. Une fois sur place, il serait certain d'avoir enfin affaire aux bonnes personnes et peut-être même pourrait-il rencontrer Rowland. Il savait qu'il se jetait dans la gueule du loup. C'était un quitte ou double, un bluff. Au poker, c'était sa spécialité.

En arrivant à l'hôtel, Matt fut soulagé de voir la vieille bagnole de Bega garée à proximité. Il était à peine 20 heures et il profita d'une légère inattention des gardes-chiourmes pour se diriger discrètement vers la voiture de son nouvel ami. Avant qu'il n'atteigne la portière du conducteur, Bega l'interpella.

— Attention, mon ami, c'est dangereux ce que vous faites. Entrez vite dans la voiture avant que les tuniques bleues ne vous repèrent.

Matt fit le tour du véhicule et prit place à côté de Bega.

— J'ai quelques questions à vous poser.

— Je vous écoute.

— Savez-vous dans quel hôtel de la ville les joueurs de foot invités sont descendus ?

— Vous voulez parler de nos nouvelles stars, celles qui feront briller le nom de notre beau pays au firmament du football mondial ?

— Ce sont eux en effet.

— Je suis désolé, mais je ne suis pas en mesure de vous donner cette information. Mais je peux me renseigner.

— Quand pouvez-vous avoir la réponse ?

— Vous voyez ce bar qui fait l'angle de la rue ?

Bega désigna un établissement dont la devanture était la parfaite réplique d'un traditionnel pub anglais. Matt se demandait comment il avait fait pour le manquer tant sa présence dans cet environnement était anachronique.

— Difficile de le louper.

— Il accueille chaque soir les clients de l'hôtel à la recherche de compagnie féminine. La direction du Sheraton ne pouvait plus accepter le va-et-vient permanent des prostituées. Alors, il a fait construire cet endroit où les Occidentaux peuvent assouvir leur soif et leurs envies. Le patron de l'établissement est l'un de mes cousins du côté de ma femme. Il me permet parfois de venir me soulager et de boire au passage une petite bière. À condition que je ne reste pas trop longtemps et que je me planque. Rejoignez-moi là-bas vers 22 heures. Adoptez l'attitude classique du client qui recherche celle qui partagera sa nuit. Puis demandez au patron à parler à Bega. Il vous conduira à moi. Maintenant, sortez de cette voiture avant que vous et moi ayons des ennuis.

Matt remercia son interlocuteur et se faufila hors du taxi. Il n'eut aucun mal à rejoindre discrètement la cohorte de ses confrères qui n'étaient pas encore entrés dans l'hôtel. Il jeta un dernier regard périphérique. Son garde du corps attitré n'était plus à ses basques. Il regagna rapidement sa chambre. Il lui restait un peu moins de deux heures pour élaborer son plan d'action.

À 21 h 45, Matt fit sa réapparition dans le hall de l'hôtel. Il avait revêtu une chemise noire et un pantalon blanc en coton. Il était pieds nus dans ses mocassins. La chaleur, à cette heure avancée de la journée, était encore éprouvante. Matt prit place au bar de l'hôtel situé tout de suite à droite de l'accueil et face à l'entrée principale. Il décida de s'asseoir directement au comptoir et commanda une eau minérale pétillante. Si ce n'était la grande fontaine centrale qui obstruait quelque peu son angle de vue, Matt disposait d'un panorama privilégié sur l'incroyable procession qui partait du Sheraton pour rejoindre le pub. À l'aller, les hommes étaient seuls. Au retour, ils étaient accompagnés d'une femme, plus ou moins jolie, plus ou moins jeune. Ils montaient, pour la plupart, directement dans leur chambre. Certains, plus galants, passaient d'abord par le bar pour offrir un verre à leur invitée. De nombreux journalistes avaient succombé à cette tentation et certains que Matt connaissait avaient eu la pudeur de retirer leur alliance. À 21 h 55, après avoir bien observé le petit manège, Matt descendit de son tabouret, régla l'addition et se mêla discrètement au flux continu qui se dirigeait vers le pub.

La direction du Sheraton, à qui appartenait le bar, avait bien fait les choses pour sa clientèle essentiellement anglo-saxonne. Elle se retrouvait comme à la maison. On se serait cru au cœur de Londres. L'écran géant diffusait les premiers matches amicaux des formations britanniques. Au programme aujourd'hui, Manchester United accueillait les Turcs du Besiktas Istanbul. Le traditionnel jeu de fléchettes était lui aussi bien présent mais ne faisait pas recette, tandis que les petits box aux banquettes de cuir vert étaient, eux, pris d'assaut. Matt observa que la parité y était presque parfaitement respectée. Un homme, une femme, un deal. Les conversations étaient brèves et le turnover parfaitement rodé. Quelques couples attendaient au bar un verre à la main qu'une place se libère. Le parcours était balisé et le ballet remarquablement réglé. Un homme arrivait, trois jeunes femmes sortaient d'une pièce, une sorte de salle d'attente. Le type faisait son choix, commandait deux boissons et attendait de s'asseoir pour parler business. Matt n'échappa pas à la règle. À son entrée, trois jeunes femmes s'offrirent à lui. Bega lui avait bien recommandé de ne pas se faire remarquer. Il en choisit donc une et s'approcha du comptoir. Son nouvel ami turkmène lui avait dressé le portait du patron, un gros homme à la tête rasée et à la barbe noire abondante. Matt n'eut aucun mal à le repérer. Le type, dégoulinant de sueur, était en train de changer son fût de bière. Il s'approcha et lui demanda où il pouvait trouver Bega. Le bonhomme eut tout d'abord l'air surpris, presque autant que la jeune femme blonde, grossièrement maquillée, accrochée au bras de Matt.

— Qu'est-ce que vous lui voulez ? grogna le patron.

— Nous avons rendez-vous.

— Vous êtes le journaliste qui parle russe ?

— C'est tout à fait exact, indiqua Matt dans la langue de Tolstoï.

— Suivez-moi.

La fille avait l'air de plus en plus effrayée. Elle était déjà tombée sur des pervers qui lui avaient demandé des choses dégueulasses. Quelques-uns l'avaient même tabassée. Elle ne s'était pas plainte ; les filles en provenance de toutes les anciennes républiques soviétiques faisaient la queue pour obtenir ce job. Le patron entraîna Matt et sa compagne derrière le bar, dans la réserve. Il ouvrit la porte arrière de la pièce et ils empruntèrent un petit couloir qui menait à une autre porte sur laquelle on pouvait lire : « Bureau de la Direction ». Sans même prendre la peine de frapper, le boss entra. Normal, il était chez lui. Derrière le bureau, Bega, le sourire aux lèvres, sirotait sa bière.

— Je vous laisse un quart d'heure et ensuite vous vous cassez l'un après l'autre sans vous faire remarquer.

Le patron prit la fille par la taille sans ménagement et sortit du bureau.

— Charmant le cousin, ironisa Matt.

— Il est un peu brutal, mais c'est un bon bougre, répondit Bega. Assieds-toi, j'ai les informations que tu recherchais. Nous pouvons nous tutoyer, n'est-ce pas ?

Matt fit signe que cela ne lui posait aucun problème et le taxi poursuivit.

— Mon beau-frère est lui aussi taxi, mais professionnel. Son fils, mon neveu, travaille, lui, au ministère des Affaires étrangères. Il a une très bonne place et d'excellentes relations. Son père a ainsi pu se spécialiser dans le transport de personnalités importantes. Le gouvernement lui a même attribué une voiture de luxe pour cela. Une superbe Mercedes noire avec des jantes rutilantes.

Matt bouillait. Il mourait d'envie de demander à Bega d'aller au fait. Mais il avait peur de le vexer. Il le laissa donc poursuivre la description de la saga familiale jusqu'à ce qu'il arrive au cœur du sujet.

— Tout cela pour te dire que mon beau-frère travaille ce soir aux abords de l'hôtel Présidentiel. C'est donc là à coup sûr que se trouvent nos invités de marque.

— Où est-ce qu'il se situe cet hôtel ?

— À trois kilomètres environ.

— Tu peux me faire un plan pour que je puisse m'y rendre ?

— Tu es fou mon ami. Il est plus de 22 heures et c'est désormais le couvre-feu. Sans autorisation spéciale tu ne peux plus te déplacer dans la ville. Tu ne feras pas cent mètres dans la rue avant de te faire arrêter et ramener de force à ton hôtel.

— Qu'est-ce que je peux faire alors ? interrogea Matt.

— Je peux peut-être t'aider une nouvelle fois.

— Je t'écoute.

— En tant que taxi, je possède une dérogation spéciale pour me déplacer en ville après le couvre-feu. Il n'est pas rare que je transporte certains Occidentaux à des heures tardives dans des endroits un peu spéciaux de la ville.

— Encore des bordels !

— Comme tu es vindicatif. Je parlerais plutôt d'endroits privilégiés pour des rencontres privées, plus haut de gamme, mêlant des gens comme toi et des apparatchiks du parti. Ils veulent être discrets. Et même si ma vieille voiture n'est pas très confortable, elle a le mérite d'être passe-partout. Les policiers en faction dans les rues ne m'arrêtent presque jamais.

— Tu crois que je pourrais bénéficier de ton sauf-conduit pour cette nuit ?

Bega dévoila toute sa belle rangée de dents :

— À condition d'y mettre le prix.

— Combien tu veux ?

— 500 dollars me paraît être un prix juste compte tenu du risque que je prends.

Matt faillit s'étrangler.

— Tes tarifs ont beaucoup augmenté, dis-moi.

— Si je me faisais arrêter et que les flics découvraient qui tu es, je risquerais de tout perdre. Tu comprends ? Nous avons ordre de ne pas prendre de journalistes occidentaux en tant que clients. Ils ne doivent pas se balader à travers la ville. Cet après-midi au marché, c'était déjà limite. Mais là, après le couvre-feu, je ne te raconte pas ce qui pourrait m'arriver.

— OK, tu auras ton argent, nous partons tout de suite.

— Ne sois pas si impatient. Ce n'est pas le bon moment. C'est trop tôt. La police est encore partout. Il faut attendre au moins minuit. Retourne à ton hôtel, amuse-toi et à minuit reviens ici. Mon taxi sera garé derrière le bar et je pourrai t'embarquer discrètement par la porte qui est juste à ta droite. Cela te va ?

— Nous ferons comme tu voudras. Tout ce que je veux, c'est accéder à cet hôtel.

— Pour y faire quoi ?

— C'est mon affaire et crois-moi il vaut mieux que tu ne sois pas au courant.

— Comme tu voudras mon ami. Maintenant, sors du pub avec une fille et rentre à l'hôtel. Prends du bon temps avant notre expédition.

— Merci pour tes conseils. À tout à l'heure, minuit pile ici. Tu tiens ton gentil cousin au courant de ma venue.

Dans le hall de l'hôtel, Matt eut une hésitation. Il avait encore, accrochée à ses basques, la blonde du pub. Ce n'était certes pas un premier prix de beauté, mais en d'autres temps, il en aurait bien profité. Il glissa simplement un billet de vingt dollars dans la main de la jeune fille et lui demanda de partir. La proximité du casino le tenta un instant. Mais il n'était pas sûr de pouvoir en sortir à temps. Lorsqu'il jouait il perdait la notion du temps. Il décida donc de regagner sagement sa chambre.

À minuit pile, Matt s'engouffrait dans le tacot de Bega. Il lui tendit la liasse de billets. Le taxi turkmène lui expliqua qu'il allait emprunter l'artère principale.

— S'exposer est la meilleure façon de passer inaperçu chez nous.

— Je te fais entièrement confiance.

Matt perçut, dans le rétroviseur, la petite grimace de son chauffeur. À peine cinq minutes plus tard, la voiture s'immobilisait devant l'hôtel des joueurs transformé en forteresse retranchée. Si les journalistes avaient eu droit à des nounous en costume bleu, pour les joueurs, il n'y avait plus de faux-semblants, c'était l'armée qui avait été mobilisée. Grâce à son fameux sauf-conduit, Bega avait passé allègrement les trois barrages et déposait Matt comme une fleur devant l'entrée principale. Il s'était fait passer pour un haut dirigeant de l'UEFA. Après tout, les Turkmènes avaient une dette envers l'institution qui lui avait permis de rejoindre le championnat russe et de disputer la Ligue des Champions. Même si, pensa Matt, cette dette avait dû être déjà largement amortie en dollars sonnants et trébuchants. Désormais, c'était le silence qu'il restait à acheter.

Matt était ainsi parvenu sans aucune difficulté à la réception de l'hôtel. C'était même beaucoup trop facile. Ses doutes sur Bega se matérialisèrent lorsqu'il vit son chauffeur repartir en trombe alors qu'initialement, il était censé l'attendre pour le ramener au Sheraton. Matt avait mis tous les atouts de son côté pour être sûr de bien se faire attraper. De son expérience de grand reporter, il avait retenu une règle d'or : en pays hostile, tu dois être certain à 100 % de la loyauté de ton guide. Tu mets ta vie entre ses mains. En choisissant, comme cela au hasard, un chauffeur de taxi local comme complice, il était à peu près sûr d'être trahi. La seule chose qui l'inquiétait, paradoxalement, c'était qu'il n'avait pas vu une seule fois de la soirée le visage de fouine de son garde du corps personnel.

— Matt Berger pour Jimmy Rowland, annonça-t-il tranquillement au concierge.

— Une petite minute, je le préviens, fit l'homme aux clés d'or dans un anglais très incertain.

Il décrocha son téléphone, composa un numéro et attendit. Il semblait nerveux. Matt, sous son apparente décontraction, ne l'était pas moins.

— Un certain M. Berger demande à vous parler, fit le concierge à son interlocuteur.

Il attendit une réponse.

— Très bien, je le fais monter.

Puis il raccrocha et fit son plus joli sourire à Matt.

— Si vous le permettez, je vais vous accompagner.

Il interpella brutalement et en turkmène l'un de ses collègues qui était sur le point de charger des valises.

— Massoud, viens me remplacer cinq minutes.

Le loufiat lâcha immédiatement ses bagages et prit place derrière le comptoir.

— La suite de M. Rowland est au dernier étage, claironna le concierge alors que les deux hommes entraient dans l'ascenseur.

Matt prit l'air satisfait. En fait, il n'en menait pas large ; il allait se jeter dans la gueule du loup sans aucune assurance. Il n'y avait pas eu les suites escomptées après son coup de fil au marché. Lorsque les portes de l'ascenseur s'ouvrirent, il sentit comme une boule au creux de son estomac. Il ne trouvait plus son initiative aussi bonne. Pour tout dire, il n'avait qu'une seule envie, se tirer à toute vitesse de cet hôtel et prendre le premier avion pour quitter ce pays. Trop tard, ils étaient maintenant devant la porte de la suite 1021. Le concierge frappa une fois puis s'éclipsa rapidement. Matt resta planté seul à peine trois secondes. Un type, qui n'était manifestement pas Rowland, lui ouvrit et l'invita à entrer. Assis face à lui sur le profond et surtout interminable canapé, le comité d'accueil l'attendait. Et s'il y avait des gens qu'il pensait bien rencontrer, il fut totalement pris au dépourvu par la présence de certains autres. Cela n'annonçait rien de bon.

Le ministre-président Mamedov en personne fut le premier à se lever et à inviter Matt à prendre place dans l'un des deux fauteuils qui faisaient face au canapé. Le petit homme chauve était encadré par sa garde rapprochée, deux gaillards aux cheveux courts et au teint pâle. Probablement des Russes, pensa Matt. Mais son regard resta figé sur la partie droite de l'énorme canapé et sur l'individu qui avait tenté de lui briser le cou. Le géant au crâne rasé était bien présent, ses rangers aux pieds et son moignon saillant. Ses petits yeux cruels contrastaient avec une attitude presque débonnaire. Matt ne put s'empêcher de penser qu'il était là pour finir le travail. Cette idée aurait pu le terroriser, mais c'était au contraire l'excitation qui l'emportait. Matt était venu pour chercher des réponses. Il pourrait les avoir, car l'homme qui avait évoqué Marie était désormais devant lui. Il essaya de comprendre, sans succès, ce que cette petite raclure d'André Zeinoun faisait là aussi. Même s'il ne l'avait croisé que deux ou trois fois, il le reconnut tout de suite. C'était tellement incongru de le voir à cet endroit qu'il ne se donna même pas la peine de réfléchir. Il resta concentré sur Markov et presque mécaniquement s'assit sous l'insistance de Mamedov. Il avait l'étrange sensation de comparaître devant un tribunal. Pourtant l'accusateur c'était bien lui. Le ministre des Sports du Turkménistan reprit sa place et s'adressa à Matt :

— Monsieur Berger, je crois savoir que vous cherchiez à nous parler. Nous voici à votre entière disposition.

— Je ne pensais pas que le comité d'accueil serait si conséquent.

— Toutes les personnes ici présentes sont pourtant concernées par votre affaire.

Matt prit le temps de dévisager une nouvelle fois un par un les hommes assis devant lui sur le canapé. Il tenta de paraître impassible, à l'image de ses interlocuteurs. Mais sa main droite tremblait ostensiblement. Surtout, son cœur devait bien monter à 170 pulsations minute. Devant le mutisme de Matt, qui tentait de se calmer, Mamedov reprit la parole avec un ton toujours aussi dégoulinant de condescendance.

— Que pouvons-nous faire pour vous ?

— C'est Jimmy Rowland que je souhaitais rencontrer, parvint enfin à articuler Matt.

— Malheureusement, il ne pourra pas se joindre à nous. Il a un match demain soir, et il doit se reposer pour être en pleine forme et se montrer à la hauteur des efforts que nous avons consentis pour le faire venir.

Mamedov accompagna sa phrase d'un petit rictus de contentement. Puis il poursuivit.

— M. Zeinoun, son nouvel agent, pourra peut-être répondre à vos interrogations.

Zeinoun, l'agent de Rowland ? C'était à ce titre qu'il était présent ? Matt ne pigeait toujours rien. Et les deux types qui l'accompagnaient, il s'agissait de ses associés ? Il respira un grand coup et décida de mettre un terme aux circonvolutions souvent d'usage dans ce pays. Il pointa alors un doigt accusateur vers Markov.

— Pourquoi a-t-il voulu me tuer ?

Le grand Russe resta impassible. Il revenait à Mamedov et à lui seul de mener la conversation. Le ministre eut l'air agacé par cette entrée en matière peu diplomatique. Ce n'était pas son style et Dieu sait ô combien il attachait de l'importance au style. Après une grimace de récrimination, il décida pourtant d'être aussi direct que Matt.

— Parce qu'une nouvelle fois, vous avez contrarié nos projets, c'est une bien mauvaise habitude que vous avez prise.

Le ton ironique de Mamedov commençait à exaspérer Matt, qui réussit toutefois à se maîtriser. Il n'avait rien à gagner à se braquer. Il lui fallait des réponses et rester en vie autant que possible.

— Je pense l'avoir payé assez cher.

— Vous êtes toujours en vie.

— Ma vie, je vous la donne si vous avez le courage de me dire toute la vérité.

Matt sentait qu'il perdait le contrôle. Il ferma les yeux l'espace d'un instant. Son cœur battait toujours la chamade.

— Votre misérable existence n'a plus aucune valeur pour nous. Maintenant, si vous souffrez trop, nous pouvons nous montrer humain et faire une geste. Markov ne serait pas contre terminer ce qu'il avait commencé.

Le Russe hocha la tête pour confirmer. Matt ne le vit même pas. Il était désormais uniquement concentré sur Mamedov. Il se leva comme pour donner encore plus de force à ce qu'il s'apprêtait à dire. Les sbires de Mamedov réagirent immédiatement et firent un pas en direction de Matt. Le ministre les incita à la retenue d'un mouvement de la main.

— Pourquoi Marie Dubois est-elle morte il y a huit ans ?

Cette question, il se l'était posée des milliers de fois. Il avait fini par se persuader, même s'il ne l'avait pas accepté, que c'était un manque de chance. Aujourd'hui, il pressentait que la chance n'avait rien à voir dans cette sombre histoire. Mamedov lui en apporta la confirmation.

— Votre amie est morte à cause de votre obstination à vouloir nous nuire.

Cette vérité brute le fit vaciller. Il aurait dû être révolté, hystérique. Au lieu de cela, Matt Berger plongea d'un seul coup dans l'apathie comme assommé par ce qu'il venait d'entendre. Il était bien le responsable de la mort de l'amour de sa vie. Et si finalement il s'en était toujours douté ?

— Qu'est-ce que j'ai fait pour mériter ça ?

— Vous avez mis votre nez où il ne fallait pas.

— À quoi faites-vous allusion ?

— À votre précédent voyage au Turkménistan.

— Je n'ai fait que traverser clandestinement votre pays.

— Pour y collecter des informations compromettantes.

— Je ne suis reparti qu'avec quelques photos.

— Et un épais dossier.

— Je ne sais pas de quoi vous parlez.

— Il n'est plus temps de mentir, monsieur Berger.

— Nous sommes sur la même longueur d'onde.

— Alors avouez donc. Ces chiens de renégats que nous avons capturés ont fini par dire la vérité.

Pour la première fois, Mamedov avait haussé le ton. Et son éternel sourire mielleux avait disparu.

— Ils vous ont menti.

— Impossible !

— Je n'avais à ma disposition que quelques photos sans importance.

— Vous oubliez le dossier.

— Je vous répète que je ne suis reparti qu'avec quelques clichés.

— Vous vouliez nuire à notre régime.

— Votre république d'opérette ?

— Votre morgue vous perdra.

— Et votre assurance vous tuera.

Mamedov ne voulut pas lâcher et paraître faible aux yeux des autres personnes présentes.

— J'étais, à cette époque, le conseiller spécial du président Niazov et à ce titre l'un de ses plus proches collaborateurs. Nous savions parfaitement que vous aviez eu connaissance de la fausse tentative d'assassinat sur notre président. L'un de ces maudits chiites vous en avait même donné la preuve avant de vous exfiltrer par l'Iran. Inutile de nier.

— Vous ne vous êtes même pas rendu compte que vos petites manœuvres, vos gesticulations, l'Occident et le monde entier s'en foutaient. Vous auriez pu égorger, affamer votre peuple sous leurs yeux qu'ils n'auraient pas réagi. Et vous avez monté ce stratagème pitoyable pour justifier votre répression. Ç'aurait pu être drôle si je n'avais pas été la première victime de votre idiotie.

— Ne nous insultez pas, éructa Mamedov en serrant les dents.

Un blanc s'installa. Les deux hommes se toisèrent. Matt n'éprouvait plus aucun signe de nervosité. À l'inverse de Mamedov qui décida brutalement que la conversation était terminée.

— Cela ne nous mènera nulle part. Maintenant rentrez chez vous monsieur Berger avant que je ne change d'avis.

— Une dernière chose. Pourquoi ne pas vous en être pris à moi directement ?

Mamedov souffla pour bien montrer son agacement. Il consentit tout de même à répondre.

— Parce que nous avons voulu faire une fleur à un ami.

— De qui parlez-vous ?

Mamedov éluda.

— Je dois à présent m'en aller. Un conseil, monsieur Berger, prenez le premier avion qui décollera demain matin. Quelle que soit sa destination.

— Vous n'avez pas tenu votre promesse de tout dire.

— Et vous vous êtes fourvoyé dans vos mensonges.

Mamedov s'adressa alors à sa garde rapprochée.

— Nous partons.

Matt Berger n'esquissa pas le moindre geste, ni ne rajouta une parole. Il était résigné. Au moins sortirait-il vivant de cet hôtel. C'est ce qu'il croyait avant de croiser le regard hagard d'André Zeinoun qui s'était levé à son tour. Le fils à papa prit la parole pour la première fois.

— Si le ministre Mamedov le permet, je vais m'occuper du transfert de Berger.

Mamedov, sur le pas de la porte, se retourna et afficha une moue songeuse. Il semblait peser le pour et le contre.

— Faites à votre guise, mais ne laissez pas traîner de cadavre derrière vous. Demain est un jour de fête que rien ne doit gâcher.

Ce fut comme un électrochoc. Matt Berger sortit d'un coup de sa léthargie. Il scruta ce dingue d'André Zeinoun. Il venait enfin d'assembler la dernière pièce du puzzle. Sûrement trop tard. Mobilisé par cette révélation, il ne vit pas l'homme au visage de fouine apparaître soudainement dans l'encadrement de la porte de la suite, un Glock à la main. Les gardes du corps de Mamedov, pris par surprise, n'eurent que le temps de poser leurs mains sur la crosse de leurs armes. Leur chef les dissuada d'aller plus loin.

— Arrêtez ! Cet homme ne nous veut pas de mal.

Puis il se retourna vers Zeinoun.

— Vous allez devoir revoir vos plans.

Mamedov et ses deux comparses passèrent devant la fouine, suivis d'un Markov impassible. Le ministre s'adressa à l'inconnu.

— Je ne savais pas qu'il vous intéressait.

Sa voix était pleine de déférence, presque de soumission. Indiscutablement, Mamedov connaissait cet individu. Matt aussi.

Mamedov et sa cour n'avaient pas encore franchi le palier de la porte lorsque Zeinoun interpella le ministre-président.

— Une minute, vous avez peut-être réglé votre petit business avec ce mec, mais moi je ne le connais pas et je veux Berger.

— Un conseil, monsieur Zeinoun, faites ce qu'il dit, lança Mamedov avant de tourner définitivement les talons.

Zeinoun se retourna immédiatement vers le nouvel arrivant :

— Alors, on se la joue comment ? À pile ou face ?

— J'ai une autre idée. Je pars avec Berger et vous restez là gentiment.

— Là, mon pote, je crois que tu rêves. Je ne sais pas qui tu es et je m'en fous. Ce type est pour moi.

— Vous oubliez un détail, c'est moi qui tiens le pistolet.

La fouine n'avait pas cessé de braquer son flingue sur Zeinoun et ses deux complices qui fulminaient, prêts à agir à la moindre ouverture. Matt, pour sa part, était resté à proximité de son fauteuil. L'arrivée de cet homme l'avait également pris par surprise, mais ce petit intermède lui avait permis de recouvrer totalement ses esprits. Il était désormais guidé par son seul instinct de survie. Ces deux types s'écharpaient pour le récupérer. Lui n'avait plus qu'une certitude : il ne tenait à aller ni avec l'un ni avec l'autre. La fouine tenait son arme en direction de la bande à Zeinoun. Matt formait la troisième base du triangle. Il y avait une possibilité. En étant assez rapide, il pouvait atteindre la porte avant que les autres ne réagissent. Avec un peu de chance, ils se neutraliseraient et il pourrait en profiter. Il fallait qu'il tente le coup. Les quatre hommes s'épiaient. On se serait cru en plein cœur d'un western spaghetti. La tension était palpable. C'est le moment que Matt choisit pour sauter par-dessus la table basse et sprinter vers la sortie. À la hauteur de la fouine, il fut cueilli par un coup de pied au foie qui le mit au tapis instantanément. L'homme avait réagi avec une rapidité stupéfiante. Mais il ne fut pas assez prompt pour éviter la charge du premier complice de Zeinoun qui lui fit lâcher son arme. Ils roulèrent tous les deux sur la moquette. Avec l'agilité d'un chat, la fouine se remit sur ses genoux, enjamba l'homme à terre et lui administra un violent coup de poing sur le plexus. Dans le même mouvement, il sortit de sa manche une lame effilée, prit appui sur sa jambe gauche, fit une volte-face à 180 degrés. Le couteau trancha net la carotide du deuxième assaillant qui n'eut même pas le temps de s'apercevoir de ce qui lui arrivait. Émir et Kristoff moururent comme ils avaient vécu, ensemble.

Le nez dans la moquette, Matt reprenait tout juste sa respiration. Une violente douleur lui parcourait le ventre. Il distingua André Zeinoun, de dos, qui tenait désormais en joue la fouine. Matt avait eu l'impression de ne perdre connaissance que quelques secondes et pourtant la situation s'était inversée. Il décida de ne pas se manifester et d'observer. Tant qu'ils le croyaient KO, il avait un avantage. Il se rendit compte également du coin de l'œil que les deux hommes de Zeinoun étaient à terre. L'un paraissait inanimé, tandis que l'autre baignait dans son sang. Zeinoun était secoué par des spasmes de nervosité.

— Qui que tu sois, tu n'aurais pas dû te mêler de cette histoire. Tu as tué mes deux amis et tu vas le regretter, gueula Zeinoun.

Joignant le geste à la parole, il appuya sur la détente. L'homme fut atteint au niveau du genou. Il s'affaissa mais ne cria pas.

— Non seulement tu vas crever, mais à petit feu, tu vas souffrir.

La deuxième balle atteignit l'épaule gauche.

— La troisième, je te la loge entre les deux yeux, ricana Zeinoun comme hystérique.

Il leva son bras. Matt ne pouvait pas le laisser faire. À bien y réfléchir, il ne voulait absolument pas tomber dans les pattes de ce psychopathe. Il s'accroupit le plus discrètement possible, puis se releva d'un bond et asséna un coup de poing derrière la nuque du fils du magnat des médias. Zeinoun bascula en avant sur sa victime. La fouine utilisa sa dernière jambe valide pour le repousser. Le pistolet lui atterrit presque dans les mains. Il visa la tête d'André qui s'était relevé.

— De sang-froid, tu n'y arriveras jamais, grogna Zeinoun. Alors qu'est-ce que t'attends ? Tire couille molle.

— À tes ordres.

— Non !

Matt tenta de s'interposer. Trop tard. La tête d'André Zeinoun explosa sous l'impact du 9 millimètres et le sang envahit sa tignasse blonde péroxydée dans un mélange de couleurs très esthétique.

La fouine parvint tant bien que mal à se remettre sur ses jambes. Il avait toujours le pistolet dans les mains et il le dirigeait vers Matt qui se demandait s'il avait réellement fait le bon choix. Son ventre le faisait encore souffrir et il dut se tenir au mur pour rester debout. Il se sentait comme électrisé par la douleur et par la peur. Il parvint tout de même à murmurer.

— Que me voulez-vous ?

— Je dois vous ramener.

Matt se demanda s'il avait bien entendu. Il s'attendait à entendre prononcer son arrêt de mort.

— Me ramener où ? Et d'abord qui êtes-vous ?

— Je représente les gens que vous avez sollicités pour vous aider.

Matt réfléchit un instant.

— Je n'ai demandé le concours que d'un homme et je n'ai pas eu de réponse.

— Je suis la preuve qu'il vous a bien entendu et qu'il voulait vous voir, vivant.

— Nous ne pourrons jamais sortir d'ici.

— Ne vous inquiétez pas de cela, c'est mon job.

La fouine, qui s'appelait en fait Mahmoud Barati, se révéla être un agent de la Vevak, les services secrets iraniens. Une heure seulement après le carnage de l'hôtel Présidentiel, Matt Berger passait, en pleine nuit, la frontière avec l'Iran, dans une camionnette pilotée par un complice de Barati. Ils prirent la direction de Mashhad, la deuxième ville du pays, située au Nord, à deux heures seulement de route du Turkménistan. Le lendemain après-midi, après avoir tenté vainement de trouver le sommeil dans un appartement du centre-ville, deux hommes en costume gris vinrent le chercher.

Matt attendait maintenant depuis plus d'une heure. Il était seul dans une pièce très neutre où seuls trônaient les portraits de Khomeyni et de Khamenei, les deux guides suprêmes qui s'étaient succédé depuis la révolution et la mise en place en 1979 de la République islamique. Même s'il était entré par une porte dérobée, Matt avait pu voir qu'il mettait les pieds dans une sorte d'école coranique. Il avait pu apercevoir, à la dérobée, ce qu'il pensait être des étudiants, des jeunes oulémas. La seule fenêtre donnait sur une petite cour intérieure pavée. Il n'y avait encore vu personne lorsque deux hommes firent leur apparition par le côté sud. Matt n'était pas très érudit en théologie, mais l'un des deux individus était vêtu comme un ayatollah, avec une grande tunique ample de couleur grise et un turban noir sur la tête. Sa démarche était pleine d'assurance. Celui qui l'accompagnait avait, pour sa part, l'allure d'un disciple. La hiérarchie entre les deux hommes était claire. Lorsqu'ils firent leur entrée, Matt eu un moment d'hésitation. Il se leva de son fauteuil. Il ne sut pas quelle attitude adopter envers l'homme enturbanné qui devait être un haut responsable religieux. Il décida de se contenter d'un signe de tête. Il n'eut pas le temps de le terminer. Le dignitaire leva la main comme pour stopper son geste.

— Cette rencontre est purement informelle. Nous ne sommes pas censés nous être vus. Votre seule présence ici est une hérésie.

Ce ne fut pas la froideur de l'accueil qui troubla Matt, mais la voix de l'homme. Il la connaissait. Il n'osa pas le dévisager. Mais il en était sûr, il lui avait déjà parlé. Il le regarda plus attentivement. Avec la barbe en plus et la tête couverte, il ne l'avait pas reconnu. Pourtant, c'était bien lui. Izzat Foussemei lui faisait face, droit comme un I. Son ancien guide n'avait finalement pas tellement changé. Il avait conservé ce regard froid que l'annonce surprenante d'une paternité, il y a huit ans, n'avait même pas réussi à adoucir.

— Tu m'as reconnu ?

— Je ne pensais pas que tu aurais le courage de venir me voir.

— Je ne crains que Dieu.

— Tu as beaucoup changé, je parle surtout de ton statut. J'ai quitté un rebelle en lutte et je retrouve un notable.

— Un serviteur d'Allah.

— Pourquoi es-tu là ?

— Parce que tu m'as contacté.

Matt fit comme s'il n'avait pas entendu la réponse de Foussemei et poursuivit son cheminement.

— Le remords peut-être.

— Je n'ai aucune raison d'en avoir.

— Le pouvoir protégerait-il de ce sentiment ? Si j'ai bonne mémoire, il s'agissait de l'une de tes théories qui expliquait les exactions de Niazov.

— Ne me compare pas à ce porc !

Izzat Foussemei avait lancé cette phrase d'un ton sec sans pour autant élever la voix. Il se comportait comme une machine ou un être dépourvu de toute émotion. Un homme désincarné qui n'avait déjà plus rien à faire avec le monde d'ici-bas. Matt était pourtant bien décidé à lui ramener les pieds sur terre et à le mettre face à ses responsabilités. Il décida donc de biaiser pour mieux s'attaquer à ce mur.

— Je découvre l'étendue de ton nouveau pouvoir. J'avais demandé à Jean-Eudes Duplessis de contacter un homme, un dissident. Je reçois l'aide de la très redoutée Vevak.

— Je ne suis plus le même.

— Je le constate, tu disposes même désormais de… larbins ? Est-ce le bon terme ?

Matt lança un regard appuyé au jeune homme totalement effacé qui accompagnait Izzat.

— Je ne chercherai pas à éduquer un mécréant de ton espèce. Te parler me donne la sensation de me salir.

— Pourquoi le fais-tu alors ? Peut-être parce que tu me dois bien ça ?

La réponse de Foussemei jaillit.

— Je ne te dois rien.

— Des explications ? D'abord comment dois-je m'adresser à toi ? Quel est ton titre ?

— Je suis devenu un ayatollah.

Une pointe de fierté teinta sa réponse. L'orgueil et la suffisance, voilà quels étaient les talons d'Achille de cet individu que rien ne semblait toucher. Matt le perçut tout de suite. Il continua sur cette ligne directrice.

— Une progression exceptionnelle en si peu de temps.

— Ma patrie d'adoption a souhaité rendre hommage à mon combat et à ma foi. Je suis légitime. Les mojtahed m'ont élu.

— Les quoi ?

Foussemei, assis en tailleur, ne leva sa main de son genou que de quelques centimètres. L'élève, jusqu'ici muet, prit instantanément la parole.

— Les mojtahed constituent le premier niveau hiérarchique chez les clercs. Il s'agit de religieux qui, après un cycle complet d'études théologiques, reçoivent par écrit l'autorisation d'enseigner à leur tour et d'interpréter la loi islamique. Les mojtahed sélectionnent ensuite les théologiens de haut rang et d'âge respectable, les ayatollahs.

Matt fut estomaqué par la rapidité et la précision de la réponse du gamin. Il avait bien révisé sa leçon et surtout compris qu'il lui incombait la basse tâche d'expliquer les choses. Son Maître était bien au-dessus de ça. Matt estima qu'il était intéressant de voir la réaction de Foussemei s'il le mettait à l'écart. Il s'adressa alors volontairement au jeune homme qui gardait la tête baissée.

— Je croyais qu'il n'y avait qu'un ayatollah, le guide suprême de la révolution.

Le gamin reprit sur le même ton comme s'il débitait une récitation apprise par cœur.

— Parmi les ayatollahs, une nouvelle sélection s'opère par cooptation pour désigner ceux qui seront reconnus aptes à devenir des modèles à imiter. Ils portent le titre de grand ayatollah. Tout chiite laïque doit choisir parmi eux celui qui sera son guide.

— Et ton maître aspire à devenir l'un d'eux ?

L'élève hésita. Il n'était pas habilité à répondre à une telle question. Foussemei reprit la parole naturellement.

— Je dirige une école de théologie avant peut-être de prendre les rênes d'une bonyad, une fondation religieuse très puissante économiquement. Celle de Mashhad, Astan-e Qods Razavi, est la plus influente. Elle est chargée de gérer le sanctuaire du huitième imam, objet du premier pèlerinage du monde puisque nous recevons dans cette ville plus de 12 millions de pèlerins par an.

— Qui est ce huitième imam ?

— Les chiites attribuent à Ali, cousin et gendre du prophète, une sainteté éminente et un rôle presque égal à celui de Mahomet. Nous conférons à Ali un droit absolu à la direction spirituelle de la communauté, ainsi qu'à ses descendants en ligne directe, les imams, choisis selon un principe héréditaire. Leur place est centrale pour le chiisme, puisqu'il continue le cycle des prophètes qui, pour les sunnites, s'est arrêté avec Mahomet.

Matt voyait qu'Izzat prenait désormais un réel plaisir à dispenser son savoir. Son visage, si impassible, s'animait enfin. Matt espérait qu'il conserve cette ferveur. Aussi, il le relança :

— C'est ce qui vous différencie de vos amis sunnites qui vous ont persécutés pendant des siècles.

— Chez nous, les chiites, nous avons le culte des saints et des martyrs. Le croyant ne se retrouve pas seul face à un dieu lointain. Il dispose d'intermédiaires. Soit le représentant du magistère religieux sur terre, soit le saint lui-même à qui les croyants viennent porter leurs prières dans les mausolées.

— D'où ta position stratégique en étant ici à Mashhad. Tu es un homme ambitieux.

— Je n'ambitionne que de servir Dieu.

— Et pour le servir tu es prêt à tout.

— J'ai sacrifié ma famille en décidant de combattre Niazov.

— Et tu as sacrifié aussi la mienne, celle que j'allais construire.

L'accusation sembla enfin percer le blindage d'Izzat Foussemei. Son visage se crispa l'espace d'une seconde.

— Je ne regrette rien. Tu n'étais qu'un pion pour moi, comme moi je l'étais pour toi. Je me servais de toi pour faire avancer ma cause. Et tu te servais des malheurs de mon peuple pour vendre tes papiers.

— Ta vision des choses est quelque peu restrictive. Ton Dieu ne t'a donc jamais appris la miséricorde et la bonté ?

— Tu n'as aucune leçon à me donner. Quand tu dois lutter pour ton droit de croire, de prier, d'être libre, tous les coups sont permis.

Foussemei s'animait de plus en plus.

— Alors, tu n'as pas hésité une seule seconde avant de me précipiter dans les griffes de ceux qui t'avaient tellement brimé ? En inventant cette histoire de dossier compromettant.

— Ne te plains pas, j'espérais faire de toi un martyr. Imagine, un journaliste occidental qui aurait payé de sa vie une enquête sur le Turkménistan. J'en rêvais. Un vrai coup de tonnerre. Le pouvoir fantoche de Niyazov n'y aurait pas résisté.

— La prochaine étape aurait donc été de médiatiser ma mort.

— J'en aurais apporté les preuves.

— Sauf que rien ne s'est déroulé comme tu le pensais.

— J'ai appris bien plus tard que c'était ta femme qui avait été sacrifiée. Crois-moi si tu veux, mais j'ai été désolé qu'une innocente paie à ta place.

C'était le premier signe de réelle humanité manifesté par Foussemei. Matt comprit alors que dans cette étrange conversation qui s'était engagée, c'était ce qu'il recherchait. Pourquoi ? Peut-être pour donner un sens à la mort de Marie et ne pas simplement la réduire à une victime de basse manigance politique. Elle méritait tellement mieux que ça.

— Je suis passé à autre chose. Après des années de combat, j'avais enfin la possibilité de m'accomplir. Tu ne peux pas me contester ce droit.

— Je constate simplement que ta détermination a été à géométrie variable. J'ai subi pour ma part son côté le plus extrémiste.

— C'est comme ça.

— C'est donc tout ce que tu as à dire aujourd'hui.

— Je t'ai sauvé la vie, hier soir.

— Après l'avoir détruite.

— Je ne pouvais pas savoir que cela se passerait de cette façon. Si je n'ai pas de remords, je dois bien avouer quelques regrets. C'est pour cela que j'ai décidé d'apporter des réponses à tes questions. Le simple fait pour moi de te rencontrer est une épreuve. Je n'ai rien à faire avec toi. Parler à un non-croyant est au mieux une perte de temps. Ta présence ici est une souillure. Heureusement, personne ne sera au courant de ta venue. Cela pourrait m'être préjudiciable.

— Tu es trop bon.

— Les documents qui étaient censés être en ta possession, il y a huit ans, existaient réellement. Ils étaient notamment entre les mains des services secrets iraniens.

Izzat Foussemei tendit la main sans même regarder son disciple qui lui transmit immédiatement le dossier qu'il détenait.

— Il y a une bonne partie des réponses que tu recherches là-dedans. Il est à toi. Il t'aidera peut-être à comprendre. Il contient aussi un billet d'avion, un aller simple pour Paris. Tu pars ce soir à 22 heures.

Matt se saisit brutalement de la chemise que lui tendait Izzat Foussemei. Il regarda son interlocuteur droit dans les yeux.

— La seule chose que je comprends déjà, c'est le dégoût que tu m'inspires. Tu te caches derrière ton Dieu, tes disciples, ta hiérarchie, ton pays et je ne sais quoi d'autre pour justifier ton comportement. Au fond, tu ne vaux pas mieux que les gens dont tu dénonçais l'attitude. Comme eux, tu restes prêt à tout pour parvenir à tes fins. Tu vois Izzat, plus que tes croyances, c'est ça qui nous différencie réellement. Que le Diable te garde. Car c'est bien de lui dont tu t'es rapproché le plus ces dernières années.

Izzat accusa le coup. Ses traits se raidirent. Il n'eut même pas le réflexe de raccompagner son invité indésirable qui avait déjà pris la tangente. Il redoutait cette rencontre. Il savait qu'elle interviendrait et qu'à ce moment il saurait si ce qu'il avait fait était juste. Il avait désormais sa réponse.

Vendredi 29 juillet

Malgré la crispation qui se lisait sur son visage, la jeune femme aux longs cheveux blonds n'avait rien perdu de sa beauté et de son éclat. Elle détestait les endroits peuplés et confinés. Avec le tube londonien, elle était servie. Pressée contre la porte, entourée en majorité de mâles qui ne prenaient même pas la peine d'être discrets pour la reluquer dans sa petite robe blanche, elle se demandait ce qu'elle faisait là. Heureusement, de Putney Bridge, où elle venait de monter, jusqu'à South Kensington, il n'y avait que 5 stations via Earl's Camp. La distance entre le quartier de Fulham et celui de Chelsea était courte. Elle avait même envisagé de faire le trajet à pied. Elle aimait marcher. Mais la température exceptionnellement élevée pour une fin de mois de juillet à Londres – il faisait déjà près de 25 degrés à seulement 9 heures du matin – avait fini de la dissuader. Elle devait être fraîche et pimpante pour son rendez-vous, se montrer belle, séduisante et surtout convaincante. Les portes du métro s'ouvrirent. Enfin la libération. Elle était arrivée. Elle se dirigea avec le flot de voyageurs en direction de la sortie. Bien que proche de son domicile, elle connaissait assez mal ce quartier de Chelsea. C'était pourtant aujourd'hui l'un des endroits les plus cotés de la capitale avec ses théâtres, ses restaurants et ses boutiques de luxe. Mais à son époque, les étudiants en médecine ne fréquentaient pas vraiment cette rive gauche de la Tamise au sud-ouest de Londres. Elle s'arrêta devant le plan pour bien s'assurer de l'itinéraire qu'elle devait emprunter. Onslow Square puis Bury Walk avant de tourner à droite sur Sydney Street. C'était bien le chemin qu'elle avait repéré la veille. Elle prit la peine de marcher lentement ; elle était en avance. Une petite dizaine de minutes plus tard, elle était devant la façade du Royal Brompton Hospital. Pas banal, se dit-elle. Malgré ses nombreux stages dans les différents centres hospitaliers de la ville, elle n'avait jamais mis les pieds au Royal Brompton. Elle n'avait donc jamais vu ses deux tours circulaires, telles des donjons, qui encadraient un corps principal en pierre marron clair dominé par des grandes fenêtres qui n'avaient, elles, rien à voir avec des meurtrières. Elle se demanda si cet ensemble architectural était bien rassurant pour les futurs patients. Mais au-delà des murs, l'institution avait acquis une réputation nationale et même internationale en cardiologie et dans le traitement des longues maladies. C'était la raison qui l'avait amenée ici.

— Madame, vous désirez ?

— J'ai rendez-vous à 10 heures avec le docteur Singh.

L'hôtesse d'accueil tapota sur son ordinateur.

— Fiona O'Sullivan ?

— C'est exact.

— Troisième étage, service oncologie. Les consultations sont tout de suite à droite en sortant de l'ascenseur.

— Je vous remercie.

Alors qu'elle se dirigeait vers l'escalier, Fiona s'interrogea. Aurait-elle pu travailler dans une telle structure ? À la fin de son internat, elle n'avait pas manqué de propositions. C'était une élève brillante et une praticienne douée qui avait le don d'assimiler rapidement les nouvelles techniques. Elle s'était spécialisée en pédiatrie, et sa technique tout autant que son relationnel avec les enfants faisaient l'admiration de ses collègues du Barts and London Children's Hospital et de ses anciens amis étudiants de l'University College Medical dont Amit Singh, à la fois surpris et content de retrouver son ancienne camarade, face à lui, dans sa salle d'examen.

— Fiona, c'est bien toi ?

— Et alors, on ne regarde pas le nom de sa patiente avant de venir ?

— Je ne me suis arrêté que sur le nom de famille, et des O'Sullivan, même à Londres, ce n'est pas ce qui manque. Mais que fais-tu là ? Ne me dis pas que…

— Non, je te rassure, je ne suis pas venue pour bénéficier de ta grande expertise.

Amit Singh parut quelque peu décontenancé mais sincèrement soulagé que sa vieille copine aille bien. Il s'avança enfin vers elle et lui ouvrit ses bras.

— Viens un peu là.

Fiona ne se fit pas prier, elle avait toujours beaucoup apprécié Amit. Ils étaient devenus amis dès la première année de médecine alors que l'amphithéâtre était encore bondé d'étudiants pleins d'espoir qui s'imaginaient déjà en éminent chirurgien. Plus les examens se succédaient et plus les bancs se clairsemaient, Amit et Fiona s'étaient rapprochés au sens propre comme au figuré. Ils ne faisaient partie d'aucun groupe et les deux jeunes gens paraissaient isolés. Fiona avait beaucoup de mal à oublier son Irlande natale et les grands espaces du Connemara. Au lieu de Dublin, elle avait choisi de poursuivre ses études à Londres pour mettre toutes les chances de son côté. Mille fois pendant le premier semestre, elle avait regretté cette décision. Son manque de moyens ne lui permettait pas de rentrer souvent chez elle. Son frère lui manquait terriblement. Mais elle s'accrocha parce qu'au bout il y avait la promesse d'une vie plus facile pour elle et pour Paddy. Elle ferait une bonne spécialisation, se construirait une belle réputation, exercerait dans les meilleurs hôpitaux anglais et aurait une clientèle privée très lucrative. Ils vendraient la ferme et Paddy viendrait la rejoindre à Londres. Amit, lui, était un pur Londonien originaire de Southhall. Mais il était considéré, encore une fois, comme un étranger dans cette fac de médecine. Il s'était toujours senti ainsi. Même dans son quartier, entouré d'une population, comme lui, d'origine indienne, il était différent. Alors que ses camarades passaient leur temps à jouer au football ou au cricket, lui avait le nez dans ses bouquins. Il était né à Londres, mais il n'y était pas bien. Il ne rêvait que du pays de ses ancêtres et était féru de littérature indienne. À 15 ans, il avait étudié les œuvres du philosophe Kabir. Il s'était plongé avec délectation dans les livres de Mohan Rakesh. Il voulait devenir écrivain et dramaturge. Au lieu de cela, ses parents avaient souhaité qu'il fasse médecine. D'origine modeste, ils s'étaient saignés pour lui offrir ses études. C'était le seul garçon de la famille et tous comptaient sur lui. C'était donc contre son gré qu'il avait entamé ses études de médecine. Pragmatique, il s'était fixé un nouvel objectif. Une fois son diplôme de médecin en poche, il irait exercer en Inde là où les gens auraient le plus besoin de lui. Fiona et Amit s'étaient aidés et soutenus pendant tout leur cursus. Ils s'étaient aimés aussi, brièvement. Ils étaient restés très proches et elle l'avait surtout dissuadé, à maintes reprises, de tout envoyer balader. Fiona avait de réelles facilités et elle entraîna dans son sillage un Amit bien plus laborieux. C'était un peu grâce à elle qu'il était devenu l'un des cancérologues les plus renommés de Grande-Bretagne. Aujourd'hui, c'était elle qui avait besoin de son aide.

L'accolade dura de longues secondes pendant lesquelles Fiona se sentit de plus en plus mal à l'aise. Amit était vraiment aux anges de retrouver sa complice. Elle, culpabilisait à l'idée de n'être là que pour lui demander un service. Fiona se dégagea doucement de l'étreinte de son ami. Elle lui jeta un regard amusé.

— Regardez-moi ce qu'est devenu ce chétif étudiant de première année de médecine. Un vrai mandarin, une sommité, une référence.

— N'en fais pas trop tout de même.

En réalité, Fiona pensait réellement ce qu'elle disait. Amit s'était transformé, physiquement.

L'assurance et la confiance l'avaient aidé à remonter ses frêles épaules et à mettre en valeur son mètre quatre-vingt-cinq. Il avait quitté ses éternelles lunettes à monture en plastique, d'abord pour des lentilles, avant de se faire définitivement opérer au laser. Ses cheveux très noirs étaient désormais parsemés de petites touches blanches qui lui donnaient beaucoup de charme. Fiona avait certes été témoin de cette mutation tout au long des années. Mais depuis cinq ans qu'ils ne s'étaient pas revus, il avait encore évolué. Elle remarqua l'alliance à son annulaire gauche.

— Alors, tu es enfin casé.

Amit eut un petit rire gêné.

— Oui et je suis même papa d'un petit garçon de deux ans.

— Qui est l'heureuse élue ?

— Je n'ai pas pu échapper aux clichés. C'est une ancienne infirmière de Brompton.

— Félicitations.

— Et toi que deviens-tu ? Toujours à parcourir le monde pour sauver les plus déshérités.

— C'est à peu près ça même si en ce moment je fais une petite pause. Mon dernier séjour en Afrique australe m'a pas mal secouée.

— Si tu es fatiguée, tu sais que nous avons ici une unité pédiatrique de premier ordre prête à t'accueillir.

— Je te remercie mais je ne suis pas encore si désespérée.

Amit prit un air faussement outragé.

— Ce serait si déshonorant ?

— Non, mais tu sais que ce n'est pas trop mon truc.

— On peut changer tu sais. Regarde-nous, nous en sommes les meilleurs exemples.

— C'est vrai mais à plus de trente ans, maintenant, je crois que j'ai fini de me chercher.

— J'aurais au moins essayé. Mais dis-moi, qu'est-ce qui me vaut la joie de ta visite ?

Fiona décida de ne pas y aller par quatre chemins.

— J'ai un énorme service à te demander.

Fiona était à peine sortie de l'hôpital qu'elle s'empara de son téléphone.

— C'est moi.

— Alors, il a accepté ?

— Il hésite encore. Même s'il sait ce qu'il me doit, il n'a pas bondi au plafond à l'idée de sacrifier son poste et peut-être même sa carrière.

— Tu ne lui en demandes pas autant.

— Non, c'est vrai, juste de faire un acte illégal. Peut-être que toi ça ne te gêne pas, mais d'autres ont des scrupules.

— Tu sais combien c'est important pour moi. Je dois pouvoir accéder à ce type. Il détient la dernière pièce de mon puzzle personnel. Sans elle, je ne pourrai jamais avancer.

— Je comprends parfaitement. Depuis une semaine que tu es revenu, tu ne cesses de me le rabâcher. Moi qui rêvais de partager des moments tendres et romantiques.

— Arrête, tu es tout sauf romantique.

— Peut-être que je cache mon jeu. On ne se connaît finalement que très peu.

— Tu as raison. Tu comprends, c'est si important pour moi de savoir.

— Je le sais parfaitement et j'ai accepté de t'aider. Mais je me disais que si cette solution devait échouer, tu ne voudrais tout de même pas...

— Non, je te l'ai déjà dit, je ne dois pas l'impliquer dans cette histoire. Il m'a déjà tellement soutenu. Je ne peux pas le compromettre, il risquerait trop gros. Je dois me débrouiller.

— Alors qu'Amit, lui, n'a rien à craindre ?

— Ce n'est pas la même chose. Si tout se passe comme nous l'avons prévu, ton médecin ne sera même pas inquiété. Personne ne saura ce qu'il a fait.

— Maintenant c'est fait, et la décision est entre ses mains. Repose-toi encore. Je fais un détour par le supermarché et je suis là dans une petite heure.

— À tout de suite.

Matt Berger raccrocha, passablement énervé. Il pensait que ce toubib dirait oui tout de suite. Il se leva du canapé et jeta un œil sur la Tamise toute proche. Il était en pleine réflexion lorsque son portable sonna à nouveau. Ce devait être Fiona. Peut-être que Singh l'avait déjà rappelée et qu'il avait accepté. Il se précipita sur son téléphone qui afficha le nom de JED. C'était au moins le vingtième coup de téléphone qu'il recevait de sa part depuis son retour du Turkménistan. Il ne pouvait pas laisser son ami comme cela dans l'ignorance et l'inquiétude. Il devait lui parler et être fort.

— Allô.

— Bon sang Matt, c'est toi ?

— Je t'ai manqué ?

— Nom de Dieu de bordel de merde, tu as une idée du souci que je me suis fait ? Tu viens juste de rentrer ?

Matt avait rarement entendu JED jurer de cette façon et encore moins perdre son sang-froid et son flegme légendaire. Son pote était visiblement à cran mais il lui devait tout de même la vérité.

— Cela fait une semaine.

— Une semaine ? Une putain de semaine ? Et tu l'as passée où ? Dans le trou du cul du monde ? Tu n'avais pas de réseau ? Tu n'as pas eu mes messages ?

— Si JED, mais je ne pouvais pas te répondre. C'est un peu compliqué et long à t'expliquer.

— Et depuis quand je ne serais plus apte à écouter tes conneries en long, en large et en travers ? Je te signale que cela fait plus de trente ans que je me les coltine.

— JED...

— Non, écoute-moi pour une fois. Tu as raison le téléphone n'est pas le meilleur moyen. Tu es où en ce moment ? À Paris ? Je peux être dans trois heures au Bristol ou même chez toi si tu préfères.

— Je ne peux pas te dire où je suis parce que tu trouverais le moyen de m'obliger à te parler et je n'en ai pas envie.

— Pas envie ? Mais tu as craqué mon pauvre vieux. Ils t'ont fait subir un lavage de cerveau là-bas. Tu te souviens de qui je suis, de ce que j'ai déjà entrepris pour t'aider à avancer dans cette affaire ?

— Ne dis pas de bêtises, je sais parfaitement ce que je te dois. Mais j'ai l'obligation de me débrouiller seul à présent. Je touche au but. Bientôt, enfin je saurai et je te jure que tu seras le premier à tout comprendre.

— Laisse-moi le temps de te convaincre que je peux encore t'être utile.

— Mais je n'en doute pas, bien au contraire.

— Alors cesse de jouer les mystérieux et dis-moi où on se rejoint.

— Tu sais parfaitement que si nous nous voyons face à face tu parviendras à me faire changer d'avis. À ce petit jeu-là tu as toujours été beaucoup plus fort que moi. Ce n'est pas pour rien que tu es à ta place et moi à la mienne.

— Sérieusement Matt, je me suis fait un sang d'encre. J'ai activé mes réseaux pour avoir de tes nouvelles, sans succès. J'ai même appelé le contact que tu m'avais demandé de rechercher avant ton départ. Le type est désormais injoignable. Il faut que tu me dises où tu en es. J'ai appris, il y a trois jours, que le fils de mon boss était mort. Heureusement, je n'ai su qu'hier qu'il s'était fait trucider dans un hôtel d'Achkhabad. Achkhabad mon ami, là même où tu étais. Tu imagines ce que j'ai pu me faire comme film te concernant.

La voix de JED était presque hystérique. Matt avait encore plus de remords à avoir mis son ami dans cet état. Mais il était bien décidé à ne pas céder.

— Je comprends parfaitement et je ne pensais pas que la nouvelle s'ébruiterait si rapidement. La seule chose que je peux te dire c'est que je vais bien et que je suis tout proche de la vérité.

— Laisse-moi t'accompagner pour ce dernier pas.

— Ce n'est pas possible.

— Tu es dingue...

— ...JED, JED, non ! Stop !

Matt avait hurlé au téléphone, ce qui eut pour effet d'interrompre immédiatement son interlocuteur. Il reprit doucement.

— Je ne peux pas t'en dire plus pour l'instant. Mais je te promets de très vite te mettre au courant.

— Mais qu'est-ce qui s'est donc passé là-bas ?

— Ce que je peux t'affirmer, c'est que tu m'as une nouvelle fois sauvé la mise. Si tu n'avais pas réussi à joindre l'homme dont je t'avais donné le nom, je serais mort moi aussi. Maintenant, je dois raccrocher. Je t'en prie, fais-moi confiance. Ce n'est plus qu'une question d'heures. Je te recontacte et je te dirai tout.

Matt ne laissa pas le temps à son ami d'ajouter quelque chose. Il raccrocha brutalement. S'il était amené à écourter la misérable vie de Michel Zeinoun, il valait mieux que le futur P-DG de son groupe ne soit pas au courant. À quelques centaines de mètres de là, à vol d'oiseau, de l'autre côté de la Tamise, Jean-Eudes Duplessis éprouvait la même culpabilité qu'il avait simplement déguisée en colère. Il regrettait de n'avoir rien dit à Matt à propos du danger que représentait André Zeinoun. Ce manquement aurait pu lui coûter la vie. Il s'en voulait terriblement. Mais le pire, c'était cette sensation de ne plus rien contrôler dans cette histoire. Le contrôle, les faux-semblants, il n'avait quasiment connu que ça dans sa vie et aujourd'hui encore, ils le poursuivaient.

Main dans la main, attablés dans ce petit resto libanais d'Oxford Street, Matt et Fiona ressemblaient à un vrai couple. Leurs gestes, leurs expressions laissaient à penser qu'ils se connaissaient depuis un bon bout de temps. Leur complicité crevait les yeux. Pourtant ces deux-là venaient de passer leur première semaine réellement ensemble. À son arrivée à l'aéroport Charles-de-Gaulle, le lendemain même des événements d'Achkhabad, Matt s'était trouvé totalement désemparé, perdu. De l'aide, il en avait refusé tout au long de ses années d'errance, mais désormais, alors qu'il venait enfin de comprendre qu'il ne s'en sortirait pas tout seul, il ne savait plus vers qui se tourner. Il ne pouvait plus se confier à JED, pourtant son meilleur et seul ami. Car c'était bien de parler dont il avait besoin, d'extérioriser ce sentiment de déception, de frustration, de haine et aussi d'espoir. Il pensa alors instantanément à Fiona. C'était un signe. Il n'avait d'ailleurs jamais cessé de penser à elle depuis qu'il l'avait vue pour la première fois. Matt était à des années-lumières d'envisager, avec qui que ce soit, un début de relation sérieuse. Mais Fiona était différente. Belle, naturelle, intelligente, elle semblait légère comme une plume, prenant la vie comme elle venait sans se poser de questions. Ils avaient couché ensemble le dernier jour en Irlande, mais elle ne l'avait pourtant pas rappelé. Lui en avait eu terriblement envie et presque naturellement, sans se poser de questions et alors qu'il était encore dans le hall B de l'aéroport, il sortit son téléphone. Le temps de passer chercher quelques affaires chez lui à Rueil, et le lendemain matin il débarquait dans ce petit appartement d'étudiante que Fiona n'avait jamais cessé de louer à Fulham. Elle avait conservé ce pied-à-terre à Londres parce que de nombreuses

ONG y avaient leur siège. Et en ce moment même elle préparait, pour le mois prochain, un long séjour en République centrafricaine. C'est ainsi que Matt s'installa provisoirement dans la vie de Fiona, par surprise et sans y être réellement invité. Les deux premiers jours, ils n'avaient fait que parler. Matt, par nature si silencieux, se transforma en moulin à paroles. Il raconta par le menu toute sa mésaventure au Turkménistan. Elle sut l'écouter, le questionner, le bousculer parfois sur des choix qu'il avait faits. Ce ne fut que le troisième jour qu'ils couchèrent de nouveau ensemble. Ils ressentirent la même alchimie que lors de la première fois. Après un quatrième jour en totale autarcie, Fiona dut se rendre à un entretien avec les dirigeants de Children Rescue. Matt profita de cette journée pour réfléchir et envisager son problème sous tous les aspects. Ce fut Fiona qui lui apporta la solution le soir même en la personne d'Amit Singh. Aujourd'hui, ils attendaient fébrilement la réponse du chirurgien.

— Tu es sûr de faire le bon choix en prenant ce risque ? interrogea Fiona.

Les doigts de Matt se crispèrent légèrement dans la paume de sa compagne.

— Je ne peux vraiment pas faire autrement. Tu connais parfaitement ma situation, je t'ai assez soûlé avec ça.

— J'aime quand tu te flagelles de la sorte. Ce petit air de chien battu te rend encore plus sexy.

— Arrête, je suis sérieux.

— Mais moi aussi. Écoute bien. Je ne suis pas le genre de fille à subir les jérémiades d'un pauvre type en manque de confidente. Le social, l'humanitaire, je les réserve pour mon travail, pas pour ma vie personnelle. Toi et ton histoire, c'est carrément autre chose. Vous êtes, à tous points de vue, extraordinaires.

— J'aimerais bien revenir un peu plus à l'ordinaire. Mais est-ce que je serais toujours aussi séduisant à tes yeux ?

— Tu t'en soucies ?

Matt hésita. Les grandes déclarations, ce n'était pas son style. Pourtant, il avait envie de lui dire combien elle comptait pour lui.

— Tu sais que toi aussi tu es une fille très singulière.

— C'est un compliment ?

Matt planta son regard dans celui de Fiona.

— Arrêtons de jouer au chat et à la souris. Je vais te dire exactement ce que je ressens pour toi, même si tu dois prendre peur.

— Tu ne vas pas me demander en mariage tout de même ?

Matt esquissa un sourire.

— Tu n'es jamais fatiguée de te planquer derrière ton humour ou ton ironie ?

— Ce sont deux boucliers très efficaces, je te promets.

— Ils te protègent de quoi ?

Cette fois, Fiona sembla gênée. C'était à son tour de passer sur le grill et elle n'aimait guère ce genre d'exercice.

— Peut-être des vilains garçons qui n'en avaient qu'après mon corps de déesse.

— Ton frère m'a dit que tu en avais bavé avec les mecs.

Touchée. Mais Fiona ne voulait pas rendre les armes si facilement.

— Tu connais Paddy. Il est toujours dans l'exagération et il est beaucoup trop protecteur. D'ailleurs, s'il savait que tu étais avec moi, il prendrait le premier avion pour venir te casser la gueule.

— Je suis prêt à prendre ce risque.

— Ouah, mon preux chevalier.

— Sérieusement Fiona. Tu connais mon passif et je te jure qu'il y a encore un mois de cela j'étais persuadé que je ne pourrais plus jamais être amoureux. Tout a basculé avec toi. Je suis en train de mettre mes tripes et mon cœur sur la table et je ne sais pas ce que tu vas en faire. C'est vachement angoissant, presque plus que d'affronter des méchants bonshommes qui veulent te faire la peau. Je te jure que j'étais moins stressé à Achkhabad.

Fiona retira sa main de celle de Matt et la passa délicatement sur le visage de son compagnon.

— Je ne suis plus très douée pour montrer mes sentiments, mais si je suis là avec toi, ce soir, ce n'est pas juste pour passer un bon moment. Je ne dirai peut-être pas tout de suite les mots que tu attends de moi. Mais tu verras que tu oublieras les belles paroles et que tu ne retiendras que mes actes. Et là, tu ne seras pas déçu. Dans un sens comme dans l'autre, tu sauras parfaitement où j'en suis avec toi.

— Je suis donc condamné à interpréter.

— Une fois encore je te le dis, ce sera assez clair. Je me suis assez fait mener en bateau. J'en ai tellement souffert que je ne le ferais subir à personne, même pas à mon pire ennemi.

— Me voilà rassuré, fit Matt l'air désabusé.

— Tu es coriace. Tu ne me lâcheras donc pas, n'est-ce pas ?

— Je suis un vrai journaliste d'investigation.

— Alors disons que ton article pourrait s'intituler : « La jeune interne qui s'est fait rouler par le beau professeur ».

— Non, ça ne va pas, c'est beaucoup trop long comme titre. Mais continue l'histoire peut m'intéresser.

— Alors, ce ne sera qu'une brève et nous en resterons là, promis ?

— Je t'écoute.

— Franchement, c'est d'une triste banalité.

— Laisse-moi en juger.

— Je finissais mon internat de médecine lorsque je suis tombée éperdument amoureuse d'un brillant chirurgien pédiatrique. Il avait dix ans de plus que moi. Il était beau, charismatique et il s'est simplement amusé pendant deux ans avec une jeune et naïve Irlandaise qui a cru à ses promesses de mariage et de fonder une famille. Je l'ai trouvé un soir, alors que je n'étais pas censée être de garde, dans une salle de repos avec une infirmière. J'ai appris par la suite qu'elle était loin d'avoir été la seule à connaître le bonheur de passer entre ses bras. J'ai terminé mon cursus et je suis partie pour ma première mission en Afrique. Point final.

— Et depuis, tu n'as plus jamais eu de relations sérieuses qui t'aient fait oublier ce minable ?

— Au contraire, celles que j'ai connues n'ont fait que renforcer ma méfiance envers la gent masculine. Ma psy m'a dit que je recherchais chez les hommes mon père trop tôt disparu. Putain, 60 euros la demi-heure pour m'entendre dire un pareil poncif, j'ai décidé d'arrêter également la psychanalyse.

J'essaie simplement de me soigner en m'amusant désormais.

— Et en évitant de t'investir.

— Tu l'interprètes comme tu veux. Mais un conseil, mon chéri, ne joue pas les psys non plus, ça risquerait de m'agacer malgré tout l'attachement que j'ai pour toi.

Fiona avait prononcé cette dernière phrase avec un petit sourire forcé. Matt savait qu'il ne pourrait pas en demander plus. À son tour, il se pencha sur la table, prit la tête de Fiona entre ses deux mains et l'embrassa tendrement.

— Message reçu cinq sur cinq, ma chérie.

Les deux hommes pénétrèrent dans l'ambulance sans même se saluer. L'infirmier prit le volant et regarda de travers le nouveau toubib. Il ne le connaissait pas et pourtant cela faisait dix ans qu'il bossait au Brompton. Il décida d'en avoir le cœur net.

— Vous êtes le docteur… ?

— Laurent Vallers.

— Vous travaillez au Brompton ?

— Oui, en fait je suis nouveau. Je suis français. Je n'ai rejoint que depuis peu l'équipe du docteur Singh.

— Et il vous confie directement cette mission ? Dites donc il vous a à la bonne.

L'ambulance quitta l'enceinte de l'hôpital et s'engagea dans Sydney Street.

— Est-ce si étonnant ? Dois-je mal le prendre ?

— Pas du tout. Ne vous offusquez pas ! Je ne sais pas si vous savez, mais le client que nous allons voir ce n'est pas n'importe qui.

— J'ai entendu dire que c'était un homme de médias en fin de vie.

— Un ponte des médias vous voulez dire. Il fait partie des plus grosses fortunes de Grande-Bretagne et il n'est pas mal placé du tout au niveau mondial. Vous allez voir sa baraque. Impressionnante. On y est dans deux minutes.

— J'imagine déjà.

— Qu'est-ce qui est arrivé au docteur Stewart ?

— Qui ?

— Le médecin que vous remplacez.

— Ah, je crois qu'il a eu un empêchement. Mais c'est temporaire. Il revient très bientôt.

— Dommage, vous avez l'air plus sympa que lui. Il ne se prend pas pour de la merde avec ses grands airs. Avec tout le respect que je vous dois, ce n'est quand même pas sorcier de soigner le bonhomme. Vous n'avez qu'à remplir sa pompe à morphine pour la douleur. Pour le reste, on sait bien qu'il va clamser le vieux. Y'a pas besoin d'avoir fait de longues études.

Il accompagna sa remarque d'un rire gras et d'un coup de coude. Devant le manque de réaction de son passager, il tenta de garder bonne figure.

— Je ne vous ai pas choqué au moins ? Vous savez, dans ce métier faut se blinder. L'humour, ça aide.

— Je comprends.

— Nous voilà arrivés. 34 Manoir Street. Un petit coup de gyrophare deux tons et la porte s'ouvre. C'est magique.

Avant même que ne retentisse la sirène, les grandes portes vertes de la propriété bougèrent. Le quidam de la rue ne pouvait pas s'imaginer la magnifique demeure que cachaient ces hauts murs et ce gigantesque portail en plein cœur de Chelsea. Michel Zeinoun habitait un hôtel particulier de 30 pièces et de 500 mètres carrés avec un joli parc. Une pépite en plein centre de Londres. L'homme en costume sombre qui avait actionné l'ouverture de la porte s'approcha de l'ambulance.

— Salut Sam, ça va aujourd'hui ? T'es au courant que je suis avec un nouveau toubib ?

— L'hôpital nous a prévenus. Monsieur Vallers ? Puis-je vous demander votre carte ?

Amit Singh lui avait transmis le matin même, à la hâte, la carte ainsi que les instructions concernant les soins. Comme l'avait si finement rappelé l'infirmier, il n'y avait qu'à remplir la pompe.

— C'est OK, vous connaissez le chemin.

— Je vais faire faire le tour du propriétaire au petit nouveau. Ça ne te dérange pas si on prend le café dans le grand salon en matant la télé ?

— Moi non, mais je pense que Will et Mickey se feront un plaisir de vous botter le cul.

— Dommage, j'aurais quand même essayé.

— Comme tous les matins, ajouta Sam.

Le comique en blouse blanche remisa l'ambulance sous un grand préau qui séparait la demeure et la cour intérieure du parc. Les deux hommes prirent leurs deux valises de soins à l'arrière du véhicule et se dirigèrent vers la porte d'entrée où les attendait un deuxième homme, véritable clone du premier. Costume sombre, cheveux ras, carrure imposante. L'infirmier chuchota :

— Lui c'est Will et ce n'est pas un rigolo. Il est coincé du cul.

— M. Zeinoun vous attend. Vous avez dix minutes de retard.

— Excuse-nous, mais le temps d'expliquer au nouveau.

— Je vous accompagne.

— C'est nouveau ? Au bout de six mois je connais le chemin je te signale.

— Laisse tomber, on fait de cette façon aujourd'hui.

Le ton et l'attitude ne supportaient pas la contradiction.

— Comme tu veux, t'énerve pas.

Ils empruntèrent le grand escalier central qui accédait aux étages. Ils s'arrêtèrent au premier et prirent un long couloir. Les murs étaient tapissés de toiles de maître. Le garde du corps s'immobilisa devant une porte et fit signe au médecin de s'avancer.

— Le toubib d'abord.

— Normalement, je lui fais les soins avant et après je...

— Tu vas aller boire ton café tout de suite, M. Zeinoun souffre beaucoup aujourd'hui. Il a besoin rapidement de sa morphine.

— OK, je file à la cuisine.

Will ouvrit la porte et invita le docteur à entrer. Il le suivit et referma derrière lui. La chambre était vaste et presque vide. Une simple table, deux chaises et surtout un grand lit faisaient office de mobilier. Dans le lit, un vieil homme, rattaché à des machines, somnolait en râlant les yeux mi-clos. Si ce n'était le bruit qui sortait de sa bouche, on aurait dit un cadavre. Étonnamment le visage de l'homme s'anima lorsque ses visiteurs s'approchèrent. Le malade, avec l'aide de son homme de main, tenta de se redresser. Il rajusta le tuyau d'oxygène qu'il avait dans le nez. Ne serait-ce que bouger de quelques centimètres le faisait terriblement souffrir. Son visage décharné n'était déjà plus qu'une grimace. Ses lèvres se retroussèrent, signe que l'effort qu'il venait d'accomplir l'avait anéanti. Il ne portait plus désormais qu'un masque de douleur. Il déglutit et eut la force de s'adresser au médecin.

— Matthieu Berger, je suis très content de vous rencontrer enfin, en personne. Il était plus que temps.

Matt ne fut pas du tout étonné. De la façon dont s'étaient déroulés les évènements, il était certain que le docteur Amit Singh l'avait vendu. Matt se dit qu'il aurait peut-être fait la même chose. Il n'avait rencontré l'ex-ami de Fiona qu'une quinzaine de minutes le matin. Et l'homme qu'il vit n'était pas celui que sa compagne lui avait décrit. Le type sûr de lui, presque arrogant, avait laissé place à un mec apeuré, aux abois et surtout pas franc du collier. La pratique du poker avait permis à Matt de développer une sorte de sixième sens pour débusquer les bluffeurs. Il sentait généralement quand quelqu'un lui mentait. Amit Singh cachait quelque chose. Matt avait pourtant décidé de jouer sa partition comme elle était prévue. L'essentiel était qu'il puisse parler à Michel Zeinoun. L'attitude des gardes, mélange de fausse nonchalance et de vigilance, l'avait renforcé dans sa conviction.

— Will, veuillez nous laisser s'il vous plaît.

Le dénommé Will ne parut pas très chaud à cette idée.

— Ne craignez rien, M. Berger est un ami. Il fait presque partie de la famille. Il ne me veut que du bien. N'est-ce pas Matt ?

Matt ne répondit pas. Cet homme était au seuil de la mort. Et pourtant il éprouvait une véritable haine envers lui. Il était à l'origine de tous ses malheurs. Il avait fait basculer sa vie. Will s'exécuta et laissa seuls les deux hommes. Zeinoun fut prit d'une grosse quinte de toux. Il leva le bras en direction de la table. Il eut du mal à articuler :

— Matt s'il vous plaît, pouvez-vous me servir un verre d'eau ?

Matt se rapprocha de la table, versa l'eau minérale et tendit le verre sans un mot à Zeinoun.

— Vous seriez gentil de m'aider à le porter à mes lèvres.

Matt le fit malgré sa réticence. Zeinoun tenta d'avaler quelques gouttes puis fit signe de la tête que cela suffisait. Il ferma les yeux et laissa passer un long silence. Matt se demanda s'il ne s'était pas rendormi. Zeinoun sembla rassembler le peu d'énergie qui lui restait encore pour ouvrir de nouveau les paupières et s'adresser à Matt :

— Vous n'auriez pas dû vous donner toute cette peine pour venir me voir Matt. Je vous aurais rencontré bien volontiers. Prenez donc une chaise et rapprochez-vous de moi. N'ayez pas peur, la mort n'est pas contagieuse.

En silence, Matt fit ce que le mourant lui indiquait. Mais une fois assis près du lit, il sortit de sa sacoche une piqûre. Il testa, l'aiguille en l'air, que le liquide passait bien. Zeinoun eut pour seule réaction un sourire décharné.

— Qu'est-ce vous allez me faire ? Me tuer ? Je suis déjà mort.

Matt ne répondit pas. Il immobilisa, avec seulement deux doigts, le bras droit de Zeinoun qui ne ressemblait plus qu'à une baguette. L'agonisant eut pourtant un mouvement de recul et fit preuve d'une énergie stupéfiante. Son coude heurta la table de nuit. Le verre posé dessus bascula et se brisa.

Aussitôt le garde du corps, posté derrière la porte, fit irruption dans la chambre.

— Monsieur Zeinoun, tout va bien ?

Malgré la douleur qui avait envahi d'abord son coude puis l'ensemble de son corps, Zeinoun parvint toutefois à s'adresser au molosse.

— Ne vous inquiétez pas Will ! Sortez et ne nous dérangez plus !

Même au seuil de la mort, le patriarche avait retrouvé momentanément ses accents de dictateur qui avaient fait à la fois son succès et sa renommée. Will prit donc la porte, frustré. Il se serait bien vu mettre une trempe à ce faux médecin arrogant.

— Qu'est-ce qu'il y a dans cette seringue ? Un sérum de vérité ?

Matt se dit que ç'aurait pu être une bonne idée. Il n'y avait même pas pensé. Il avait préféré jouer sur la peur. Pour la première fois il ouvrit la bouche.

— Non, il s'agit d'ammoniaque.

— Mais vous êtes fou ! Vous allez me tuer !

Zeinoun ponctua sa phrase par ce qui pouvait ressembler à un rire sardonique.

— Vous rirez peut-être moins lorsque vous sentirez l'atroce douleur traverser tout votre corps et abréger votre misérable vie.

— C'est un service que vous me rendriez, ironisa Zeinoun. Ces fichus gardes du corps sont incapables de le faire et les médecins encore moins. S'il me restait encore quelques forces.

— Je suis à votre service. Mais avant de crever, vous allez vous confesser vieille raclure.

— Qu'ai-je donc à cacher que vous ne sachiez pas encore ? Je suis peut-être mourant mais j'ai encore d'excellents informateurs. Je connais point par point votre emploi du temps de ces quatre dernières semaines.

Zeinoun s'arrêta de parler afin de reprendre son souffle. Matt se demanda s'il allait parvenir à le retrouver. Cet entretien ne pourrait pas s'éterniser. Il devait faire vite.

— Vous avez exécuté Marie Dubois pour le compte de vos amis turkmènes afin de me neutraliser.

Zeinoun réussit à se ressaisir. Il murmura.

— C'est à peu près cela.

— Pour les remercier de vous avoir aidé à construire votre empire.

— Je crois que le dossier que vous a remis la Vevak est assez clair à ce sujet.

Matt l'avait parcouru de fond en comble une bonne dizaine de fois et l'avait mis en sécurité dans une consigne de la gare de Saint-Pancras. Il y était stipulé noir sur blanc que la société audiovisuelle de Zeinoun avait remporté une offre de marché pour un travail un peu particulier. Scénariser, réaliser et produire la tentative bidon d'assassinat sur Niyazov, le président turkmène. Son entreprise était déjà bien implantée, au Moyen-Orient notamment, et c'est pour cette raison que le grand guide avait fait appel à lui. Le film fut un tel succès que Niazov ne pouvait plus rien refuser à cet homme qui, croyait-il, avait fait de lui un héros. Les images de la tentative d'assassinat avaient fait le tour du monde. Non pas parce que les médias s'intéressaient à ce qui pouvait se passer dans ce pays, dont tout le monde se foutait, mais simplement parce que c'était spectaculaire. Niazov voulait faire parler de lui. Il avait réussi. Peu importait la manière. Il avait occulté les moqueries et les commentaires peu élogieux qui illustraient souvent les sujets. En contrepartie, Niazov avait entrouvert une porte qui jusqu'ici se fermait sur le nez de Zeinoun : le marché russe. Le Turkménistan, grâce à son gaz et son pétrole, avait l'oreille et l'attention de ses puissants voisins. Les Russes avaient donné une première chance à Zeinoun en lui permettant de racheter un journal financièrement à la dérive. Il l'avait transformé en moins d'un an en l'un des plus gros tirages de la presse russophone. À leur tour, les Chinois, les Européens et même les Américains avaient admis les compétences de Zeinoun. En parallèle, de nouveaux investisseurs avaient accepté de parier sur lui et avaient pris des parts dans ce qui allait s'appeler Global Entertainment. En dix ans, il avait réalisé l'impensable à une vitesse phénoménale.

Il jeta un coup d'œil à Zeinoun. Il paraissait désormais plongé dans une sorte de coma. Matt le secoua sans ménagement. Zeinoun rouvrit les yeux.

— Pardonnez-moi, je m'étais assoupi. J'ai tellement envie de dormir.

— Pas avant de m'avoir révélé les conditions exactes de la mort de Marie.

Zeinoun avala sa salive avec difficulté.

— J'ai bien peur que ce soit difficile. Je n'en sais pas plus que vous. J'ai sous-traité ce travail.

— À qui ?

— Je crois que vous avez déjà une intuition.

Matt sentit la sueur perler sur son front. Il perçut pour la première fois la forte odeur de détergent qui stagnait dans la pièce. Matt brandit de nouveau la piqûre.

— Vieux salopard, tes dernières respirations te servent encore à mentir.

— Vous savez bien que non.

— Tu vas m'aider à me tirer de cette baraque.

— Vous avez le champ libre, mes hommes ont pour ordre de ne pas intervenir. Quoi que vous fassiez.

— Pourquoi avez-vous donné cet ordre ?

— Parce que la mort peut souvent se révéler bien douce. Et je sais qu'en vous laissant vivre, je vous condamne à de grandes souffrances. Ce sera ma revanche.

— Sur quoi ?

— La mort de mon fils. Même si nous n'étions pas très proches, vous avez activement participé à la disparition de mon fils unique.

Le regard de Zeinoun se planta alors dans celui de son interlocuteur. Matt y lut toute la cruauté dont il était encore capable. En réaction il planta alors la seringue dans le bras de Zeinoun et actionna le piston. D'abord surpris, le malade esquissa un sourire. Il susurra.

— Je vous ai amené à faire exactement ce que je souhaitais.

— Ne te réjouis pas trop vite. La dose de morphine que je viens de t'injecter ne suffira pas à atténuer ta douleur. Tu vas toi aussi devoir encore pactiser avec la souffrance.

Mercredi 3 août

Depuis la mort de sa mère, Matt n'était pas revenu très souvent sur la tombe de ses parents. Dieu sait pourtant s'il avait culpabilisé tout au long de ces années. Après tout, c'était bien lui qui avait insisté pour qu'ils se fassent enterrer ici au Mesnil à l'endroit même où il avait grandi. Ce petit village de Normandie, c'était ses racines et il le leur avait assuré au détour d'une conversation alors que tous étaient en parfaite santé et heureux. « Si vous restez là, les vieux », comme il aimait à les appeler, « je vous promets que je viendrai fleurir votre tombe toutes les semaines. » Ils avaient tous ri de bon cœur à cette promesse de ce sacré Matt, un gosse incroyablement doué pour le bonheur. Il venait de terminer de très belles études avec succès. Il avait une petite amie ravissante, intelligente et ambitieuse. Rien ne semblait pouvoir lui résister. Et surtout pas ses parents. Alors que leur aîné leur avait causé bien du souci et qu'il était parti aux antipodes sans même les prévenir, Matt était resté très proche, fidèle au poste, solide comme un roc. Ils pourraient compter sur lui, c'était sûr. Son père était décédé deux ans plus tard emporté par une crise cardiaque. Matt avait alors bien pris soin de sa maman, jusqu'à la mort de Marie. Ensuite, Danièle Berger n'avait plus eu beaucoup de visites de son fils. Heureusement, les voisins de toujours étaient là pour lui faire ses grosses courses. Elle était de moins en moins autonome. Beaucoup au village pensèrent que ce fut de chagrin qu'elle mourut six ans après son mari. Elle prit ses dispositions pour se faire enterrer tout de même dans ce petit cimetière du Mesnil comme son fils l'avait souhaité. C'était sa façon à elle de lui dire une dernière fois combien elle l'aimait puisqu'elle n'avait pas pu le faire de vive voix. Matt s'accroupit et retira du vase les fleurs fanées qui devaient dater d'une quinzaine de jours. Il savait que Ginette Leboucher prenait soin de la sépulture de ses parents. Puisqu'il était là, il irait la remercier. Il déposa alors un baiser sur le marbre glacial de la tombe :

— Excusez-moi les vieux !

Ce chemin de terre à travers les bois lui paraissait si familier qu'il avait l'impression d'en connaître le moindre centimètre carré. Ici, cette racine qui dépassait toujours et qui l'avait fait maintes fois trébucher quand ils jouaient. Là, le petit bosquet touffu où ils aimaient se planquer pour se raconter leurs secrets. La vaste propriété des parents de JED, que l'on appelait aussi communément au village « le château », était devenue un terrain de jeux incroyable pour les deux jeunes garçons. Matt avait l'impression d'y avoir passé plus de temps que dans sa propre maison. Autour de la grande bâtisse bourgeoise, le domaine s'étendait sur pratiquement un hectare de bois au milieu duquel passait une petite rivière. Matt avait emprunté ce chemin des milliers de fois pour y rejoindre son meilleur ami. Son cœur se serra lorsqu'il vit, au bout de l'allée, l'antique 104 Peugeot garée toujours à la même place dans un petit renfoncement à proximité de la maison. Lorsque les parents de JED s'absentaient, les deux gamins empruntaient la vieille guimbarde pour sillonner les petites routes aux alentours. Évidemment, aucun des deux adolescents n'avait son permis. Matt passa devant la grande pelouse qu'ils s'étaient appropriée pour la transformer en terrain de foot, y plantant même des buts en bois qu'ils avaient construits eux-mêmes. La plupart des fenêtres étaient recouvertes des mêmes épaisses plaques de métal qui faisaient office à l'époque de volets anti-effraction. Elles étaient toutes rouillées. De manière générale, la grande maison avait pas mal souffert des affres du temps. La façade était toute décrépie. JED n'y revenait que très rarement. Il était pourtant hors de question pour lui de la vendre. Son frère et sa sœur l'y avaient encouragé très fortement. Il n'avait pas cédé. Chaque année, il se promettait d'entreprendre des travaux de rénovation. Chaque année, il trouvait une bonne excuse pour que ça ne se fasse pas. Matt le soupçonnait de vouloir laisser cette demeure en l'état comme il l'avait connue pendant les jours heureux de leur enfance. Il devait bien admettre que c'était réussi. Pratiquement rien n'avait changé. Tout avait juste vieilli. Comme eux au fond. Matt se dirigea lentement vers l'autre extrémité de la bâtisse d'où s'échappaient, à travers les seules fenêtres ouvertes, quelques notes.

Il reconnut immédiatement le son inimitable du piano de la mère de JED. Il avait les larmes aux yeux lorsqu'il rejoignit enfin son ami dans le salon de musique. Ce petit saut dans le temps lui prenait les tripes. Il s'attendait à voir surgir Kafka, le gros labrador beige de la famille, toujours le premier à venir le saluer avec sa démarche pataude. Il était enterré aujourd'hui juste derrière la maison. En tendant l'oreille, Matt crut même entendre la voix forte du « châtelain » à la perpétuelle recherche de son journal. Il ne vit que Jean-Eudes, qui lui tournait le dos, courbé et appliqué sur l'instrument, les yeux fermés, tentant de se rappeler la suite de cette polka qu'il avait si souvent entendue. Il râla.

— C'est toujours à ce même endroit que je bute.

— Je crois me souvenir que ta maman avait également quelques difficultés à le passer, intervint Matt.

— Pauvre mère, si elle m'entendait !

JED pivota sur son tabouret pour faire face à Matt. Il était blafard et arborait une barbe de trois jours très inhabituelle. Il n'avait pas fermé l'œil depuis soixante-douze heures.

— Je ne savais pas si tu viendrais.

— Je pensais bien te trouver ici. Là où tout a commencé et où tout finira.

— Tu as raison. Je me suis dit qu'il n'y aurait pas de meilleur endroit pour parler de nous, de ce qui nous lie de façon indéfectible…

— …Et de ce qui nous sépare aujourd'hui, l'interrompit Matt.

JED se leva et invita son ami à prendre place dans un des fauteuils disposés autour de la table basse. Matt s'assit et constata que la bouteille de vieux brandy, qui trônait au milieu, était au trois quarts vide.

— Tu souhaites m'accompagner ? Je vais te chercher un verre ?

— Non, je te remercie, je ne reste pas longtemps. Je ne viens chercher que des confirmations. Je voulais les entendre de ta propre bouche.

Matt semblait froid, distant, presque détaché, mais à l'intérieur il était en ébullition. Lui non plus n'avait pas beaucoup dormi depuis qu'il avait pris conscience de la réalité de la situation. Le vieux Zeinoun l'y avait presque obligé. Il était alors passé par tous les stades. D'abord l'abattement, puis la dénégation, avant la colère. Aujourd'hui, c'était un mélange des trois qui l'animait.

— Tu ne veux que cela ?

— Tu as autre chose à me proposer ?

— Des explications, peut-être ?

— Alors vas-y, je t'écoute.

La réponse fusa.

— J'ai simplement agi par amour.

Les deux hommes parlaient d'une voix faible et égale, mais c'était pour mieux masquer leur émotion réciproque.

— Je n'en ai jamais douté et je n'en doute toujours pas.

— Alors tu as compris ?

Pour la première fois, le visage de JED s'était animé. Matt le refroidit immédiatement.

— Comprendre quoi ?

— Que c'était elle ou toi.

À l'évocation de Marie, la tension monta encore d'un cran.

— Et tu étais obligé de choisir ?

Presque du tac au tac, JED répondit :

— Je ne pouvais pas faire autrement.

Il fit un énorme effort pour retrouver un semblant de sérénité.

— Zeinoun m'a impliqué, dès le début, dans cette sordide histoire, bien malgré moi, tu peux me croire. Il m'a demandé d'abord de trouver sur Paris une piaule discrète pour deux gars qui débarquaient du Turkménistan. Il m'a ensuite ordonné de me renseigner sur les faits et gestes d'un journaliste du nom de Matthieu Berger. Ce fut comme une déflagration. Je me suis arrangé pour être mis un peu plus au courant de l'affaire. J'avais la confiance du vieux et il m'a tout révélé des projets des Turkmènes. Après réflexion, j'ai pris la décision, moi aussi, de jouer carte sur table en dévoilant que tu étais mon meilleur ami. J'ai réussi à le convaincre lui et ses acolytes qu'il y avait une autre alternative à ton assassinat. Ils m'ont fait confiance.

— Et ils n'ont pas eu à le regretter, fit Matt, amer. Comment as-tu pu penser à elle ? C'est machiavélique.

— Non, il s'agissait simplement d'une évidence.

— Tu me connais tellement bien. Tu savais que sa mort m'anéantirait.

— C'était l'idée, effectivement.

— Comment peux-tu me l'avouer les yeux dans les yeux sans broncher.

— Parce que je n'ai pas de remords. J'ai fait ce que je devais faire.

— Et venir m'en parler pour que je persuade tes amis que je n'avais rien sur eux, ce qui était le cas, tu n'y as pas pensé ?

— Ils ne t'auraient pas cru.

— Nous aurions pu essayer de les convaincre. Au pire je me tirais, je me faisais oublier. Il fallait me le dire...

Matt balança d'un revers de main la bouteille d'alcool qui atterrit au pied du piano. Les yeux exorbités, les dents serrées, il dévisageait JED qui n'avait pas bronché malgré l'accès de colère auquel il venait d'assister. Matt s'éjecta du fauteuil comme pour mieux expulser cette fureur qu'il avait en lui. Il n'aurait dû avoir qu'une idée en tête à ce moment précis : massacrer ce type qui se disait son ami. Mais il n'en avait pas envie. Il était juste frustré de ne pas pouvoir diriger sa colère contre JED. Il n'y parvenait simplement pas. Il allait abdiquer, laisser tomber. Il ne voulait plus entendre ni comprendre les arguments de Jean-Eudes. Il aurait voulu le voir s'écrouler, s'excuser, pleurer en lui demandant pardon. Au lieu de cela, il restait froid, méthodique, certain qu'il avait pris la bonne décision. JED, dans ce domaine, avait toujours été le meilleur. Matt était sur le point de s'en aller. Il tenta toutefois de le faire flancher une dernière fois.

— Et Marie, tu n'y as pas pensé ? Je croyais que tu avais de l'affection pour elle. Toutes ces années où tu étais censé être notre ami à tous les deux, c'était de la comédie.

Depuis trois jours, JED avait tourné et retourné dans sa tête ce qu'il allait dire à Matt. La priorité, encore une fois, était de le faire souffrir le moins possible. Il avait donc décidé d'en dire le minimum, quitte à passer pour le pire des salauds. Il savait comment cela finirait pour lui. Il devait simplement ménager Matt. Il se tiendrait à ce plan, il ne craquerait pas quelle que soit la dureté des accusations.

— Je vous ai sincèrement aimés, tous les deux.

— Et c'est de cette façon que tu traites ceux que tu aimes. Je crois que je me suis trompé sur toi. Tu me bernes depuis plus de trente ans.

— C'est possible.

Matt fut une nouvelle fois excédé par cette réponse laconique. Il avait la sensation que son cerveau ne parvenait plus à fonctionner correctement. Les mots et les images se bousculaient dans sa tête. Il se sentait submergé par l'émotion, incapable de formuler une pensée constructive. Alors il déversa les mots comme ils venaient.

— Laisse-moi te dire ce que je pense réellement de cette histoire. Marie et moi, nous étions heureux et toi juste jaloux. Nous voulions avoir un enfant, nous allions avoir un enfant. J'allais construire une famille, ce que tu es incapable de faire, et tu as senti que tu allais me perdre. Tu te drapes aujourd'hui dans notre sacro-sainte amitié afin de justifier ton acte inqualifiable. Tu as sauté sur la première occasion pour évincer définitivement une rivale. Félicitations, c'est un succès total.

Matt sembla alors vidé. Ces paroles, il ne les avait pas dites, il les avait dégueulées. Face à lui, l'attitude de JED était saisissante tellement elle était contrastée. Il était demeuré juste impassible. Il répondit simplement à cette diarrhée verbale.

— Tu n'as pas le droit de dire ça.

— Pourquoi ? C'est trop difficile à entendre ? L'introspection et la remise en cause n'ont jamais été tes points forts. Toujours sûr de prendre les bonnes décisions, même pour les autres, fit Matt sarcastique.

— Tu sais parfaitement que ce n'est pas vrai.

JED ne cessait de se répéter intérieurement qu'il devait se contrôler.

— Non seulement c'est la vérité, mais je ne m'aperçois qu'aujourd'hui de ta médiocrité, de tes petites combines, de tes arrangements. Je t'avais toujours pris pour un seigneur.

Matt leva les bras, désignant les murs de la maison.

— Certainement parce que tu habitais un château. Tu m'as abusé. Moi et surtout Marie. J'imagine combien tu as dû la détester, souhaiter qu'elle disparaisse de ma vie à tout jamais. Quel comédien tu as été ? Tu minaudais, tu la complimentais, tu faisais même semblant de te confier. Tu disais être heureux pour nous ; c'était du baratin.

— J'étais sincère, répondit JED d'une voix à peine audible.

— Conneries. Mais je te plains plus que je ne te blâme. Au fond, je n'arrive pas vraiment à t'en vouloir. Tu n'as toujours été qu'un pauvre garçon à la recherche du bonheur.

— Pense ce que tu veux.

— Finalement, tu n'as pas tellement évolué depuis le jour où tu es arrivé dans cette classe de CE2 apeuré et rejeté par les autres. Tu as eu la trouille que le seul qui t'ait jamais aimé sincèrement te délaisse à son tour.

— Tu dois avoir raison.

— Oh que oui. Maintenant, tu peux me dire la vérité. Marie, tu la vomissais ?

— Non.

— Tu souhaitais qu'elle disparaisse.

— C'est faux.

JED se sentait vaciller.

— Tu as souhaité mille fois qu'elle me quitte.

— Tu déraisonnes.

— Tu voulais lui faire payer son omniprésence.

— Non, non…

— Tu la haïssais

— Je l'aimais !

Ces mots sortirent de la gorge de Jean-Eudes comme un cri primal. Il en eut mal au ventre. La douleur le fit se plier en deux. Il posa sa tête entre ses mains et évacua quelques larmes. La tension retomba d'un coup. Cela faisait un petit moment que Matt n'agissait plus qu'à l'instinct. Il se dirigea vers son ami pour l'aider à se redresser. Il lui dit simplement.

— Comme tu ne pouvais pas l'avoir, tu as décidé de la supprimer.

JED releva la tête lentement presque incrédule face à cette nouvelle accusation. Il paraissait pourtant apaisé, soulagé. Ses traits étaient moins tirés. La vague l'avait submergé, lui avait fait perdre pied. Le calme était de retour. La vérité, au moins une partie, allait finir de le soulager.

— Tu n'y es pas du tout.

— Alors éclaire-moi. Marie t'aimait ?

— Je ne l'ai jamais su.

— J'en ai une petite idée.

— Je ne crois pas. Il était impossible de savoir ce que cette femme avait réellement au fond de son cœur.

— Parce que tu la connaissais mieux que moi peut-être ?

— Probablement.

— Comment peux-tu affirmer une chose pareille ?

— Tu ne t'es jamais demandé ce que faisait Marie pendant que tu arpentais le globe ?

— Elle bossait comme moi.

— Et elle essayait de vaincre ses démons.

— Auprès de toi, c'est ça ?

— De moi et d'autres.

Matt sentit d'un seul coup une boule se former au creux de son estomac. N'avait-il pas été trop loin dans sa quête de la vérité ? Elle s'avançait aujourd'hui vers lui, nue, blafarde et cruelle.

— La tuer ne t'a donc pas suffi ? Tu veux maintenant salir sa mémoire.

— Dans quel but ?

— Me convaincre que ce que tu as fait était bien.

— La décision que j'ai prise à l'époque m'a déchiré parce que, comme je te l'ai dit, je l'aimais aussi.

— Tu mens.

— Regarde-moi bien Matt. Je n'ai plus rien à te cacher et la dernière chose que je souhaite c'est de te faire encore plus de mal. Marie avait des zones d'ombre dont tu ignorais tout.

— Qu'elle aurait réussi à me dissimuler, à moi qui partageais sa vie ?

— Une partie de sa vie. Les bons moments essentiellement.

— Alors que toi tu étais toujours là pour elle. C'est ça que je dois comprendre.

Le silence s'installa alors. JED était resté assis dans son fauteuil, tandis que Matt arpentait la pièce comme un fauve en cage. JED cherchait à capter son regard. Mais son ami fuyait comme apeuré par ce qu'il pourrait entendre. Alors Jean-Eudes lâcha simplement.

— Tu savais qu'à l'âge de 20 ans, elle avait passé presque un an dans une institution psychiatrique ?

L'agitation qui tenaillait Matt s'arrêta d'un coup. Il prit un moment pour réfléchir. Il esquissa un sourire. Enfin il allait pouvoir prouver que ce qu'affirmait JED était un tissu de mensonges. Il reprenait pied dans la réalité, dans sa réalité, celle qu'il ne voulait pas voir s'effondrer.

— Elle a juste pris une année sabbatique après son école de commerce. Elle a fait un tour du monde. J'ai vu les photos.

— J'ai à ta disposition son dossier d'admission.

— Mais de quoi parles-tu ? Quel dossier ?

— Psychiatrique.

— Tu es en train de me dire que ma Marie était folle.

JED ne répondit pas. Matt poursuivit.

— Pourquoi est-ce que tu inventes cette histoire ? Pourquoi est-ce que tu aurais un tel dossier en ta possession ?

— C'est elle qui me l'a donné, le soir où elle m'a confié ce secret. Elle le conservait précieusement comme le témoin d'un passé tourmenté qu'elle espérait être maintenant derrière elle.

— C'est, c'est... complètement délirant.

Le doute s'insinuait pourtant dans l'esprit de Matt. Il se frotta fortement les yeux comme pour se réveiller d'un mauvais rêve.

— Non, tu ne m'auras pas. J'ai assez entendu de conneries, je m'en vais.

Matt se dirigea vers la fenêtre qu'il avait enjambée vingt minutes auparavant.

— Schizophrénie. Voilà de quoi elle souffrait.

Matt s'arrêta net et se retourna. Il se rapprocha du fauteuil de JED et pointa un doigt accusateur.

— Marie n'a jamais été schizo, je m'en serais aperçu.

— Elle se soignait. Mais c'était parfois difficile.

— Et toi tu as géré tout ça, sans jamais rien me dire ?

— Tu ne l'aurais pas supporté.

— Encore cette manie de me protéger. De celle que j'aimais.

— Non, d'une autre femme que la Marie que nous aimions.

— Qu'est-ce que tu entends par là ?

— Une Marie séductrice qui multipliait les aventures.

Matt éclata alors de rire.

— Je crois que toute cette histoire t'a fait péter un câble mon pauvre JED. C'est toi qui devrais te soigner. Et je te propose déjà un diagnostic : mythomanie.

— J'ai couché avec elle.

Le sourire de Matt s'évanouit.

— Quand ?

— C'est sans importance.

Matt s'emporta alors, se rua vers le fauteuil de JED et l'attrapa par les revers de sa veste. Il le souleva et le planta contre le mur du fond.

— C'est moi et moi seul qui juge si c'est important ou pas. Et je dis que ça l'est, alors répondsmoi.

Même s'il avait les moyens physiques de répliquer, JED se laissa malmener.

— Nous sommes restés ensemble un peu plus d'un an avant son accident.

— Son assassinat, hurla Matt. Je te rappelle que c'est toi qui l'as fait tuer.

— C'était ce qui pouvait nous arriver de mieux.

— Parce que tu t'inclus dans cette histoire, maintenant.

— Je te l'ai dit, je l'ai follement aimée aussi. J'ai espéré qu'elle te quitte et qu'elle stoppe tout autre type d'aventure, même d'un soir. Mais je me suis aperçu que ça lui était impossible. Elle t'avait dans la peau. C'est pour cela qu'elle ne pouvait pas te lâcher. Elle aurait continué à te faire, à me faire du mal. Il fallait que ça cesse.

Matt relâcha son étreinte et se retourna subitement. Il se passa dix fois la main dans les cheveux frénétiquement. Il rêvait et il allait se réveiller. Tout cela n'était qu'un cauchemar. Il fixa alors un point vers l'horizon et tenta de réguler sa respiration et les battements de son cœur.

— Pourquoi, parvint-il à demander, suppliant, les larmes aux yeux.

— Parce qu'elle était malade. Parce qu'elle avait vu pendant toute son enfance sa mère recevoir, chez elle, des tas d'hommes qu'elle ne connaissait pas et qu'elle ne reverrait jamais.

— Ce n'est pas possible.

Matt répéta cette phrase comme une litanie, serrant les poings et se mordant l'intérieur des joues. C'était à son tour de sombrer dans la folie. Il se parlait désormais à lui-même.

— Pourquoi ne m'a-t-elle rien dit ?

JED prit l'initiative de le sortir de cette transe dans laquelle il s'était réfugié. Il prit son ami par les épaules et le retourna.

— Toi, tu ne représentais pour elle que le bonheur. Elle ne voulait pas salir votre belle histoire. Tu as été la plus belle chose qui lui soit jamais arrivée.

— Et toi…

— … Je n'ai jamais été que l'ami, le confident et l'amant de passage parce que Marie était comme elle était.

Matt se sentait à présent courbaturé comme s'il venait de courir un marathon. Il relâcha toutes les tensions et s'effondra dans les bras de JED. Il lui murmura alors à l'oreille.

— Adieu. Je ne veux plus jamais te revoir.

Matt se dégagea et sans même se retourner, sans un dernier regard, prit cette fois la porte et s'engouffra dans l'allée en gravier. JED n'avait pas bougé. En marchant, Matt pensa que plus jeune, il n'était jamais parti du château fâché avec JED. Ils avaient toujours réglé leurs comptes avant que cela ne s'envenime, s'insultant copieusement et allant même jusqu'à se battre s'il le fallait. Pas de mensonges et aucune rancoeur, c'était la promesse qu'ils s'étaient faite. Cette fois-ci ils avaient échoué. La détonation d'une arme à feu vint confirmer ce sentiment.

Matt Berger fut séché net. La douleur à l'estomac l'obligea à se mettre à genoux. Ses jambes ne pouvaient plus le porter. Il se laissa choir sur le dos, les bras en croix et fut pris de convulsions. Il pleura à chaudes larmes pendant quelques instants, se frottant frénétiquement le ventre d'où pourtant ne sortait aucune goutte de sang. Il était dans la position du fœtus lorsque les pompiers intervinrent. Puis ce fut au tour du SAMU et des gendarmes. Ils constatèrent la mort par arme à feu d'un individu de sexe masculin qu'ils ne purent identifier immédiatement. La décharge de chevrotine avait emporté la moitié de son visage, maculant de sang les murs blancs du salon de musique. L'homme avait des papiers sur lui. Ils indiquaient que le mort s'appelait Jean-Eudes Duplessis, le propriétaire de la maison. Les premières constatations du médecin privilégiaient la thèse du suicide, une carabine 22 long rifle ayant été retrouvée près du corps. Aucune certitude pourtant, d'autant plus qu'un autre homme, à quelques mètres de là, gisait, sans blessures apparentes. Il était fortement choqué et catatonique. L'adjudant-chef Mérieux fit établir un périmètre de sécurité afin de préserver ce qui était, pour lui, une scène de crime.

Pendant les quatre premiers jours à l'hôpital de Bernay, Matt Berger ne prononça pas un seul mot. Puisqu'il refusait d'avaler quoi que ce soit, les médecins prirent la décision de le nourrir par sonde. Son cas faisait les choux gras de tout l'établissement. Matt Berger était conscient, il réagissait à la douleur et pourtant il avait le regard fixe et ne bougeait pas d'un pouce comme s'il était dans le coma ou plongé dans une profonde réflexion. Le docteur Debré était persuadé qu'il s'agissait d'un dissimulateur. D'autant plus que ce patient très spécial était flanqué, à son arrivée, d'une escorte de la gendarmerie nationale. Les deux jours suivant son admission, il avait été l'objet d'une surveillance toute particulière. Les gendarmes se relayaient pour monter la garde devant sa chambre. Deux experts de la police scientifique s'étaient succédé à son chevet pour réaliser des tests dont le personnel hospitalier ne connaissait pas la teneur. Jamais, depuis l'annonce des premiers cas recensés de grippe À dans la région, le journal local n'avait eu autant de succès au sein de l'hôpital. Infirmiers, aides-soignants, médecins, brancardiers, ils se précipitaient chaque jour sur le canard pour connaître les avancées de l'enquête. Les journalistes, il en fallait bien deux pour cette affaire très spéciale, évoquèrent, sans précautions particulières, un règlement de compte entre deux types originaires d'un petit village de l'Eure, une affaire de drogue probablement. Le château dans lequel s'étaient déroulés les faits aurait même été un lieu de stockage privilégié pour de grosses quantités de cocaïne en provenance des ports du Havre ou de Rouen. Une halte avant d'être conditionnée et envoyée sur le marché parisien. Puis, ces mêmes journalistes annoncèrent, le lendemain et avec le même aplomb, qu'il s'agissait simplement d'une dispute qui s'était conclue par le suicide de l'un des deux protagonistes. Il n'y avait pas de quoi fouetter un chat. Aucune trace de poudre n'avait été trouvée sur le suspect numéro un, tandis que la main droite de la victime en était couverte. Affaire classée. Deux jours d'excitation, c'était déjà ça de gagné sur la routine quotidienne qui écrasait ces petits patelins où il ne se passait jamais rien. Le dispositif de surveillance avait été logiquement levé et les képis avaient disparu comme ils étaient venus, sans dire un mot. L'hôpital avait également retrouvé sa quiétude habituelle en attendant peut-être une nouvelle épidémie provoquée par un virus inconnu. Le très perspicace docteur Debré se retrouva donc bien seul avec sur les bras son éphémère popularité et un garçon dont toutes les constantes vitales étaient bonnes mais qui ne parvenait toujours pas à émerger. Heureusement, une jeune femme était arrivée à l'aube du quatrième jour. Trop content de partager la garde de son boulet, qui n'avait plus aucun intérêt depuis la révélation de son innocence, le docteur Debré lui permit de venir visiter, dès le matin, celui qu'elle disait être son ami. Une journée entière passée à ses côtés à lui tenir la main et à lui parler, et comme par magie, la nuit suivante, le patient s'était éveillé peu à peu. Pour autant, le docteur Debré n'entendit jamais le son de sa voix. Le mystérieux Matthieu Berger quitta le jour même l'hôpital sans dire un mot, mais sur ses deux pieds.

Les deux semaines de convalescence qui suivirent furent bien utiles à Matt pour se refaire un peu une santé. Sous ses indications, Fiona l'avait conduit jusqu'à sa maison près de Saint-Gatien-des-Bois. Elle était restée avec lui et en avait profité pour faire un peu de ménage à l'intérieur comme à l'extérieur sous son regard approbateur. Il devait digérer les révélations de JED à propos de Marie et surtout le suicide de son meilleur ami et une certaine forme de culpabilité qui l'accompagnait, même s'il savait que JED s'était engagé tout seul dans cette impasse. Orgueilleux comme il l'était, Jean-Eudes Duplessis avait choisi de mettre fin à ses jours. C'était tout sauf étonnant. Matt devait composer avec. Il avait le cœur en mille morceaux. Avec la mort de JED, c'étaient tous les souvenirs de ses années de bonheur qui s'en allaient. Le bilan était rude. Il était désormais plus seul que jamais. À presque 40 ans, il ne pouvait se retourner sur son passé sans être pris par le sentiment d'un immense gâchis. Ses parents, JED, Marie, ils étaient tous morts désormais. Soit ils l'avaient trahi, soit c'était lui qui les avait abandonnés. Il n'avait même pas été en mesure d'assister aux obsèques de JED. Il n'en avait pas eu la force. Son frère et sa sœur, sentant l'odeur de l'argent, avaient traversé l'Atlantique ventre à terre pour organiser l'enterrement de leur frangin tant aimé. Ils restèrent à Paris en attendant les nouvelles du notaire. Matt allait faire également sa connaissance.

Juliette Dean ne parvenait pas à détacher son regard de l'écran de l'ordinateur. Chaque jour, elle prenait des nouvelles du vieux continent, et de la France en particulier, en consultant notamment le site Internet du *Nouvel Observateur*. Aujourd'hui, une information avait retenu toute son attention. Elle tentait d'évaluer les conséquences de cette annonce lorsqu'elle sentit les bras de Mike se poser délicatement sur ses épaules.

— Alors chérie, quoi de neuf dans l'actu de ton beau pays ?

Surprise, elle sursauta.

— Rien de spécial.

Elle s'apprêtait à changer de page, lorsque Mike retint sa main.

— Attends un peu, ça m'intéresse.

— Ce serait bien la première fois.

— Incroyable. Après Zeinoun père et fils, c'est le successeur Duplessis qui est mort.

— Pourquoi cet intérêt ?

— Tu ne te rends pas compte, qu'avec le décès de ces trois hommes en à peine un mois, c'est le premier groupe mondial de communication qui est décapité. L'action va plonger, c'est obligatoire.

Mike était un simple banquier, mais il s'était rêvé en super trader, gagnant des millions de dollars en une opération. Mais en demeurant à Wichita, ville moyenne du Kansas, il n'avait réussi qu'à devenir directeur-adjoint de la banque locale. Un petit notable, se consolait-il. Sa plus grande fierté et sa chance aussi étaient d'avoir rencontré puis épousé Juliette. Il se demandait encore comment cette charmante Française avait débarqué dans ce coin reculé des États-Unis. À Wichita, on était loin de Central Park ou d'Hollywood Boulevard. Plus extraordinaire encore, il avait réussi à la séduire. Il était plutôt bel homme, grand, brun, le corps sculpté par des années de football américain et la prise de créatine. Même à l'âge avancé de 45 ans, il avait conservé sa silhouette sportive. Les efforts, il les avait faits pour plaire à sa Juliette. Il ne voulait pas risquer de la perdre parce qu'il se laisserait pousser le ventre. Mike était tombé raide amoureux dès qu'elle avait mis un pied dans sa banque. Elle avait un charme naturel tout le contraire des filles qu'il fréquentait. À l'époque, il était encore, de façon épisodique, derrière le guichet. Il avait prié pour qu'elle choisisse sa file. Le destin avait fait le reste. Elle était censée n'être que de passage ; pouvait-il en être autrement dans cette ville ? Finalement, elle était restée. Elle avait mis pour lui entre parenthèses ses rêves de Californie. Mike l'avait toujours soupçonnée de vouloir tenter sa chance au cinéma. Ce dont il était persuadé, c'est qu'elle aurait, sans aucun problème, fait la nique aux Scarlett Johansson, Mila Kunis ou autre Jennifer Lawrence. Juliette Marchand était pour lui l'exemple même de la femme française, du moins telle qu'il l'imaginait. Il n'avait jamais mis les pieds dans l'Hexagone, et malgré ses nombreuses propositions de voyage romantique à Paris, Juliette avait toujours refusé. Elle n'était pas bavarde lorsqu'il s'agissait d'évoquer son passé. Elle lui disait simplement qu'elle voulait tirer un trait. Pas grave du tout. Fût-elle amnésique, Mike n'aurait pas laissé passer sa chance. Il l'avait rapidement demandée en mariage et avait adopté, sans broncher, le petit bout de chou qui l'accompagnait. Il s'appelait Louis, avait aujourd'hui presque huit ans et il était tout simplement son fils, malgré ses cheveux blonds coupés courts et ses yeux bleus délavés. Il l'avait élevé comme un vrai petit Américain. Il en avait fait un excellent citoyen, un bon *quarterback* et un honnête lanceur. Malgré tout, ses racines françaises l'amenaient toujours vers le soccer, un sport de fille pensait Mike, mais il fallait bien qu'il cultive son particularisme.

— C'est incroyable ! s'enflamma Mike.

— Tu n'imagines pas comme cela me bouleverse.

Mike la serra très fort contre son torse et se mit à rire.

— Comment fais-tu pour être à la fois si belle et si drôle ?

Il déposa un baiser sur ses lèvres.

— Il faut que j'aille travailler maintenant.

Juliette ferma l'ordinateur, mit une petite tape sur les fesses musclées de son mari et le regarda s'éloigner le regard perdu, se demandant également : « C'est vrai, comment je fais... pour vivre avec un plouc pareil ? Mais peut-être que ma chance a enfin tourné. »

Le numéro 10 de la rue Soufflot. Matt sortit de la poche de sa veste le courrier de maître Préjean, le notaire de JED. Il vérifia qu'il s'agissait bien de la bonne adresse. Pas d'erreur possible, c'était bien là, à deux pas du Panthéon, qu'il avait rendez-vous. Matt ne savait toujours pas à quoi s'attendre. Le coup de fil du clerc, reçu alors qu'il se reposait encore à Saint-Gatien, avait été très nébuleux. Tout juste lui avait-il dit qu'il était concerné par la succession de Jean-Eudes Duplessis dont le contenu serait révélé dans deux jours à l'étude, rue du Faubourg-Saint-Honoré. Matt avait indiqué instantanément qu'il ne se déplacerait pas. Il souhaitait en plus renoncer à tout bien venant de M. Duplessis. Il ne voulait rien recevoir de sa part. Non pas parce qu'il lui en voulait, mais parce qu'il avait toujours fonctionné ainsi. JED était né avec de l'argent. Son talent et ses aptitudes lui avaient permis d'en gagner encore beaucoup plus. Matt était, lui, issu d'une famille modeste. Mais dès le début de leur relation, les choses étaient claires. Il n'accepterait jamais de cadeaux dispendieux de la part de son ami. Il ne voulait pas que cela pervertisse leur lien. Il n'avait alors que 8 ans et déjà un sens très aigu de l'honneur, inculqué en grande partie par son père. Il avait pourtant serré les dents lorsque pour son dixième anniversaire, JED l'avait invité à l'accompagner pour un week-end dans un grand parc d'attractions. Il avait tout de même consulté son père, sa conscience morale, pour être bien certain qu'il ne pouvait pas céder. Il lui avait répondu de faire comme il le souhaitait, qu'il ne s'y opposerait pas. Matt avait lu dans les yeux de son paternel ce qu'il attendait de lui. Il avait refusé poliment l'offre de son ami. JED avait compris et ne l'avait plus jamais mis dans l'embarras. Leur engagement financier, au sein de la petite agence de presse, avait été strictement égal. Même chose pour la distribution des bénéfices. Seule exception notable à ce deal, Matt avait cédé aux propositions de travail lorsqu'il était au plus mal après la mort de Marie. Mais il n'était alors plus lui-même. Aujourd'hui qu'il s'était en partie retrouvé, il était hors de question de ramasser les morceaux d'une fortune très convoitée.

Il était pourtant bien là aujourd'hui au pied de cet immeuble cossu du 5e arrondissement avec à la main un trousseau de clés de ce qui semblait être un appartement. Cela, il le devait au frère et à la sœur de JED. Il n'entrait pas dans leur projet de partager quoi que ce soit. Lorsqu'ils avaient eu vent, par le notaire, qu'une autre personne était couchée sur le testament, ils avaient tout de suite su qu'il s'agissait de « ce foutu Matthieu Berger ». « Comment ce parasite pouvait-il réclamer alors qu'il était à l'origine même de la disparition de leur frère ? » C'était en substance la teneur des propos des héritiers de la famille Duplessis. Ils avaient sué sang et eau pour récupérer le numéro de Matt afin de le menacer de poursuites et d'autres réjouissances s'il se pointait chez le notaire. Matt n'avait alors pas pu résister. C'était très exactement l'attitude qu'il fallait adopter pour le faire changer d'avis. Il mit un terme prématurément à sa convalescence et accueillit lui-même sur le palier de l'étude le frangin et la frangine. Matt songea que JED aurait adoré cela. Il était reparti avec la satisfaction d'avoir bien emmerdé ces deux chacals, mais aussi avec pas mal d'interrogations. JED lui avait fait don d'un appartement de 150 mètres carrés pratiquement au pied du Panthéon. Matt ne savait même pas que Jean-Eudes possédait ce bien et encore moins pourquoi il lui cédait. Il y avait quelque chose de bizarre là-dessous. JED ne faisait jamais les choses sans raisons. Maître Préjean avait, de plus, annoncé que cette décision de son client ne lui était parvenue que quelques semaines avant sa mort. Il n'avait, par conséquent, pas pu réaliser l'expertise de ce bien. Il proposait donc à Matt de le faire en sa présence sous quarante-huit heures. Même s'il n'était toujours pas décidé à accepter ce don, Matt voulait savoir de quoi il retournait. Rendez-vous fut pris.

La cage d'escalier était étroite mais parfaitement entretenue. Tout au long des 45 marches qui devaient le mener au 3e étage, où se trouvait ce fameux appartement, Matt n'avait cessé de gamberger. Qu'est-ce que JED avait bien pu lui réserver ? La vue de la plaque de cuivre sur la porte d'entrée le plongea dans un abîme de perplexité. Il y était inscrit « Éditions Dumesnil », le Mesnil, le nom du petit village où ils avaient grandi. Matt était sur le point d'utiliser sa clé pour entrer, lorsque maître Préjean ouvrit la porte.

— Monsieur Berger, nous vous attendions, donnez-vous la peine.

Le notaire, en costume trois-pièces pied de poule d'une autre époque, paraissait tout excité. Il était accompagné par un homme d'une quarantaine d'années, de taille moyenne, les cheveux châtains mi-longs soigneusement plaqués en arrière. Il se tenait un peu plus à l'écart. Le notaire ne prit même pas la peine de le présenter. Matt estima qu'il devait s'agir de l'un de ses collaborateurs.

— Nous nous posions bien des questions à propos de ce bien, n'est-ce pas monsieur Berger ? fit Préjean tout enjoué.

— C'est pour cela que je suis là.

— Nous allons déjà pouvoir lever un bout du voile. Nous sommes ici dans un local commercial qui a été aménagé afin d'accueillir une société d'édition.

— J'ai lu la plaque, fit Matt.

Le notaire rajusta ses petites lunettes ainsi que la dernière mèche faisant encore illusion au-dessus de son crâne chauve.

— Parfait. Je vais vous décrire le bien. Il fait au total 152 mètres carrés. Il est composé de six pièces. Deux bureaux de direction, un grand open space comprenant 6 postes de travail, une salle de réunion, une bibliothèque, une chambre et une petite cuisine.

— Et si nous le visitions, ce serait peut-être plus parlant. À moins que vous ne désiriez rester sur le palier, s'agaça Matt.

— Évidemment, vous avez mille fois raison, fit le notaire d'un air désolé.

La description de Préjean était précise. Toutes les salles citées avaient été refaites à neuf, et à l'exception de la cuisine et de la chambre, elles étaient toutes équipées d'un matériel de bureautique dernier cri. Ordinateurs avec écran plat, imprimantes de toutes tailles, de la plus petite jusqu'à la mastodonte qui sortait les impressions en couleur, reliées et brochées. Les fax et des tas d'autres instruments que Matt ne put identifier complétaient le tableau. Une fois le tour du propriétaire effectué, Préjean proposa de s'asseoir dans la salle de réunion. Il avait l'air pleinement satisfait. Le quadra aux cheveux gominés n'avait toujours pas ouvert la bouche. Les trois hommes prirent place autour de la vaste table ovale. Matt n'avait jusqu'alors montré aucune émotion particulière. Le notaire entreprit de l'interroger.

— Alors qu'en pensez-vous ?

— J'en pense que je ne sais toujours pas ce que je fais là.

Préjean eut l'air interloqué.

— Mais vous êtes ici pour prendre possession des lieux, monsieur Berger. J'ajoute qu'en dehors des murs, les éditions Dumesnil disposent d'un capital de 500 000 euros. C'est également à votre disposition.

— Je crois que je vais tout de même refuser, fit simplement Matt.

Pour la première fois, le troisième larron prit la parole.

— Si je peux me permettre, je crois que M. Berger n'a pas encore tous les éléments en main.

Matt parut dubitatif mais laissa son interlocuteur poursuivre.

— Je me présente. Je m'appelle Philippe Lanouvelle et je travaille pour Global Entertainment. Je suis le directeur d'édition de tous les ouvrages que Global peut sortir en Europe.

Matt fronça les sourcils à l'évocation de Global.

— Je dois également ajouter que j'étais un très proche collaborateur de M. Duplessis qui, comme vous le savez, s'intéressait beaucoup aux livres. Il m'a convoqué dans son bureau de Londres, il y a quinze jours. Il m'a sollicité pour devenir le directeur d'une nouvelle société d'édition. Étant entendu qu'il l'a créée, mais qu'il en céderait la propriété à quelqu'un d'autre. Il m'a également indiqué que cette personne était susceptible de refuser l'offre et que dans ce cas, la proposition ne tenait plus. Pour ma part, j'ai réservé ma réponse. Je souhaitais m'entretenir avant avec le futur propriétaire.

— Vous n'aurez pas à vous donner cette peine. JED, une fois de plus, a été très perspicace lorsqu'il a évoqué la possibilité d'un refus.

— Attendez un peu, rajouta Lanouvelle, j'ai ici une lettre que Jean-Eudes Duplessis m'avait demandé de vous remettre en main propre. La voici.

Matt fut aussi surpris que le notaire, qui monta au créneau.

— Cette lettre n'est pas passée par moi, elle n'a pas de valeur juridique.

— Je crois que c'est d'ordre personnel, monsieur Préjean, indiqua Lanouvelle.

Il tendit une simple enveloppe blanche à Matt qui hésita l'espace d'un instant. Il savait que s'il lisait cette lettre, il était mort. Il ne serait plus en mesure de refuser. Il devait tout de même le faire.

— Messieurs, puis-je vous demander de me laisser seul quelques minutes ? Je vous ferai part de ma décision ensuite.

Les deux hommes s'éclipsèrent.

Insensé, ce fut la première pensée de Matt Berger lorsqu'il reposa la lettre sur la table. JED avait toujours eu un coup d'avance sur tout le monde. C'était le cas encore une fois. Il avait tout prévu, tout organisé. Matt entreprit de relire une deuxième fois les derniers mots de son ami :

Mon très cher Matt,

Pas de mensonge, aucune rancœur. C'était notre credo de gamins de huit ans qui avaient déjà l'intuition qu'une relation rare venait de naître. J'ai cassé ce pacte par lâcheté et si tu lis cette lettre aujourd'hui, c'est que tu ne me l'as pas pardonné. C'est normal, c'est toi. C'est entre autres choses pour cela que je t'aime. Je m'aperçois que je parle encore au présent alors que si tout va bien, je suis mort. Je sais, tu m'as toujours déconseillé d'aller sur le terrain de l'humour. Je n'ai pas pu résister, une dernière fois. J'essaie d'imaginer ton sourire narquois.

Matt essuya avec sa manche la larme qui perlait au coin de son œil. Il poursuivit sa lecture.

Mais si je conjugue mon affection, ma tendresse et mon attachement pour toi au présent, j'aurais pu le mettre au passé et même au futur. Je n'ai jamais été mystique, mais je sais que l'on se reverra. Sous quelle forme, dans quelle dimension ?

Je l'ignore. Mais je me refuse à penser que tout s'arrête là, ici et maintenant. J'ai été lâche parce que au fond cela faisait partie intégrante de ma personnalité. Dans les affaires comme en amour, j'ai souvent utilisé des subterfuges, des hommes de paille pour parvenir à mes fins. En amitié, j'avais jusqu'ici réussi à éviter cet écueil simplement parce que tu m'avais rendu meilleur et que le mot amitié, pour moi, se résumait à toi. Tu as été mon unique ami, ma boussole et bien plus que cela. Tu m'as tellement manqué après le décès de Marie. Je n'ai pas réussi à te sortir de ton marasme et chaque jour que Dieu faisait, j'ai culpabilisé. Non pas d'avoir fait ce que j'ai fait, mais de ne pas avoir réussi à te redonner goût à la vie. J'ai bêtement cru que ma seule présence aurait suffi. Simplement parce que te savoir, ne serait-ce que vivant, m'avait aidé, de mon côté, à survivre à sa mort. Mon vocabulaire n'est pas assez riche pour définir précisément ce qui nous unissait. Toi, tu aurais su rendre cette lettre émouvante et stylée. J'ai bien peur d'en être incapable. Tu as un talent incroyable. Et si cette lettre a légèrement dévié de son objectif d'origine, j'y reviens par ce biais. Te souviens-tu, lorsque nous étions encore des ados pleins d'idéaux, de la façon dont nous nous imaginions quand nous serions grands ? En toute modestie, je me voyais en Bill Gates faisant fortune et redistribuant mon argent aux plus nécessiteux. J'avais certainement un peu surestimé mes capacités et ma grandeur d'âme. Et toi mon cher Matt, tu voulais devenir écrivain, tout simplement. Le journalisme n'a été qu'une façon détournée de raconter tes histoires. Tu as toujours été tellement imaginatif. Aujourd'hui, à travers cette maison d'édition que j'ai appelée très finement Éditions Dumesnil – contrairement à toi, je n'ai jamais eu le sens de la formule – je te donne cette chance d'accéder à ton rêve. Cette entreprise ne fera pas de toi un bon écrivain, tu l'es déjà. Elle te permettra simplement de ne pas être confronté au jugement et au bon vouloir de gens frustrés de ne pas avoir autant de talent que toi. En t'éditant toi-même, tu gagneras du temps et de la sérénité. Je sais que pour ton premier roman, tu tiens déjà une sacrée histoire. J'ai la vanité de penser qu'elle sera un peu la mienne aussi. Essaie de ne pas être trop dur avec moi. Avec le soutien de Philippe Lanouvelle, en qui j'ai une entière confiance, tu appendras aussi à reconnaître le talent des autres et à leur donner leur chance. Tu n'as jamais rien accepté de moi, sinon mon amitié et ce fut le plus beau cadeau que j'aie jamais reçu. Je t'en supplie, accepte cette fois ma proposition, ne sois pas buté. Si tu as conservé un soupçon d'égard pour moi, fais-le ! Je ne souhaite pas me racheter d'une quelconque faute, je ne désire qu'une chose : te voir heureux. Je sais que tu t'épanouiras dans cette nouvelle vie. Je te vois déjà à la fenêtre du bureau de ta maison de Saint-Gatien, cherchant l'inspiration à travers le bocage. Maupassant et Étretat ont enfin trouvé un successeur à leur mesure. Je te souhaite simplement le bonheur parce que tu le mérites. Tu es la meilleure chose qui me soit arrivée.

Matt Berger sortit du bureau comme une flèche. Il passa devant Préjean et Lanouvelle, la tête baissée ; il ne voulait pas qu'ils le voient dans cet état-là. Le nez sur la porte, sans se retourner, il s'adressa d'abord à Préjean :

— Maître, envoyez-moi au plus vite les papiers à signer.

Puis à Lanouvelle :

— Philippe, j'espère vous convaincre de travailler avec moi.

Sans dire un mot de plus, il sortit et réprima un dernier sanglot.

Samedi 21 juillet 2012

Matt Berger, assis dans le confortable fauteuil de son bureau, dégustait son verre de whisky. Cela faisait presque six mois qu'il n'avait pas bu une goutte d'alcool. Nouveau régime, du sport trois fois par semaine et il avait retrouvé sa ligne de jeune homme. Un esprit presque sain dans un corps sain. Du rez-de-chaussée de son duplex de Rueil-Malmaison lui parvenaient les flows d'un rap dont il ne reconnaissait pas l'interprète. Il repensa instantanément à Jimmy Rowland. Ce gamin avait changé sa vie. Même s'il avait pris beaucoup de recul par rapport à l'actualité du football, Matt avait évidemment suivi très attentivement les performances du FC Achkhabad. Le club turkmène avait fait des débuts tonitruants dans le championnat russe avec une série de six victoires en six rencontres entre mars, coup d'envoi de la compétition, et avril. Puis il avait connu un terrible trou d'air, en mai, rétrogradant de la première à la sixième place du classement. Le titre de champion n'était plus qu'un rêve. Le Zenith Saint-Petersbourg, leader, avait bien trop d'avance. Les rumeurs les plus folles commençaient à voir le jour. Les vedettes du club, choyées, cajolées, dans un premier temps, ne seraient plus payées depuis juin. Mesures de rétorsion de la part d'un président omnipotent et mécontent des résultats ? Ou plus simplement finances en berne ? Même les observateurs les plus avertis étaient incapables de le dire tellement la vie de ce club pas comme les autres était opaque. On parlait également de mise au vert des joueurs qui ressembleraient de plus en plus à des séquestrations. Rowland, Soza, Nkounde et Dimitrejevic n'avaient pas participé aux deux dernières rencontres. En période de transferts, les clubs les plus réputés, en pleine préparation pour la nouvelle saison, étaient aux aguets afin de récupérer les joyaux dont l'éclat s'était quelque peu terni. La dernière sortie médiatique du président Mamedov avait fait beaucoup de bruit. Devant les sollicitations du Real, du PSG, de Barcelone, de Manchester City et de bien d'autres, il avait déclaré « qu'aucune de ses vedettes ne quitterait la capitale turkmène. Ils resteront chez nous même s'ils ne jouent pas. Ils nous appartiennent et s'ils ne parviennent pas à se rendre utiles sur un terrain, ils iront travailler dans les champs. Dans ce domaine aussi, nous avons besoin de main-d'œuvre ». Officiellement, l'UEFA, qui avait donné un passe-droit, s'inquiétait désormais de la situation. Matt était réellement peiné pour le jeune joueur français qui ne méritait certainement pas ce sort.

Quelqu'un frappa légèrement à la porte.

— Oui, entrez.

— Alors mon chéri, qu'est-ce que tu fabriques là à boire tout seul ? Ils t'attendent en bas.

Fiona était plus resplendissante que jamais. La grossesse la rendait encore plus belle et épanouie. Le bébé n'était pas vraiment prévu, pas si vite en tout cas. Ces deux-là ne s'étaient pas quittés depuis un an. Fiona était partie en mission un mois, en avril, au Sud Soudan. Matt l'avait suivie. C'était là-bas, dans le cadre très particulier d'un camp de réfugiés, qu'ils avaient conçu l'enfant. Fiona avait oublié sa pilule. Elle n'avait pas l'habitude d'être en si bonne compagnie lorsqu'elle exerçait à l'autre bout du monde. Peut-être un acte manqué tellement ils semblaient heureux aujourd'hui à l'idée de devenir parents. Matt avait réussi à maîtriser la panique initiale qu'il avait ressentie à l'annonce de cette grossesse. En partie grâce à Fiona. Elle le rassurait, l'équilibrait sans jamais pourtant s'imposer. L'idéal en somme, même si son fort caractère d'Irlandaise faisait souvent des étincelles. Elle s'approcha de lui et s'assit sur ses genoux à califourchon.

— On se fait désirer. Je croyais que tu devais prendre une douche rapidement avant de venir me rejoindre pour accueillir tes invités ?

— Tu fais ça tellement bien.

— Qu'est-ce qui se passe, tu as le trac ?

— Non, je réfléchissais, simplement.

— Je t'ai déjà dit que ça ne t'allait pas. Tu n'es pas un intellectuel. Tu n'es pas outillé pour.

Elle partit dans un éclat de rire. Matt lui tapota les fesses.

— Ah oui, je ne suis pas un intellectuel, alors dis-moi un peu ce qu'ils font tous dans mon salon.

— Ils sont là parce que je les ai menacés.

— Je croyais qu'ils étaient venus pour fêter la sortie de mon livre ?

— Un livre, quel livre ? Oh oui, bien sûr, celui pour lequel tu as été tellement désagréable pendant toute cette année. Rassure-moi, tu ne vas pas en faire ton métier au moins ?

Matt fit mine de lui tirer les cheveux.

— Quelle petite peste, moi qui me croyais soutenu !

— Tu t'es trompé, fit-elle d'un petit air mutin. Maintenant, nous allons descendre et remercier poliment tous les gens qui ont fait le déplacement.

— Tu as gagné, allons-y.

Matt arbora son plus beau sourire et descendit l'escalier sous l'ovation des invités. Philippe Lanouvelle fut le premier à l'accueillir au bas des marches. Il portait dans les bras un grand carton publicitaire d'un mètre cinquante sur un mètre représentant la une du livre. Le visage de Matt y apparaissait en filigrane. Il avait trouvé cette idée un brin exagérée, mais il avait cédé aux exigences de Philippe. Il faut dire que jusqu'ici, il avait fait un sans-faute. Il avait été d'une aide précieuse pour Matt. Il l'avait soutenu dans sa phase de création, l'avait aidé à structurer le manuscrit et surtout, avait été un juge impartial qui n'avait pas ménagé ses critiques envers son patron. Si le livre était déjà bien accueilli par les professionnels, c'était en grande partie grâce à lui. En plus de cela, il avait, à lui tout seul, structuré les Éditions Dumesnil en embauchant du personnel qualifié. Une vingtaine d'ouvrages, la plupart de nouveaux auteurs, étaient déjà sortis. Des écrivains plus chevronnés avaient également rejoint l'écurie avec à la clé déjà quelques beaux succès de librairie. Matt songea qu'une nouvelle fois, JED ne s'était pas trompé en lui adjoignant Philippe Lanouvelle. En plus d'être très compétent, c'était un type délicieux, distingué, franc, pas grande gueule pour deux sous. À bien des égards, il ressemblait à JED. Matt regretta sincèrement que ce dernier ne soit pas présent pour partager ce bonheur.

— Matt, vous voilà enfin, j'ai d'excellentes nouvelles pour vous.

Malgré des heures passées à travailler ensemble, Matt n'avait toujours pas convaincu Philippe de le tutoyer.

— Votre présence me suffit Philippe.

— Vous êtes un flatteur. Mais écoutez plutôt. J'ai les résultats du panel de lecteurs que nous avons sollicité. Sans entrer dans les détails, je peux vous dire que le taux de satisfaction est excellent. Vous allez faire un carton.

— Merci Philippe, si c'est vrai, je vous le devrai en grande partie.

Matt fut ensuite happé par le reste de ses convives. Son frère, sa belle-sœur et ses neveux, en provenance d'Australie, avaient fait exprès coïncider leurs vacances d'été pour venir le féliciter. Paddy O'Sullivan était aussi de la partie. Il faisait juste un aller-retour avant de disputer dans quarante-huit heures un match important. Makkal avait également fait sa réapparition. Et ce n'était pas le moins heureux. En un an, et surtout en compagnie de Fiona, Matt avait fait plus de connaissances que tout au long de sa vie. Il ne s'agissait pas d'amis mais de relations que Matt s'était surpris à apprécier. Des gens de Saint-Gatien que Matt avait maintes fois croisés sans jamais leur adresser la parole et aussi quelques anciens collègues de poker. Il y avait bien une trentaine de personnes qui s'entassaient dans le salon. Philippe avait suggéré de les accueillir rue Soufflot, mais Matt avait tenu à les faire venir chez lui pour donner une dimension plus personnelle.

C'était au moins le cinquantième SMS de félicitations qu'il recevait. Il s'était appliqué, jusqu'ici, à répondre gentiment et dans l'instant à chacun. Il hésita une seconde. Le sens du devoir l'emporta. Il sortit son IPhone. Le message provenait d'un numéro masqué. Son contenu le cloua sur place.

« Bravo mon bijou, je savais que tu parviendrais à atteindre ton rêve. J'aimerais te féliciter de vive voix, je suis encore pendant un quart d'heure à l'aire de jeu dans le parc de Bois Préau. Si tu ne viens pas, tant pis, je te souhaite bonne chance pour l'avenir. »

Matt relut le message une seconde fois en détachant bien chaque mot. Il sentit des papillons dans son estomac et son rythme cardiaque s'accéléra nettement. Une seule personne le surnommait Bijou et c'était Marie. Une vieille blague entre eux qui datait du temps où elle avait rencontré, pour la première fois, les parents de Matt. Elle les avait trouvés tellement admiratifs à l'égard de leur fils qu'elle avait fini par lui balancer qu'il était le bijou de la famille. Dans l'intimité seulement, elle l'appelait ainsi. Réfléchir et ne pas perdre son sang-froid, c'était la priorité de Matt.

— Matt, tu...

Fiona n'avait pas eu le temps de finir sa phrase, le futur père de son enfant était déjà dehors et il courait désormais en direction de Bois Préau qui n'était qu'à cinq petites minutes à pied. « Mon bijou », Matt ne cessait de répéter ce mot. Son roman était en grande partie autobiographique. Il essaya de se rappeler s'il avait évoqué cette anecdote tout au long des 550 pages. Il l'avait pourtant relu des dizaines de fois, mais il était incapable d'affirmer s'il l'avait mentionné ou non.

Sur son banc, la femme brune regardait les enfants grimper dans la cabane en bois et se propulser sur le toboggan. Elle se dit que son petit Louis aurait adoré ce jeu. Elle jouait nerveusement avec un bijou qu'elle dissimulait dans sa main droite. Dire qu'elle était fébrile était un doux euphémisme. Elle avait beaucoup tergiversé depuis l'annonce de la mort de Jean-Eudes Duplessis. Cela faisait pratiquement un an jour pour jour. Elle avait décidé de laisser passer un peu de temps. Elle s'était posé bien des questions. Mettait-elle toujours sa vie en jeu en revenant en France. Lors de son départ précipité, Jean-Eudes avait été clair : « Si tu remets les pieds en France ou si tu tentes par n'importe quel moyen de reprendre contact avec Matt ou une ancienne connaissance, je te fais exécuter. » Elle avait d'abord cru à un bluff. Elle ne comprenait pas pourquoi, d'un seul coup, JED voulait l'évincer de sa vie et de celle de Matt. Cela faisait plus d'un an qu'elle se partageait entre ces deux garçons. Elle était incapable de choisir. Elle pensait aimer sincèrement les deux. Ils auraient dû savoir qu'ils lui étaient, l'un comme l'autre, indispensables, sans parler des autres hommes de passage. Au lieu de cela, son amant officiel menaçait de la tuer, tandis que son mec ne s'était même pas aperçu, depuis tout le temps qu'ils étaient ensemble, qu'elle était malade. Rien que pour cela, elle estimait qu'ils ne la méritaient pas. Ils devaient souffrir, tous les deux, comme elle. Et encore ce n'était pas suffisant, elle se sentait prête à en faire baver à bien d'autres. La visite nocturne dans son appartement d'un homme de main de JED, menaçant de lui trancher la gorge, avait fini par la persuader qu'il la tuerait réellement si elle ne partait pas. Elle avait été obligée de souscrire aux conditions de JED. Il lui proposait une très grosse somme d'argent et une nouvelle identité pour refaire sa vie très loin de l'Hexagone. Il ne devait plus jamais entendre parler d'elle. Elle était obligée de tout abandonner, son métier, sa famille. Elle serait bientôt morte, officiellement. Aujourd'hui, elle ressuscitait et allait enfin pouvoir expliquer au monde entier ce qui lui était arrivé. Matt serait le premier à être mis au courant. Pendant toutes ces années loin de lui, c'était le ressentiment à son égard qui avait pris le dessus. Comment avait-il pu laisser faire cela ? Il avait tout gobé. JED avait exigé de savoir en permanence où elle était. Un type qu'elle ne connaissait pas prenait contact chaque semaine avec elle sur son portable. Il affirmait pouvoir ainsi la localiser. Son crétin de mari n'avait rien capté. Comme il n'avait rien compris à son soudain désir de retourner en France, seule. Elle lui avait dit que c'était personnel, et ce con n'en avait pas demandé plus. Décidément, tous les hommes étaient des bâtards. Elle allait les faire payer. JED avait déjà eu ce qu'il méritait. C'était au tour de Matt Berger de passer au guichet.

Paul Sansom était presque content de pouvoir mettre enfin un visage sur une voix. Depuis presque une décennie, il avait eu, de façon hebdomadaire, cette femme au téléphone. Il lui avait encore parlé pas plus tard qu'avant-hier. Elle était plus jolie qu'il ne l'imaginait. Au téléphone, elle semblait revêche, acariâtre. Il faut dire qu'il était tout de même là pour la fliquer. Il n'avait pas rechigné à accepter ce job, somme toute facile, qui lui permettait d'arrondir de façon très substantielle ses fins de mois. Même si son travail ne s'arrêtait pas là, puisqu'il devait vérifier quotidiennement qu'aucune ressortissante du nom de Juliette Dean ou Marchand ne mettait le pied sur le territoire français. Il devait agir comme s'il s'agissait de la pire des terroristes. Son poste de commandant à la DST lui avait grandement facilité la tâche. La fusion avec les Renseignements Généraux et surtout la mort de son client lui avait posé quelques problèmes. Mais Jean-Eudes Duplessis avait été clair. Même s'il était amené à disparaître, il devait continuer. L'un de ses proches lui donnerait ses instructions et continuerait ses versements. C'était ce qui s'était passé. Il n'avait encore jamais vu le successeur. Mais au téléphone, il paraissait courtois et affable. Il avait donc décidé de poursuivre sa mission. Mais aujourd'hui, les choses s'étaient drôlement précipitées. L'avertisseur automatique qu'il avait mis en place sur son ordinateur de bureau avait retenti ce matin. C'était un samedi et il ne travaillait pas. L'un de ses collègues de garde s'était empressé de le déranger. Il avait donné des instructions en ce sens. Une certaine Juliette Marchand s'était fait enregistrer sur un vol New York-Paris qui atterrirait à 10 h 55 à Charles-de-Gaulle. Il était maintenant presque 14 heures et cela faisait trois plombes qu'il lui filait le train. Elle l'avait trimballé jusqu'à Rueil-Malmaison. Désormais, elle attendait visiblement quelqu'un. Il devait intervenir maintenant. La consigne était de l'empêcher à tout prix de rencontrer qui que ce soit et de l'obliger à prendre immédiatement son billet de retour. S'il elle n'obtempérait pas, il devait la supprimer, tout simplement. Il espérait qu'il n'aurait pas à en arriver là. Mais en pensant à son beau mas en Provence qu'il pourrait bientôt s'acheter pour sa retraite, il se dit que s'il le fallait, il n'aurait aucune hésitation.

Matt était hors d'haleine lorsqu'il arriva aux portes de Bois Préau. Il passa comme une flèche devant le château de Joséphine de Beauharnais et prit le chemin jusqu'à l'aire de jeu. Ce petit espace, dédié aux enfants, était entouré de végétation. Matt n'était plus qu'à une cinquantaine de mètres, mais il ne parvenait toujours pas à voir qui pouvait s'y trouver. Il arriva enfin à l'entrée. Sa course effrénée lui avait fait perdre de la lucidité. Il prit quelques secondes, les mains sur les genoux, avant d'observer. En plein mois de juillet, le parc n'était plus très prisé. Cinq ou six gamins s'agitaient autour d'une cabane en bois et d'un toboggan. D'autres avaient pris place sur les balançoires. Matt scruta ensuite les bancs un par un, le lieu privilégié des parents. Il identifia trois couples et seulement deux femmes seules qui lui tournaient le dos. Il plissa les yeux pour être sûr de bien voir. Son cœur battait encore la chamade. Il s'arrêta alors sur une femme brune aux cheveux courts. Elle était à une vingtaine de mètres de lui, aux trois quarts de dos. Aucun doute possible. Il vacilla et dut prendre appui sur un tronc d'arbre pour ne pas tomber. Ces cheveux, cette silhouette, non ce n'était pas possible, ça ne pouvait pas être elle, il l'avait vue allongée, sans vie, dans cette morgue. Il était sur le point de vomir. Il était surtout tétanisé. Il trouva pourtant les ressources pour effectuer un premier pas dans sa direction. Il était prêt à hurler son prénom lorsqu'un type, surgi de nulle part, vint la rejoindre sur le banc. Il l'enlaça tendrement, puis l'embrassa.

— Qu'est-ce que... ?

— Ne bougez surtout pas madame Marchand ou vous êtes morte. Laissez-vous faire.

— Qui êtes-vous ?

— Un ami qui aimerait beaucoup que vous retourniez chez vous.

Marie reconnut alors cette voix, cette même voix un peu traînante qu'elle avait chaque semaine au téléphone. Elle fut surprise par le physique de son propriétaire. Il était grand, athlétique et semblait avoir une cinquantaine d'années. Elle se l'était représenté des centaines de fois. Elle l'imaginait plus jeune, mais surtout plus petit, avec des lunettes rondes, portant un vieux costume gris. L'individu penché sur elle était en tenue de sport. Il sentait bon. Malgré la chaleur, il portait un ample sweet-shirt. Elle remarqua immédiatement l'éclat de la lame de couteau qui dépassait de sa poche.

— Que voulez-vous ?

— Vous allez vous lever tranquillement, sans vous retourner, et nous allons marcher droit devant nous. Ayez l'air très amoureuse. Embrassez-moi !

Marie hésita un instant.

— Ne faites donc pas de chichis ou je vous plante le bras… pour commencer.

— Vous n'oseriez pas.

— Je vais me gêner.

Elle n'avait pas le choix. Elle se leva à son tour et laissa tomber discrètement le bijou qu'elle tenait entre ses doigts. Elle prit délicatement le visage de l'inconnu et déposa un baiser sur ses lèvres. Le couple se dirigea ensuite vers la sortie nord, à l'opposé du château.

Marie ! Plus qu'un prénom, ce fut un cri qui sortit de la bouche de Matt. Mais au lieu de se retourner, la jeune femme brune continua son chemin bien cramponnée à la charpente solide de son homme. La tension retomba soudain. « Quel crétin je suis ! » La honte succéda à l'excitation. À présent, presque tous les gens du parc avaient les yeux rivés sur le type hagard qui venait de brailler quelque chose. La plupart pensèrent qu'il était saoul. L'amoureuse qu'il avait prise pour Marie, elle, serrait les dents pour étouffer sa haine ; elle avait été si proche de réussir.

La tête basse, le cerveau en ébullition, Matt s'assit sur le banc où se trouvait auparavant la femme brune. Il devait retrouver son souffle avant de retourner voir tous ces gens qui attendaient qu'il veuille bien se décider à les honorer de sa compagnie. Il avait un drôle de point de côté qui le pliait en deux. C'est alors qu'il fut attiré par l'éclat du bijou qui gisait parmi les gravillons. Matt se pencha et le ramassa. Il s'agissait d'un pendentif en forme de cœur. Un cœur qui s'ouvrait en deux. À l'intérieur, il découvrit une photo couleur d'un jeune garçon rieur aux cheveux blonds courts et aux yeux bleus délavés. C'était son portrait tout craché. Matt se leva précipitamment. Il devait rattraper cet étrange couple. Mais le flot d'adrénaline lui provoqua un vertige qui l'obligea à se rasseoir. Un jeune s'approcha et lui demanda si tout allait bien. Matt l'invectiva. Il était hystérique.

— Ce couple qui vient de partir, où est-il passé ?

Le jeune garçon prit peur et s'en alla sans demander son reste. Après quelques grandes inspirations Matt parvint enfin à se lever et à regagner le chemin du parc. Il regarda à droite et à gauche mais aucune trace du grand type et de la fille brune. Ils s'étaient volatilisés. Il reprit alors soudain pied dans la réalité. On l'attendait. Il profita des quelques minutes qui séparaient le parc de son domicile pour tenter de reprendre ses esprits. Il conservait dans sa main le bijou. Ça ne pouvait pas être de simples coïncidences. Ou alors c'était son esprit torturé qui lui jouait à nouveau des tours. Il se croyait guéri ou tout du moins en rémission, et en instant il venait de replonger. Il était encore bouleversé lorsque Fiona l'accueillit dans l'entrée de l'appartement.

— Mais où étais-tu passé bon sang ?

Cette fois, il sentit franchement l'irritation dans sa voix.

— Excuse-moi chérie, j'ai eu un petit coup de panique. Je suis allé respirer cinq minutes dehors.

Ce n'était pas la première fois, même si Fiona pensait que ces instants difficiles étaient désormais derrière eux. Elle se devait de faire encore plus attention à lui, il en valait vraiment la peine.

— Viens, tout le monde t'attend.

Matt planta son regard dans celui de Fiona. Il la prit alors le plus délicatement possible dans ses bras. Il lui déposa d'abord un long baiser dans le cou avant de lui faire sa déclaration.

— Je n'ai besoin que d'une personne : toi.

Il mentait et il le savait.

REMERCIEMENTS

Merci à Karine, Laurence, Marie-Claude, Laurent et Patrice pour leur soutien et leurs encouragements.

DANS LA COLLECTION MASQUE POCHE

John Buchan, *Les trente-neuf marches* (n° 1)
Louis Forest, *On vole des enfants à Paris* (n° 2)
Philip Kerr, *Chambres froides* (n° 3)
Mrs Henry Wood, *Les mystères d'East Lynne* (n° 4)
Boileau-Narcejac, *Le secret d'Eunerville – Arsène Lupin* (n° 5)
Fred Vargas, *Les jeux de l'amour et de la mort* (n° 6)
Taiping Shangdi, *Le cheval parti en fumée* (n° 7)
Ruth Rendell, *Un démon sous mes yeux* (n° 8)
Alan Watt, *Carmen (Nevada)* (n° 9)
Frédéric Lenormand, *Meurtre dans le boudoir* (n° 10)
Boileau-Narcejac, *La poudrière – Arsène Lupin* (n° 11)
John Connor, *Infiltrée* (n° 12)
Jeffrey Cohen, *Un témoin qui a du chien* (n° 13)
Barbara Abel, *L'instinct maternel* (n° 14)
S.A. Steeman, *L'assassin habite au 21.* (n° 15)
A. Bauer et R. Dachez, *Les mystères de Channel Row* (n° 16)
PRIX DE BEAUNE 2013 (n° 17)
Charles Exbrayat, *Vous souvenez-vous de Paco ?* (n° 18)
Émile Gaboriau, *L'affaire Lerouge* (n° 19)

Composition réalisée par JOUVE – 45770 Saran

PAPIER À BASE DE FIBRES CERTIFIÉES

JC Lattès s'engage pour l'environnement en réduisant l'empreinte carbone de ses livres. Rendez-vous sur www.jclattes-durable.fr
L'empreinte carbone en éq. CO_2 de cet exemplaire est de 1.1 kg

Dépôt légal : avril 2013

Achevé d'imprimer en France en septembre 2019
par Dupliprint à Domont (95)
N° d'impression : 2019090587 - N° d'édition : 5277827/04